LAS HABITACIONES SECRETAS

CHELSEA CAIN

LAS HABITACIONES SECRETAS

OCEANO

Diseño de portada: Evan Gaffney
Fotografía de portada: © Andreas Ackerup / Link Image / Gallery Stock
Fotografía de la autora: © Laura Domela

LAS HABITACIONES SECRETAS

Título original: ONE KICK

Traducción: Karina Simpson

© 2014, Verité, Inc.

D.R. © 2016, por la edición en español
Editorial Océano de México, S.A. de C.V.
Eugenio Sue 55, Col. Chapultepec Polanco
Del. Miguel Hidalgo, C.P. 11560, México, D.F.
Tel. (55) 9178 5100 • info@oceano.com.mx

Primera edición: 2016

ISBN: 978-607-735-789-6

Impreso en México / Printed in Mexico

Para Marc Mohan, Eliza Fantastic Mohan y Lucy

No temo al hombre que ha practicado diez mil patadas una vez, temo al que ha practicado una sola patada diez mil veces.

BRUCE LEE

Prólogo

Le habían dicho qué hacer si la policía llegara algún día. Habían hecho simulacros —al levantarse, a la mitad de la noche, durante la comida— hasta que ella pudo llegar en menos de un minuto desde cualquier lugar de la casa hasta la trampilla en el techo del clóset. Era una niña ágil y rápida, y practicaba. Cuando su padre detenía el cronómetro y asentía con orgullo, ella sentía el calor de la felicidad arder en su pecho.

Sabía que todo lo que él hacía era por ella. Notaba los estragos del estrés en su padre, las arrugas en las esquinas de sus ojos, las canas grises en su cabellera dorada; podía ver su cuero cabelludo rosado en las partes donde su pelo se volvía cada vez más delgado. Él todavía era fuerte. Aún contaba con él para que la protegiera. Su propiedad estaba en un condado rural, a varios kilómetros de la casa más cercana, y él afirmaba que podía escuchar a un coche acercándose desde que daba la vuelta hacia el camino de grava. Ahí fue donde le enseñó a disparar. Cómo plantar bien los pies para que la .22 se sintiera más estable en sus manos. Su padre le dijo que si la policía viniera alguna vez sin que él estuviera en casa, ella debía disparar a quien tratara de evitar que llegara a la trampilla. Caminó alrededor de la casa, le mostró los lugares donde estaba oculta cada pistola, y le hizo decir en voz alta el nombre de cada sitio para que los recordara. "Debajo del lavabo." "Comedor cajón del gabinete." "Detrás de los libros en el librero." Ella no estaba asustada. Su padre siempre estaba en casa. Si fuera necesario dispararle a alguien, él lo haría por ella.

La lluvia golpeaba las ventanas de la frágil casa, pero ella se sentía a salvo. Ya estaba vestida para la cama, con su camisón de algodón con jirafas y una colcha envuelta sobre sus hombros. El olor de la salsa de tomate y albóndigas —su comida favorita— todavía flotaba en el aire junto con el aroma de madera que ardía y sacaba chispas en la chimenea. La mesa del comedor había sido limpiada. Su madre había desaparecido hacia la cocina. La tabla de Scrabble estaba sobre la mesa y ella y su padre estudiaban sus fichas. Jugaban todas las noches después de cenar. Era parte de sus labores escolares en casa. La chimenea y la sala titilaban con un brillo cálido y anaranjado, pero ellos estaban jugando en la mesa del comedor. Su padre decía que era mejor para la postura. Él tomó una ficha y la puso sobre la tabla. *C*. Sonrió, ella conocía esa mirada, sabía que él tenía una buena. Él colocó otra ficha. *A*. Estaba poniendo la siguiente cuando, como un eco, se escuchó en toda la casa que golpeaban la puerta principal con fuerza. Pudo ver el miedo en el rostro de su padre, la forma en que se crisparon sus párpados. Él puso la ficha. *K*.

Su madre apareció en la puerta de la cocina, con un trapo amarillo en sus manos aún mojadas. Todo se detuvo. Como el momento en que se toma una fotografía, esa pausa en que todo el mundo se queda quieto tratando de no parpadear.

–Soy Johnson —una voz familiar gritó desde fuera—. La tormenta tiró un árbol en mis cables de luz. No sirve el teléfono. Todo se descompuso. ¿Puedo usar el suyo para llamar al alguacil?

Sus padres intercambiaron una mirada tensa, y luego su padre apretó los puños sobre la mesa y se inclinó sobre ellos, sin siquiera darse cuenta de que empujó su repisa del Scrabble y todas las fichas resbalaron sobre el mantel. Su madre había bordado ese mantel con campanillas y lupinos. La ficha *K* de la repisa de su padre estaba ahí, sobre una de las flores, frente a ella. Esa ficha valía cinco puntos.

–Quiero que vayas a la ventana junto al piano —le pidió su padre. Lo dijo en la voz seria de susurros que usaba cuando quería que ella siguiera sus instrucciones sin preguntar nada. Luego él miró como rayo hacia su madre y pasó sus manos a través de su corta cabellera, tan diferente a la suya que tenía gruesos mechones de cabello oscuro y enredado—. Observa la casa de Johnson colina abajo, pasando el lago —le dijo su padre—. Dime si ves alguna luz encendida.

Esto era diferente a los simulacros. Ella lo notó por la forma en que sus padres se miraban entre ellos. Se preguntó si debía estar asustada, pero al realizar un inventario en su cuerpo buscando signos de miedo, no encontró ninguno. Su padre le había enseñado la importancia de estar preparado.

Con calma movió para atrás la silla, se levantó, dejó que la colcha cayera al suelo y caminó descalza desde el comedor hasta la sala. La chimenea formaba un círculo de luz anaranjada en medio de la oscuridad. Caminó de puntitas hasta llegar junto al piano de su madre y se acomodó entre éste y la pared. Después llevó su mirada a través de la ventana empapada y hacia la negrura de la noche. El aire frío colándose desde el exterior hizo que olvidara el calor de la chimenea. Aguzó la mirada hacia donde su padre le había indicado. Pero no había luces: sólo su propio reflejo débil, titilando como una brasa apagándose. Volteó hacia el comedor.

—No veo ninguna luz —reportó Kick—. Está oscuro allá abajo.

Su madre dijo en voz alta el nombre de su padre, tan sólo un pequeño sonido, y luego tragó saliva, como si se tragara el nombre que acababa de decir. Su padre aclaró la garganta.

—Salgo en un momento —gritó hacia la puerta.

Ella escuchó el rechinido de las patas de la silla cuando él se levantó de la mesa, y lo observó caminar hasta el gabinete del comedor y tomar la Colt del cajón junto a los cubiertos de plata. Se acomodó la pistola en la parte trasera de los pantalones Wranglers que su madre le había comprado en Walmart.

Observó a su madre regresar despacio a la cocina.

Hacía frío junto a la ventana. La lluvia golpeaba contra el vidrio como si fueran dedos tamborileando. El hombre todavía tocaba la puerta. Ella sintió algo en su mano, un pedazo de madera duro, y se sorprendió al ver la ficha K agarrada entre sus dedos. No recordaba haberla tomado.

Su padre levantó su colcha del suelo, la llevo hacia ella y la envolvió alrededor de sus hombros; para su inmediata vergüenza, ella escondió la ficha de Scrabble en su puño: no quería decepcionar a su padre por haberla robado. Él la miró fijo y acercó tanto su cara a la suya que podía oler la salsa de tomate en su aliento, la carne molida y cocida.

—Quédate donde estás por ahora —murmuró con voz quebrada. Un destello de flama se reflejó en sus ojos en la oscuridad. Ella apretó su puño alrededor de la ficha de Scrabble, con las esquinas clavándose en su piel.

Cuando su padre caminó a través de la sala hacia la puerta, ella vio que tocó la cacha de la pistola en su espalda, como si quisiera asegurarse de que todavía estuviera ahí. Su padre traía puestas las pantuflas decoradas con cuentas que había comprado durante el verano que vivieron en Oklahoma, hechas por un comanche de verdad. Las suelas eran de piel animal, suaves y silenciosas.

Él no volteó a verla mientras atravesaba la puerta principal hasta el vestíbulo, pero dejó la puerta entreabierta. Escuchó la puerta principal abrirse, y luego que el mosquitero de aluminio se azotó y rechinó al cerrarse. Escuchó la voz de su padre, intentando ser amigable y las fuertes pisadas de Johnson limpiándose las botas en el tapete de entrada mientras se disculpaba de nuevo por la molestia.

Su cuerpo se relajó y aflojó las manos que habían estado sujetando con fuerza la colcha alrededor de sus hombros.

No había tenido que correr.

Su vecino usaría el teléfono. Terminarían el juego de Scrabble. Se recargó contra la pared, tocando con los dedos la ficha, preguntándose cuánto tiempo más tendría que permanecer ahí mientras los dos hombres seguían hablando de la tormenta. El brillo de su propio reflejo capturó su atención. Lo estudió en el vidrio acuoso de la ventana. Su cabello oscuro desapareció hasta que estuvo con la cara casi pegada al cristal, un destello de ojos y dientes. Se acercó hasta que su nariz estuvo tan cerca del vidrio que pudo sentir el aire más frío. Estando tan cerca pudo ver sus ojos con detalle. Cada pestaña. Hasta que las imágenes que se reflejaban detrás de ella comenzaron a combinarse y encimarse.

Fue entonces que vio la luz. Dio un paso hacia atrás, sorprendida, y cerró los ojos con fuerza. Pero cuando los abrió la luz todavía estaba ahí. No era un destello de la chimenea, no era un reflejo. Observó fijamente el punto borroso de luz colina abajo, pasando el lago, tratando de entender lo que veía mientras su corazón palpitaba agitado. Una luz. Ellos tenían algunas lámparas como ésa en su propiedad, colocadas en las esquinas superiores de las construcciones aledañas a la casa. Esas lámparas tenían detectores de movimiento que se activaban por gatos o mapaches que pasaban por ahí. Su padre le había quitado el foco a una porque se encendía justo afuera de su ventana y la despertaba en las noches.

El vecino estaba mintiendo. Todavía tenían electricidad.

Tenía que decírselo a alguien. Pero su padre le había dicho que se quedara donde estaba. Miró hacia la puerta de la cocina pero no había señales de su madre. Las voces de los hombres todavía resonaban desde el vestíbulo, su padre se reía demasiado fuerte.

Escuchó la puerta de aluminio azotándose por el viento. Johnson no la había cerrado bien. El mosquitero se rompería con la tormenta. Sintió un nudo dentro y como si alguien lo jalara fuerte, todo su ser se contraía, el aire escapaba de sus pulmones.

La puerta de aluminio se azotó con violencia.

El sonido fue como una bofetada. Tomó aire y sus pulmones se expandieron, levantándola hasta quedar parada de puntitas. La ficha de Scrabble cayó de su mano hasta el suelo.

Y corrió. Se apresuró a través de la sala a oscuras, con la colcha flotando tras de sí como una capa, y tiró para abrir la puerta principal hacia el vestíbulo. Su padre la miró con las cejas levantadas y la boca abierta. Era tan alto que podía levantarla hasta tocar el techo. El señor Johnson le daba la espalda, era un hombre de estatura normal. Sus botas mojadas estaban acomodadas juntas adentro. Su impermeable mojado estaba en el perchero. Estaba parado sobre el tapete, secándose con la toalla que su papá guardaba junto a la puerta.

–Vi una luz —dijo ella, sin aliento.

Su padre palideció.

La puerta de aluminio golpeó de nuevo y la puerta principal se abrió como trueno. Su padre tropezó hacia un lado mientras los hombres forzaban su entrada a la casa. No se molestaron en quitarse las botas o las chamarras negras. De sus ropas salía disparada el agua y la salpicaron. Gritaban y ladraban órdenes a su padre, quien se acobardó frente a ellos. Alguien trató de jalarla hacia atrás para apartarla de él. Gritó para que la soltaran y vio que su padre intentó agarrar la pistola. Pero los hombres tenían pistolas también y se dieron cuenta y gritaron: "¡Pistola!", y de inmediato apuntaron sus armas a la altura de los ojos de su padre: hacia donde mirara veía el cañón de alguna apuntando hacia él, que estaba encogido en la base de las escaleras, con la Colt en la mano temblorosa. Su mirada era frenética, con lágrimas que brillaban. Ella nunca lo había visto llorar.

Todo era ruido y silencio al mismo tiempo, todos inmóviles, los chasquidos y vociferaciones de los walkie-talkies, los adultos respirando con pesadez, la lluvia, la puerta principal.

Uno de los hombres se paró frente a ella. Fue el primero que se movió, lo que significaba que estaba a cargo. Eran del FBI. Las letras estaban impresas en blanco sobre sus chamarras en la espalda. Buró Federal de Investigación. Policía estatal, policía local, DHS, DEA, Interpol, ATF. Su padre le había enseñado a identificarlos, y a cuáles temer más. Decía que el FBI era el más temible de todos. Ella había imaginado que tenían ojos de cabra y caras furibundas.

Pero este agente del FBI no se veía así. Era más joven y bajo que su padre, con pecas en la cara, barba rojiza y una cabellera tupida. Sus lentes con montura de metal estaban salpicados de agua. No parecía malo pero tampoco se veía amable. Le hablaba a su padre con severidad, con una voz que ella nunca había escuchado que nadie usara hacia él. Sus palabras se deslizaron a través del aire. "FBI." "Orden de registro." "Arresto." "Violación de la libertad condicional."

—No he hecho nada malo —balbuceó su padre, y el agente pelirrojo se dirigió despacio hacia él, bloqueando la vista de ella: lo único que podía ver ahora eran esas letras en su espalda, FBI, y una de las pantuflas de su padre.

—Tranquilo, Mel —dijo el agente pelirrojo—. No querrás que la pequeña salga lastimada.

Ella encogió los dedos de los pies, aferrándose a la duela de madera.

—Pon las manos detrás de la cabeza —ordenó el agente pelirrojo, luego caminó hacia un lado y ella se sorprendió de ver a su padre levantando los codos y cruzando las manos detrás de la cabeza como lo había hecho antes. El agente tenía en la mano la pistola Colt de su padre. Vio que se la daba a uno de los hombres. No comprendía. Su padre debía levantarse y mostrarles lo fuerte que era.

El agente pelirrojo aclaró la garganta.

—Tengo una orden para registrar tu propiedad —informó a su padre.

Su padre no respondió, su cuerpo encorvado se estremeció.

—¿Cuántas personas hay en la casa? —preguntó el agente.

Ella quiso que su padre la mirara, que le diera alguna instrucción, pero sus ojos miraban alrededor con tanta rapidez que era como si no pudiera enfocar nada por mucho tiempo.

Otro de los agentes levantó a su padre con rudeza y esposó sus manos detrás de la espalda.

—Más te vale que comiences a hablar, Mel —le dijo—. Ya sabes lo que le hacen a la gente como tú en prisión —el agente sonrió al decir esto, como si esperara que eso le sucediera.

–Frente a la niña no —ordenó el agente pelirrojo.

Pequeñas bolitas rojas y negras salpicaron el piso, eran las cuentas de las pantuflas de su padre. Ella sintió que su propia piel brillaba de forma intermitente, un foco a punto de fundirse.

Otro hombre llevó a su padre hacia la cocina.

–Busquemos un lugar para hablar —y le dio un empujón.

Intentó hablar, llamar a su padre, pero su cuerpo no recordaba cómo construir palabras. Él se arrastraba lejos de ella, con sus pantuflas rayando el piso y dejando un rastro de cuentas tras de sí.

–Encuentren a la esposa —dijo alguien.

Madre. La palabra atorada en su garganta. No se la podía tragar. Dentro de su cabeza estaba gritando, pero por fuera estaba paralizada, con los pies enraizados al piso. Observó que tres hombres con pistolas seguían las instrucciones, y entraron en la casa con las armas en alto.

El agente pelirrojo hablaba por el walkie-talkie.

–Estamos en la escena —informó—. Las cosas se precipitaron. Todavía estamos esperando los refuerzos —la miró con preocupación y se frotó una ceja con su mano pecosa—. Tenemos a una niña aquí —agregó.

Ella tragó saliva. El señor Johnson se asomó temeroso a la puerta, y la miró con atención, todavía estaba en calcetines. Sus padres habían cuidado que los vecinos no la vieran. Si por algún motivo llegaba un vecino, ella se escondía. Los extraños no eran permitidos en casa. Presionó la nuca en la pared, para escuchar la voz de su padre. Pero el ruido de la tormenta y la estática del walkie-talkie impedían que se oyera algo con claridad. Por más que trataba de escuchar, menos diferenciaba un sonido de otro. Se preguntó si su madre había logrado escapar por la puerta trasera.

La pistola del agente pelirrojo estaba enfundada debajo de su hombro. Se agachó hasta quedar a su altura.

–Soy un oficial de policía —dijo—. Pero puedes llamarme Frank.

Su padre estaba en lo cierto. Los adultos mentían.

–Eres un agente del FBI —lo corrigió.

Él parpadeó sorprendido.

–O… key —dijo—. Sabes algo de los cuerpos policiales. Eso está bien. Bien. Puedes ayudarme —la miró directo a los ojos—. Necesito que me digas tu nombre.

–Le dije que había un niño aquí —dijo el señor Johnson.

Todo esto era culpa de ella. Él la había visto. Le dolía la parte de atrás de la cabeza. Extrañaba a sus papás. Sacó la mano de la colcha y la recargó en el armario del pasillo que estaba junto a ella.

El agente llamado Frank estiró la mano como si quisiera ponerla sobre el hombro de ella, pero en vez de eso la pasó por su pelo mojado.

–¿Hay otros niños aquí? —preguntó.

Ella no debía responder preguntas como ésa. Él trataba de engañarla, meterla en problemas.

–Ya estás a salvo —afirmó Frank.

Ella encontró la manija de metal del cajón con sus dedos. En el extremo superior izquierdo.

Entonces dejó que la colcha se cayera. Los ojos de Frank y el señor Johnson observaron caer la colcha al suelo. Cuando levantaron la mirada ella ya tenía la pistola en sus manos.

–Santo Dios —escuchó decir al señor Johnson.

Separó y plantó bien sus pies, tal como le había enseñado su padre, y apuntó a Frank.

Él estaba inmóvil, pero no parecía asustado.

–Ya estás a salvo —repitió.

Ella respiraba fuerte, se le dificultaba mantener firme la pistola. Pero el arma le dio valor. Jaló las palabras desde la garganta.

–Quiero a mis padres —dijo.

–Vamos a llevarte con ellos —replicó Frank.

Ella sacudió la cabeza para adelante y atrás. Él no comprendió.

–Quiero a mi mamá y a mi papá.

Frank todavía tenía su pistola enfundada. Hizo un pequeño ademán con la cabeza al señor Johnson.

–Salga por favor, señor.

El señor Johnson no se movió. Ella sentía su miedo llenando la habitación, consumiendo todo el oxígeno.

–Váyase —le dijo ella. De todas formas, él ni siquiera debía estar en la casa. El señor Johnson asintió, cogió sus botas y salió por la puerta principal sin su impermeable.

Incluso para la .22 sus manos eran pequeñas y tenía que sujetarla de forma especial, con dos dedos en el gatillo.

–¿Cómo te llamas, preciosa? —preguntó Frank.

–Beth Riley —contestó ella. Escuchaba pisadas provenientes del piso de arriba, los agentes se movían con brusquedad en la habitación de sus padres.

–¿Cuál es tu *verdadero* nombre? —preguntó él.

Se le erizó la piel.

–Beth Riley —repitió.

Un sonido repentino la hizo saltar, un chasquido como el del mosquitero azotándose, pero más fuerte. De pronto un rayo de terror petrificó su columna vertebral. Conocía ese sonido de cuando practicaba con su papá tiro al blanco. Fue un disparo.

Pareció venir de atrás de la casa.

–Mamá —dijo.

Frank levantó el walkie-talkie hacia su boca, y ella no protestó, no le dijo que no se moviera.

–Necesito el reporte de ese disparo, ahora —dijo hacia el walkie-talkie.

–La madre se acaba de volar los sesos —respondió una voz en medio de la estática.

La tormenta sacudió las ventanas y toda la casa cimbró.

Sintió que algo comenzaba a desenroscarse en su interior y la inundaba de emociones revueltas, sin orden alguno. Trató de alejarlas a todas, pero gritaban y se retorcían para salir.

Frank la miraba. Ella quería que la dejara de mirar. Pensó que las ventanas podían romperse. El viento era tan fuerte que silbaba a través de las paredes. Los relámpagos retumbaban en lo alto. Pero se dio cuenta de que ese sonido no era como otro relámpago. Era rítmico. Cada vez más fuerte y cercano. La luz del pasillo tembló.

–Ésos son helicópteros —dijo Frank en medio del ruido—. A los chicos del cuartel general les gusta hacer entradas triunfales. ¿Me puedes dar la pistola?

Ella se dividía en dos. Quería darle la pistola al hombre llamado Frank. Quería soltarla.

Entonces la puerta de la sala se abrió y apareció su padre. Todas sus emociones revueltas se evaporaron cuando lo miró. Había venido a rescatarla. Estaría tan orgulloso de ella por haber recordado dónde estaba la pistola. Le dispararía a Frank por él. Haría lo que él quisiera. Siempre había hecho justo lo que él quería. Todo lo que necesitaba era un ademán de su padre y ella jalaría el gatillo y mataría a Frank y su padre se la llevaría lejos de todo esto.

Frank tenía las manos en alto. Ella miró a su padre, esperando una señal para matar, pero él tenía la mirada baja. Entonces vio al agente del FBI detrás de él. El agente se sonrojó furioso al ver que ella apuntaba a su amigo. Golpeó con el codo a su padre en la espalda, y éste cayó al suelo.

Ella sintió el terror enroscándose en su estómago.

—¿Papi? —dijo. Pero él no respondió.

El agente apuntó hacia ella con su pistola. Gritaba, llamaba a los otros, a los hombres en el piso de arriba. Su padre estaba doblado sobre su estómago, con la mejilla pegada al suelo y su cara mirando hacia el otro lado.

—Baja tu arma, agente —gruñó el agente llamado Frank.

Ella lanzó una mirada hacia su padre, pero la .22 no se movió. Los helicópteros hacían tanto ruido ahora que no podía pensar. Sonaba como si estuvieran aterrizando alrededor de toda la casa.

Escuchó a los otros hombres bajando las escaleras. Todos se acercaban cada vez más a ella.

—Es sólo una niña —dijo Frank—. Yo puedo manejar esto.

Tenía que disparar. Tenía que dispararles a todos.

—¿Papi? —preguntó desesperada.

Esta vez su padre levantó el mentón. Su rostro estaba sudoroso y enrojecido, y sus muñecas aún estaban esposadas detrás de su espalda. Pero su mirada era mordaz y peligrosa.

—¡Mataron a tu madre, Beth! —gritó por encima del ruido—. ¡Autonuke! ¡Ahora!

Fue como si hubieran accionado un interruptor. Todos los simulacros que habían practicado. Dejó que su cuerpo tomara el control. Voló por el pasillo, hacia la parte trasera de la casa, se deslizó dentro del clóset debajo de las escaleras, se metió por el panel secreto de la pared, jaló la trampilla en el piso y bajó a toda velocidad por la escalera con una sola mano, sujetando la pistola con la otra. Sentía las vibraciones de los hombres persiguiéndola, sus botas golpeando el piso, mientras descendía en la oscuridad.

Brincó desde el quinto peldaño, aterrizó en la alfombra con sus pies descalzos y caminó alrededor del escritorio donde estaba la computadora. El protector de pantalla de acuario era la única luz en la habitación. Se sentó con la pistola en su regazo y tanteó el cajón del escritorio para encontrar la memoria USB. Un pez león cruzó la pantalla. Insertó la USB en la computadora como su padre le había enseñado. Luego presionó la barra espaciadora en el teclado. En un instante se evaporaron todos los peces y una ventana azul apareció en la pantalla. Ella nunca había visto la caja azul antes, pero sabía qué hacer. Un cursor blanco parpadeaba en la parte inferior. Escribió una palabra: "autonuke".

Luego se recargó en la silla del escritorio, llevó las rodillas a su pecho y esperó.

Escuchaba a los agentes del FBI discutiendo arriba y sabía que tarde o temprano bajarían la escalera y la encerrarían para siempre, pero no le importaba. Había hecho lo que debía.

Finalmente, la trampilla se abrió y observó a Frank mirándola. Puso la mano sobre la pistola.

–¿Puedo bajar, Beth? —preguntó.

Vio otros rostros detrás de él, apretujados en el rectángulo de luz, mirándola. Nuevas personas. La gente de los helicópteros.

–Todavía tengo la pistola —anunció ella.

–Sólo quiero hablar contigo —prometió Frank. Dijo algo a uno de los nuevos, se sentó en el borde y comenzó a bajar por la escalera.

Ella volteó hacia la pantalla azul.

–Está hecho —dijo—. No puedes detenerlo.

Los pies de Frank aterrizaron con un golpe seco. Ella deseó que sus zapatos no estuvieran muy lodosos. A su madre no le gustaba que se ensuciaran las alfombras. Frank se paró junto a ella y echó un vistazo a la pantalla de la computadora, con las manos en la cintura. Ella vio las palabras "autonuke completado" reflejadas en los lentes del agente.

–¿Borraste los archivos? —preguntó Frank. Ella se dio cuenta de que él intentaba no sonar enojado.

Se hizo pequeñita en la silla. La blancura de su camisón se veía azul con la luz de la pantalla, y las jirafas estaban difuminadas. Desde hacía años ya le quedaba chico. Estiró el dobladillo por encima de sus rodillas.

–¿Tienes idea de lo que has hecho? —masculló Frank. Se movió de forma tan repentina que ella temió que fuera a pegarle. Pero sólo estaba buscando el interruptor de la luz.

El estudio casero de cine en el sótano se iluminó. Había cuatro escenografías: una recámara de princesa, un salón de clases, una oficina de doctor y un escalofriante calabozo. El padre de Beth tomaba cada escenografía y la embalaba, por partes, cada vez que se mudaban. No tenía permitido tocar las cámaras. Ella tuvo que ser cuidadosa para no tropezar sobre todos los cables negros que serpenteaban en el piso.

Frank se acercó despacio hacia ella. Su padre había dicho que las personas la verían diferente si sabían la verdad. Dijo que los adultos se enojarían por eso. Pero Frank no parecía enojado. Se veía un poco asustado, como si ella fuera una bomba a punto de explotar si él no descubría qué cable cortar.

–¿Agente Moony? —un hombre lo llamó desde arriba—. ¿Está todo bien allá abajo?

Frank se tomó un momento para responder. Tal vez nunca había visto escenarios de películas.

–¿Frank? —gritó el hombre.

–Subiremos en un minuto —respondió Frank. Sus ojos se pasearon de una escenografía a la otra—. Y después querrán ver esto —añadió.

El sótano olía a moho. Los sótanos siempre olían a eso.

Frank ya no decía nada más. Sólo se sobaba la nuca.

–¿Mi madre está viva? —preguntó ella.

Él se quitó los lentes y los limpió con su camisa.

–No sé quién es tu madre —respondió con gentileza.

–Linda —le recordó ella. Retorció el dobladillo de su camisón entre sus dedos—. Ella se disparó.

Conocía los tamaños de los calibres de las balas. Entre más rápida y pesada fuera la bala, mayor daño causaba. Algunas personas sobrevivían a disparos en la cabeza.

–Sabré si estás mintiendo —dijo ella.

Frank se puso de nuevo sus lentes, los enganchó a sus orejas y la miró un momento. Sus ojos eran grandes. Sus cejas y barba rojizas estaban salpicadas de cabellos rubios, como si hubiera pasado algún tiempo en el sol. Incluso sus orejas tenían pecas.

–Ella está muerta, Beth.

Ella jaló el camisón, estirando las jirafas.

–Ah —dijo. Su nariz se llenó de mocos calientes y sus ojos estaban hirviendo, pero no lloró—. Era buena gente. No podía tener hijos, ¿sabes?

–¿Eso fue lo que te dijeron? —preguntó Frank.

–Me cuidaban —respondió ella.

Frank se arrodilló junto a la silla para mirarla de frente, a los ojos.

–Necesito saber: ¿hay otros niños?

Sus lentes eran octágonos, no óvalos. Sus rizos enmarañados todavía estaban mojados por la lluvia de la tormenta. Su barba le salía desordenada en todas direcciones. Se suponía que los hombres debían rasurarse todos los días. Era un signo de disciplina.

–Quiero quedarme con él —dijo ella.

Frank parecía dolido.

–Estoy seguro de que tu familia nunca ha dejado de buscarte —dijo.

Ella se preguntó si sería verdad.

Frank no había limpiado muy bien sus lentes. Ella podía ver sus huellas digitales en los cristales. Pero sus ojos eran bastante bonitos.

Un perro ladraba afuera. No era suyo. No tenían perros. Ella no lo tenía permitido.

–¿Cuántos años tienes, Beth? —preguntó Frank.

–Diez —titubeó. Le dolía el pecho. Sentía como si alguien lo apretara—. Pero…

Él levantó sus cejas asoleadas y la miró.

Todavía escuchaba los ladridos. O tal vez sólo era la puerta del mosquitero azotándose. No lo sabía. Sentía la piel caliente.

–Una vez tuve un perro —dijo, recordando.

Frank estaba inmóvil.

–¿Cómo se llamaba? —preguntó.

–Monstruo —por sus mejillas se deslizaron lágrimas tibias. Estaba temblando. Los recuerdos le subían por la garganta. Se había esforzado por tanto tiempo para tragárselos. Era un alivio.

–Mi cumpleaños de antes era en abril —añadió, limpiándose la nariz con la mano—. Mel lo cambió, así que supongo que en realidad tengo once.

Frank entrecerró los ojos e inclinó su cabeza hacia ella. Estaba cerca, pero no demasiado.

–¿Por cuánto tiempo has vivido con Mel?

Lo pensó un momento, tratando de acomodar los recuerdos.

–Monstruo solía escaparse. Estaba en el patio de enfrente buscándolo y Mel me dijo que podía ayudarme a encontrarlo. Dijo que me llevaría en su coche por el vecindario. Yo iba en primero de primaria.

–¿Cómo te llamas? —preguntó Frank, y ella escucho un crujido en su voz.

Su nombre. Ella lo *sabía*. Lo sentía debajo de su clavícula. Era como tener una palabra en la punta de la lengua: puedes verla y saber su forma, pero no puedes recordar cuál es. Se concentró.

–¿Kick? —trató de adivinar.

Él acercó más su cabeza y se inclinó un poco hacia ella.

–¿Cómo dijiste?

–¿Kick? —intentó de nuevo. Pero no era ése. Algo parecido a eso.

–¿Kit? —preguntó Frank—. ¿Quieres decir Kit Lannigan?

Era como si hubiera tocado una barda electrificada, la sensación de todas tus células gritando al mismo tiempo. Se dejó caer en el respaldo de la silla.

–Se supone que no debemos decir ese nombre —murmuró.

Los ojos de Frank recorrieron las facciones de su rostro.

–*Eres* tú —dijo.

Ella veía rostros, imágenes, destellos de color. No podía respirar. Todo estaba desenredándose.

–No fue mi intención dejar salir a Monstruo —dijo con rapidez, tropezando las palabras—. Abrí la puerta para sacar algo del porche y él se deslizó hacia fuera antes de que pudiera detenerlo —soltó un hipo y puso la mano sobre su boca—. Es mi culpa —dijo por entre los dedos.

–Hey, hey, hey —dijo Frank. Parecía que quería acariciar su mano pero no lo hizo—. Tranquila —dijo—. Ya terminó todo, se acabó. Nadie está enojado contigo por lo del perro, te lo juro. No estás en problemas. Toma —dijo, extendiendo su mano—. Creo que se te cayó esto —la ficha de Scrabble de su padre en la palma de su mano. Kick la iba a tomar pero vaciló.

–Está bien —dijo Frank—. Tómala.

Ella tomó la ficha y la apretó en su puño hasta que le dolió la mano. Frank se balanceó sobre sus talones.

–Kit Lannigan —dijo—. Dios santo —estaba mirándola con la boca abierta—. Has estado lejos por mucho tiempo.

Detrás de Frank, ella vio la cama de princesa con dosel, rosa y con holanes. Estaba temblando. No podía parar.

–¿Ya se acabó? —preguntó.

Frank asintió.

–La peor parte terminó, nena.

Y le sonrió, y ella supo que debía sonreír también, estar feliz, pero no podía encontrar los sentimientos correctos dentro de sí.

Era como morirse. Eso era lo que Mel había dicho. *Kit está muerta*, le dijo. *Ahora eres Beth*. Pero Beth también estaba muerta. Y si Kit estaba muerta y Beth estaba muerta, entonces ella era alguien nuevo, alguien que ni siquiera tenía un nombre.

–¿Entonces qué pasará ahora? —preguntó aturdida.

–Ahora te voy a llevar a casa —dijo Frank.

1

Diez años después

Kick Lannigan apuntó la mira de su Glock, alineó el disparo y apretó el gatillo. El papel del blanco se arrugó. Kick inhaló el satisfactorio olor de pólvora y concreto, y apretó el gatillo otra vez. Y otra vez. Vació el cargador. La pistola apenas se movía en su mano. Había aprendido a disparar con una .22, pero había estado disparando una .45 desde que cumplió 14 años y comenzó a asistir al campo de tiro. Incluso a los 14, ella sabía que quería algo que pudiera derribar un blanco más grande.

Puso la pistola en el mostrador, apretó el botón para jalar el blanco y lo observó dirigiéndose hacia ella ondeando. La mitad de los blancos que vendían en el campo ahora eran de zombis —a todos les encantaba dispararles a los zombis—, pero Kick prefería la anticuada imagen en blanco y negro de un hombre con mandíbula cuadrada y una gorra de lana. El blanco llegó e inspeccionó su obra. Agujeros de balas recibidos en el corazón, la ingle y el centro de la frente.

Se ruborizó de placer y le ardieron las mejillas.

Los últimos siete años sólo le habían permitido disparar armas rentadas. Ahora, al fin estaba disparando su propia arma. Algunas personas se emborrachaban al cumplir la mayoría de edad; Kick había escogido una Glock con un cargador de diez balas y solicitó un permiso para portar armas.

La Glock 37 tenía todo el desempeño de una .45 ACP, pero con un agarre más corto. Era una pistola grande diseñada para manos pequeñas.

La corredera biselada y el acabado negro pulido, la empuñadura y el apoyo para el pulgar: Kick amaba cada milímetro de esa pistola. Sus nudillos estaban heridos y el esmalte azul de sus uñas agrietado, y aun así esa Glock se veía hermosa en su mano.

Levantó la vista y escuchó.

El campo de tiro estaba demasiado silencioso.

Sintió un cosquilleó en la piel de los brazos. Colocó la Glock de nuevo en el mostrador e inclinó la cabeza, esforzándose por escuchar a través de los audífonos protectores.

A su alrededor, los chasquidos amortiguados de los disparos eran estables y continuos. Había sólo tres personas usando el campo esa mañana, y Kick había tomado nota de ellas. Su sensei de artes marciales llamaba a eso estar consciente. Kick lo llamaba ser vigilante. Ahora escuchaba el tenue sonido de los disparos y trataba de precisar qué había cambiado.

La mujer en el carril junto al de Kick había dejado de disparar. Había visto su arma cuando cruzó detrás de ella: una bonita Beretta Stampede con un acabado de níquel y un cilindo giratorio de seis balas. La Stampede era una réplica de una pistola del viejo oeste, un arma grande. Si se disparara a un auto la bala perforaría la carrocería y rompería el motor. Era mucha pistola para esa mujer. Y por eso Kick lo notó.

La mujer había disparado seis rondas, recargado y luego disparado sólo tres.

Kick sintió que su corazón se aceleró de inmediato. Sus músculos se tensaron, tenía comezón en las pantorrillas. Pelear o huir. Así es como los psiquiatras lo explicaban. Durante algunos años después de haber vuelto a casa, el sentimiento la abrumaba y ella tan sólo se iba caminando, de forma intempestiva, y confundida. Una vez su madre la encontró a unos ocho kilómetros en un estacionamiento. Su mamá y su hermana trataron de meterla al coche, a gritos.

Biorretroalimentación. Meditación. Psicoterapia. Terapia con fármacos. Terapia primal. Tanques de aislamiento sensorial. Yoga. Tai chi. Hierbas chinas. Equinoterapia. Nada de eso la había ayudado.

Frank sugirió que le permitieran tomar clases de kung fu cuando cumplió 11. El FBI lo había transferido a Portland para ayudarla a prepararse para testificar, y él le dijo a su madre que las artes marciales le darían confianza, la ayudarían a atravesar el proceso del juicio. Pero quizás él sabía que sólo necesitaba pegarle a algo. Después de todo, no era necesario meterla a un tanque de aislamiento sensorial. Comenzó a practicar artes marciales, box, tiro al blanco, arquería, incluso lanzamiento de cuchillos. Sus padres pensaron que hacía todo eso para sentirse segura, y en cierto sentido tenían razón. Quería asegurarse de que nadie —ni siquiera su madre— podría volver a forzarla y meterla a un coche. Después de que su padre se fue, empezó a hacer todavía más: escalada, montañismo, lecciones de vuelo, cualquier cosa que la mantuviera ocupada y fuera de casa.

Kick revisó el piso en busca de casquillos usados. Ahora, cuando sentía la comezón en las pantorrillas, no pensaba en salir corriendo; pensaba en cómo lanzar su brazo derecho hacia delante para que la parte carnosa de su mano, entre el pulgar y el índice, conectara con la garganta de su oponente. Divisó un casquillo sobre el piso de concreto y le dio un empujón con la punta metálica de su bota; observó el cartucho metálico escapándose de su caseta de tiro. Entonces lo siguió. La mujer del carril contiguo estaba recargada en una pared, texteando con alguien. Kick tenía puesta la capucha de su sudadera. Llevaba lentes protectores y vestía jeans negros y botas, con el cierre de la sudadera cerrado hasta el cuello. Podría haber robado un banco sin que nadie la identificara. Pero ¿esta mujer? Reconoció a Kick. Ni siquiera fue sutil: tomó aire con tanta brusquedad que casi tira el teléfono. Por instinto, Kick volteó la cabeza y escondió el rostro, se agachó para recoger el casquillo y volvió rápido a su caseta.

Kick no había sido una buena testigo en la corte. La fiscalía la había llamado a testificar cuatro veces en los tres meses que duró el juicio de Mel. Querían saber si recordaba a otras personas que hubieran ido a la casa, otros niños, qué había visto o escuchado, a dónde habían viajado. Pero muchas cosas se habían desvanecido en su memoria.

Había pasado la última década entrenándose para notar detalles.

Apretó con el puño el cartucho caliente y recién usado en su mano, y evocó una imagen en su mente. La mujer estaba en sus cincuenta y su apariencia denotaba que había invertido mucho dinero en belleza. Estaba del todo maquillada a las nueve de la mañana, y su cabello negro alrededor de sus audífonos protectores rosas estaba peinado a la perfección, lo que debió tomarle un mínimo de 15 minutos frente al espejo. Kick echó el cartucho usado en una cubeta de plástico con el resto de sus casquillos. Pero si la mujer estaba en el campo de tiro en martes a las nueve de la mañana, entonces no tenía horario de oficina. No llevaba anillo de casada. Algunas personas se quitaban los anillos para disparar, pero Kick adivinó que la mujer no lo sabía. Kick miró a lo largo de los carriles vacíos pero no pudo ver el blanco de la mujer. Una mujer de mediana edad escoge practicar tiro al blanco para defensa propia, después de un incidente violento o un cambio drástico de circunstancias, como un divorcio. La mujer no había estado buscando a Kick. Se la topó. Y ahora estaba texteando... ¿A quién? El cabello arreglado y el maquillaje podrían indicar que era una reportera de televisión. Kick no la reconoció, pero en ese entonces a Kick le interesaban temas muy específicos en las noticias.

Kick expulsó el cargador vacío de su Glock y lo recargó con nueve balas .45 GAP.

Ya estaba cerca el décimo aniversario de su rescate. Siempre iban a buscarla antes de los aniversarios. *¿Dónde estaba ahora? ¿Cómo estaba saliendo adelante?* Tal vez su madre ya estaba intentando pescar otra aparición en *Good Morning America*.

Kick puso su mochila al hombro, guardó la Glock en el bolsillo de su sudadera, bajó la mirada y salió de su caseta. No correría.

Incluso con la mirada hacia el piso, notó que la mujer todavía estaba ahí. Se había parado en medio del camino. Dijo algo, pero Kick se puso los audífonos y le dio la vuelta. La mujer se puso frente a ella de nuevo, pero Kick se deslizó con agilidad entre la mujer y la pared. La mujer no desistió. Kick la sentía detrás, a tan sólo uno o dos pasos.

Kick abrió la puerta de cristal del campo de tiro hacia la tienda de armas del lobby, y la mujer detuvo la puerta antes de que se volviera a cerrar.

Kick volteó.

—¿Qué? —reclamó. Podía darle una patada frontal a la barbilla y así aplastar su laringe, destrozarle los dientes y romper su mandíbula.

La mujer sonrió radiante y le dijo algo que Kick no escuchó.

Se quitó los audífonos.

La mujer hizo lo mismo.

Kick apretó la Glock en su bolsillo.

—Sólo quería decir... —expresó la mujer. Apretó los labios y sus ojos se llenaron de lágrimas—. Estamos muy contentos de que hayas vuelto a casa.

Kick soltó la pistola.

La mujer traía puesto un juego de aretes y collar con cuatro gemas diferentes. Sus dedos jugaban nerviosamente con el collar. Cuatro gemas: las gemas de nacimiento de cada uno de sus hijos. Era de la edad de la mamá de Kick, lo que significaba que quizá tenía hijos de la edad de Kick cuando desapareció.

No era una reportera, era una mamá.

En las paredes de la tienda había vitrinas llenas de armas debajo de blancos de papel en venta: Osama bin Laden, una mujer con una boina y una AK-47, zombis, un hombre con una gorra y una bolsa llena de dinero.

–Recé por ti —dijo la mujer.

Kick vio al expolicía que trabajaba en la tienda. Estaba detrás del mostrador leyendo su revista *Guns & Ammo*, levantó la vista para observarlas y luego volvió a la lectura.

Muchas personas le dijeron a Kick que habían rezado por ella. Como si quisieran que les diera el crédito, ser tomadas en cuenta. Kick nunca estaba segura de cómo responder. *¿Supongo que Dios no estaba escuchando los primeros cinco años?*

–Gracias —murmuró Kick.

La mujer puso la mano en el hombro de Kick, y ella se estremeció. La gente siempre quería tocarla, en especial las mamás.

–Fuiste rescatada por un motivo —dijo la mujer, y Kick se quejó para sus adentros. Sabía la razón por la cual había sido rescatada. La dirección IP de Mel había sido descubierta en una investigación sobre venta de pornografía infantil. Según Frank, la operación completa sólo había sido una serie de llamadas fallidas e histeria dentro del FBI. Ni siquiera sabían que ella estaba ahí. El motivo por el que fue rescatada había sido, simple y llanamente, suerte.

–Si me lo preguntas —continuó la mujer—, el maldito se merece lo que le va a pasar. El diablo cobra su factura, de una u otra forma.

–Discúlpeme —dijo Kick con cortesía—. Tengo que comprar una pistola de electrochoques —retrocedió y se alejó de la mujer.

–Todos pensamos que estabas muerta —dijo la mujer. Miraba a Kick de forma reverencial y con los ojos llorosos, como si acabara de encontrar la imagen de Jesús en su pan tostado. En la pared trasera, en la imagen del blanco un asaltante de bancos apuntaba su pistola a la espalda de la mujer—. Es como una resurrección —dijo la mujer sonriendo. Luego señaló hacia arriba, al techo de paneles de la tienda—. Hay un plan para ti

—afirmó. Su lengua estaba un poco de fuera, la pequeña puntita rosa. Si Kick le pateara la barbilla, la mujer se cortaría la lengua de una mordida.

La mujer dio un paso hacia ella.

–Confía en ti, Kit —dijo.

Kick hizo una mueca al escuchar su viejo nombre.

–*Kick* —la corrigió.

La mujer no pareció comprender.

–Ahora me llamo Kick —dijo, sintiendo endurecerse el centro de su cuerpo—. No Kit. Ya no.

No se había acostumbrado a su viejo nombre después de volver a casa. La hacía sentir como una impostora.

–Bueno —dijo la mujer, tocando de nuevo su arete—, el tiempo sana todas las heridas.

–Tu pistola es demasiado grande —dijo Kick—. Retrocede demasiado, por eso no le estás dando al blanco. Comienza con algo más pequeño, como una .22, y apunta a la cabeza.

La mujer se rascó la comisura de la boca.

–Gracias.

Se miraron en silencio por un momento. Kick sintió la necesidad de correr como no la había sentido en mucho tiempo.

–Tengo que ir a hacer pipí —dijo Kick, e indicó con un ademán de la cabeza el letrero de los baños. La mujer la dejó ir. Se apresuró hacia la puerta del baño y la cerró con llave detrás de ella. La silueta de la Glock se veía en el bolsillo de su sudadera. Tenía líneas rojas en la cara, los lentes de seguridad le habían dejado marcas sobre la frente y las mejillas. Se quitó la capucha y examinó su reflejo en el espejo. La gente la conocía por los carteles de cuando desapareció. Su fotografía de primer año, con trenzas y fleco, una sonrisa forzada. Había sido famosa en su ausencia: en espectaculares, las noticias, el tema de conversación en programas de televisión y protagonista de historias en los periódicos. Había aparecido en portadas de revistas. La primera foto que le tomaron después de su rescate se volvió viral. Pero ya no era la niña que la gente recordaba; entonces ya tenía 11 años, la mirada enojada y una maraña de pelo negro largo que le caía sobre la espalda. Su madre le quitó el fleco y le cortó las trenzas y la familia publicó otra fotografía: Kick reunida con su hermana, abrazadas. Ésa había salido en la portada de *People*. Su madre vendía fotografías cada año después de eso, en el aniversario, hasta que Kick se fue de casa. Su mamá decía que se lo debían al público, para que la vieran crecer.

Kick abrió la llave del agua fría en el lavabo, se arremangó y comenzó a lavarse las manos. Las municiones dejaban residuos de pólvora en todas partes. Tomó agua con las manos y se mojó la cara. Después se secó y se inspeccionó de nuevo frente al espejo.

Se deshizo la coleta y se soltó el pelo. Le cayó a la altura de los codos. No se cortaba el pelo. Ya no.

Su celular vibró en el bolsillo de sus pantalones y lo sacó con los dedos fríos.

Leyó el mensaje tres veces. Le provocó dolor de estómago.

Una Alerta Amber acababa de ser emitida por la policía estatal de Washington, buscando a una niña de cinco años raptada por un extraño: había sido vista por última vez en una camioneta blanca con placas del estado de Washington, que iba en camino hacia la carretera I-5 con dirección a Oregon.

Titubeó. Sabía cómo acababa este tipo de cosas.

Pero no pudo detenerse.

Abrió la aplicación de escáner policiaco en el celular, levantó la mochila del piso del baño y se dirigió hacia la puerta, con la Glock cargada todavía en la sudadera. Siempre que viajaban, Mel colocaba a Kick en el piso del asiento trasero y la cubría con una sábana, y cambiaba las placas del coche por unas de concesionario. Las placas de concesionario eran más difíciles de investigar y proveían muy poca información, así que los patrulleros no se molestaban en buscarlas.

En realidad no creía que encontraría el auto. Era algo que al parecer ninguno de sus psiquiatras comprendía. Kick sabía lo inútil que resultaba hacerlo. Sabía que recorrería la carretera interestatal de arriba abajo hasta terminar exhausta y quedarse despierta la mitad de la noche actualizando su navegador, descifrando cada detalle, buscando cualquier cosa que le resultara familiar. Sabía que era probable que la niña ya estuviera muerta, y que cuando la policía encontrara el cuerpo sentiría que una parte suya habría muerto también.

Así sucedía esto.

Así sucedía siempre.

No se suponía que la penitencia fuera divertida.

2

Kick llevaba cuatro horas de retraso cuando entró en el departamento de su hermano en el sureste de Portland. Tenía la sudadera empapada por la lluvia. Se sacudió la capucha, subió algunos escalones y sin querer tropezó con una de las bolsas con materiales reciclados que James había estado recolectando y guardando junto a la puerta durante el último mes. Por todas partes cayeron botellas de agua vacías, latas de sopa de chícharo vacías y botellas aplastadas de Mountain Dew. Kick caminó con dificultad por el pasillo para recoger una de las latas que cayeron. Siempre estaba tras de algo.

—Llegas tarde —escuchó la voz de James desde la sala.

El departamento de su hermano estaba a dos pisos debajo del de Kick, y la distribución era idéntica. La parte principal consistía en la sala, el comedor y la cocina en espacios abiertos, sin divisiones, con techos altos y ventanas opresivamente grandes. Los espacios privados (el baño y la recámara) eran muy pequeños y con alfombras horribles. Kick pensaba que había algo metafórico en ello.

—Más vale que no hayas traído aquí esa pistola —dijo James.

Kick apretujó la última botella de plástico dentro de la bolsa.

—Está bien —respondió. Tomó la Glock del bolsillo de la sudadera, checó dos veces el seguro y la guardó en su mochila. Luego se la colgó al hombro, caminó entre las demás bolsas de reciclados y siguió por el pasillo hasta la sala.

Como de costumbre, James estaba sentado frente a su computadora, con los audífonos alrededor del cuello. Los tres monitores estaban encendidos. Había varios libros sobre programación en la repisa que estaba arriba del escritorio, junto con tazas de café, libros de ciencia ficción y botellas con restos de refresco. Su escritorio estaba frente a una ventana de piso a techo, cubierta con carteles inspiradores que había pegado con cinta adhesiva al vidrio. *Trata de ser como la tortuga: en paz con tu propio caparazón. Cambia tus pensamientos y cambiarás el mundo.*

—Se suponía que llegarías a las once —dijo sin voltear a verla—. Y cuando dije que no podías traer aquí tu pistola, no me refería a que podías traerla si la guardabas en tu mochila.

Kick escudriñó su mochila. James ni siquiera había volteado. No sabía cómo hacía eso. De todas formas, lo ignoró, agarró un pedazo de pizza de una caja grasienta que casi había pisado, se echó en el sofá y dejó la mochila en el piso. La pared de la sala era un collage de carteles de viajes. No de esos viejos con una pintura y tipografía estilo *art déco*, sino tipo agencia de viajes, de ésos en los que aparece una Torre Eiffel y la frase *¡Visita París!* escrita en cursiva de una esquina a otra. James nunca había salido del país. Kick divisó la cuenta del agua sobre un ejemplar de la revista *Macworld* que estaba abierto en el sofá junto a ella: la agarró y la guardó en su sudadera para pagarla después.

—¿Viste la Alerta Amber? —preguntó ella.

Su hermano todavía fingía estar escribiendo algo en el teclado.

—¿Esto va a ser como con Adam Rice? —inquirió él.

Adam Rice había desaparecido hacía tres semanas en el patio del edificio de departamentos de su madre en Tacoma. Eso había detonado a Kick. No sabía por qué, nunca lo sabía. Tal vez era porque Tacoma no estaba tan lejos. Pero desde el primer momento en que vio la fotografía de Adam, sintió una conexión con él.

La pizza estaba fría y dura. De todas formas le dio una mordida.

—Lo tengo bajo control —replicó. Sacó de su mochila un paquete de estrellas ninja y se las guardó en el bolsillo de la sudadera. Podía relajarse más si tenía armas a la mano.

James giró su silla para verla. Su camiseta de caseta telefónica del Dr. Who tenía una mancha verde y endurecida en el cuello. Kick deseó que fuera de sopa de chícharo.

Él se quitó el fleco de los ojos y se puso los lentes.

—¿Entonces funcionó la *app*? —preguntó. Hacía poco había empezado a dejarse el bigote. Kick no tenía corazón para decirle que todavía se veía de 15 años. La mayoría de la gente se sorprendía al saber que era dos años mayor que ella.

–Tú la diseñaste —dijo Kick—. Por supuesto que funcionó.

–¿Qué hiciste? —la interrogó—. ¿Manejar de arriba abajo por la carretera I-5 toda la mañana, buscando una camioneta blanca?

Hizo que sonara tan inútil.

–No es sano —dijo—. Lo sabes —señaló la pizza en la mano de Kick—. Eso tiene cinco días —le informó.

Ella dio otra mordida a la pizza y la masticó despacio con la boca abierta, mirando a su hermano.

–Eso fue tan innecesario —dijo él, y puso los ojos en blanco mientras regresaba con la silla a su escritorio.

Fingió estar concentrado viendo algo en la pantalla de su computadora.

Kick no mordió el anzuelo.

Finalmente, James le dijo:

–¿Quieres ver lo que he estado haciendo?

Se suponía que recibiría una certificación en línea de un nuevo lenguaje de programación. Kick aguzó la mirada al notar que en los monitores no aparecían los tontos códigos de siempre. Se levantó del sofá y se acercó al escritorio. Era un desorden, excepto el área del teclado donde James guardaba su talismán, un pequeño hombre hecho de alambre retorcido. En su monitor más grande, el de en medio, aparecía una cuadrícula con iconos de videos. Kick se atravesó para alcanzar el *mouse*, pero él le quitó la mano.

–Yo lo hago —le dijo, y guio el cursor hacia uno de los iconos y le dio clic para maximizarlo.

La ventana creció para revelar un video en tiempo real de autos en la interestatal. Kick revisó los otros iconos. Eran muy similares.

–¿Qué son ésos? —preguntó.

La comisura de la boca de James se arqueó y apareció una sonrisa satisfecha.

–Cámaras de tráfico —respondió—. Tengo un programa que realiza capturas de pantalla de cualquier vehículo que yo especifique. Por ejemplo, camionetas blancas —tecleó algo y se abrió una ventana en otro monitor—. Mira aquí —le indicó. Había por lo menos cien capturas de pantalla de camionetas blancas.

A Kick le dolían los ojos por el esfuerzo de distinguir una de la otra.

–Es una maldita sobrecarga de camionetas blancas —replicó.

–Solicité las imágenes mediante colaboración abierta —explicó James—. Así que tengo voluntarios en todo el mundo viendo estos videos en vivo en cuanto me llegan. Si alguno de ellos detecta un vehículo con las placas que correspondan o de concesionario, lo sabré de inmediato. Es más rápido que lo que la policía está haciendo.

Kick abrazó a su hermano por el cuello y le dio un beso. Su camiseta olía a que llevaba con ella puesta varios días.

–Eres brillante —le dijo.

James se sonrojó. Ella notó que estaba satisfecho. A últimas fechas no había estado muy contento y alegre, así que esto le pareció un buen signo. Kick se sentó en el brazo de la silla y se recargó sobre su hermano mientras miraban el monitor. El video estaba en blanco y negro y los autos aparecían como sombras grises. Cada tantos segundos, James minimizaba un video y maximizaba otro. Había tantos autos y agua en el camino, que las placas se veían borrosas.

Kick apartó la vista del monitor y notó que había un nuevo póster en la ventana. Tenía una imagen de una pelota de beisbol y una frase de Babe Ruth: *No permitas que el miedo al fracaso te frene.*

–Ya van dos secuestros por extraños en el último mes —dijo Kick.

James no dijo nada. Tomó al hombrecito de alambre. Las cicatrices en sus muñecas eran dos rayas borrosas. Ella nunca le había preguntado al respecto. El hombrecito de alambre medía tres centímetros, lo suficientemente pequeño para guardarlo en la mano. Pero James no permitía que Kick lo tocara.

–Tú sabes lo que eso podría significar —dijo Kick.

James se ajustó los lentes en medio de la nariz.

–Llamaste a la policía otra vez, ¿verdad?

La conocía demasiado bien.

–Dijeron que no necesitan mi ayuda y me sugirieron llamar a mi terapeuta —respondió ella.

–¿Quieres ayudar? —inquirió James—. Usa algo del dinero de tu compensación y cómprales un mejor sistema de cómputo —sonrió satisfecho y puso al talismán de vuelta en su lugar—. O uniformes más bonitos.

Kick abrió la boca para revirar con algo inteligente, pero olvidó lo que iba decir en cuanto sus ojos se posaron en el monitor de James.

–Hija de puta —masculló.

–¿Qué? —preguntó James. Ella sintió su tensión—. Ah.

El canal local de noticias transmitía en vivo en la pantalla debajo de la cámara del tráfico. Kick se sentó y se inclinó hacia delante. Una presentadora de noticias hablaba detrás de un escritorio. Tenía poco más de 50 años, con el cabello negro bien peinado y un dije que le pareció familiar. Junto a la mujer apareció una imagen que abarcó gran parte de la pantalla: una fotografía de Kick con la capucha puesta, de cuando estaba tratando de alcanzar el casquillo en el campo de tiro.

–Sí *era* una reportera —dijo Kick. No estaba texteando: había estado tomando fotos con su celular—. Estaba en el campo esta mañana —le explicó a James. Frunció el ceño y cerró los puños—. Sabía que tenía que romperle los dientes.

–¿Quieres que le suba? —preguntó James con vacilación.

–No —dijo Kick, con la mirada fija en las imágenes del monitor. Un avance junto a la imagen decía: *¡Información de última hora sobre Kit Lannigan! De víctima de secuestro a experta en tiro al blanco.* Nunca podría ir de nuevo a ese campo de tiro.

La fotografía de Kick se disolvió y apareció otra. La reconoció de inmediato: era la foto de la autora de un libro titulado *Mi historia: lecciones que aprendí del secuestro de mi hija.* Su madre lo había escrito. Ésa había sido la gota que derramó el vaso y que provocó que Kick se independizara. *¡Esta tarde a las cinco, entrevista con la madre de la niña secuestrada, Paula Lannigan!*

A Kick se le revolvió el estómago. Luchaba todo el tiempo consigo misma para no estrangular a su madre. "Madre de niña secuestrada." ¿Quién iba a decir que eso era una profesión?

Después apareció un video de un hombre con barba cerrada y traje subiendo las escaleras de concreto de un edificio de oficinas, mientras un reportero le preguntaba cosas a gritos. Ésa fue la única vez que Kick vio a Frank: cuando apareció en la televisión, con un micrófono frente a su rostro enrojecido. James subió el volumen.

–¿Algún comentario sobre la salud de Mel Riley, agente Moony? —gritó el reportero—. ¿Le alegra que esté muriendo? —Frank dirigió una mirada fulminante hacia la cámara y apartó de su camino al periodista.

Él nunca había dado una entrevista.

–Apágala —dijo Kick en voz baja.

James apretó un botón y la ventana de video desapareció. El pulso de Kick palpitaba en sus oídos.

–¿Quieres platicar sobre esto? —preguntó su hermano con una mirada nerviosa.

Arriba de la impresora estaba pegado un póster de una rana capturada a medio salto. *Salta y la red aparecerá*.

–No —dijo Kick.

Deslizó el paquete de estrellas ninja del bolsillo de la sudadera, sacó una, la agarró con el pulgar y el índice y la lanzó a una tabla de tiro al blanco que James había colgado en la pared de enfrente. Se hundió al centro y la tabla cayó al suelo.

–Sí —dijo James con sequedad—. ¿Estás bien?

–Lo siento —masculló Kick entre dientes. Besó a su hermano en la mejilla y se levantó—. Huelo a pólvora. Necesito bañarme.

Se puso dos dedos dentro de la boca y lanzó un silbido ensordecedor.

James se crispó.

–Me gustaría que no hicieras eso —dijo.

–Es lo único que él puede escuchar —dijo Kick.

Esperó ahí, viendo hacia el pasillo, y un momento después un perro llegó arrastrándose desde la habitación de su hermano. Su hocico era blanco, tenía artritis en las patas, estaba casi ciego y sordo, pero aún podía escuchar su silbido.

–Él habría estado muy bien en tu casa —dijo James.

Kick observó a su perro cruzar la sala cojeando, meneando su cola peluda. Era parte border terrier y parte pastor australiano, con otras razas mezcladas que nadie podía identificar.

–Le gusta estar en familia —respondió. Se acercó directo a ella, con un amplio gesto de alegría en la cara, jadeando, y restregó su nariz negra sobre la rodilla de Kick.

–Tu correo está en la barra de la cocina —dijo su hermano y volteó de nuevo a ver el monitor—. Te llegó otra carta de la corte.

El sistema federal de notificación para víctimas escupía una carta cada vez que la imagen de Kick aparecía en un juicio de pornografía infantil. Como había sido la estrella de una de las series más completas de la industria, su imagen estaba almacenada en muchos discos duros. Se referían a esos videos como "Películas de Beth" y, aunque pareciera mentira, no había forma de borrarlos de internet.

Kick le rascó la barba peluda a Monstruo y miró sus ojos lechosos. No le importaba lo que el veterinario dijera: ella podía jurar que el perro podía verla.

–Eh, Monstruo —dijo—. ¿Me extrañaste?

3

L a carta de la corte terminó igual que todas las demás: sin abrir, en una caja de archivo de cartón en el clóset de la recámara de Kick. Las cajas ya ocupaban la mitad del clóset, tres columnas de cuatro cajas cada una. Antes de solicitar su emancipación a los 17 años, las cartas iban dirigidas a su madre. Kick no sabía nada al respecto en ese entonces. Unas semanas después de cumplir 17 se mudó a su propio departamento y la primera carta llegó, dirigida a Kathleen Lannigan, el nombre oficial de Kick.

Sí abrió esa carta.

Decía que un hombre llamado Randall Albert Murphy estaba siendo procesado en Houston por vender casi tres mil fotos y videos de pornografía infantil en línea. En 67 imágenes aparecía ella.

Después de eso, dejó de abrir los sobres. Llevaba la cuenta de las cartas que llegaban y cada vez que había una nueva la sumaba al total. Después de la carta número 500 dejó de contar.

Kick le dio la espalda al clóset. Monstruo miraba fijo la puerta de la recámara, hacia el pasillo, con la cabeza firme y atenta.

Ella se acercó y le rascó la cabeza mientras observaba el mapa.

El mapa escolar desplegable marca Rand McNally colgaba muy cerca del techo en la pared de su recámara, que daba al sur. El mapa era tan alto como ella, y tan ancho que no podía abarcarlo con los brazos abiertos. Provenía de un salón de clases en Wisconsin —al menos eso es lo que la gente de eBay había dicho— y tenía esos colores brillantes de la primaria: tierra limón-amarillo, cordilleras mandarina-naranja, océanos y lagos azul cobalto. Florida estaba un poco arrugada, había una parte rasgada cerca de Delaware, y en cierto punto en la vida del mapa alguien había circulado Death Valley con un marcador negro.

Kick lo había dañado mucho más desde entonces. Con tachuelas marcaba los lugares donde habían raptado a niños desde la desaparición de Adam Rice tres semanas atrás. Oakland, Riverside, Chicago, Columbus, Richmond, Baltimore, San Antonio, etcétera. Las tachuelas rojas significaban un secuestro por un extraño; las azules representaban escape de casa; las blancas significaban interferencia de custodia. El sistema era imperfecto. Escaparse de casa podía ser por voluntad propia, pero luego eran secuestrados en la calle. La interferencia de custodia podía derivar en un ataque de pánico del padre o la madre secuestradores y entonces lastimar o abandonar al niño.

Kick recorrió la superficie del mapa con los dedos, sintiendo los pequeños hoyos donde las tachuelas habían perforado el mapa y luego las había quitado. Un hoyo significaba que un niño había sido encontrado, vivo o muerto. Las pequeñas perforaciones eran difíciles de ver a simple vista, pero bajo los dedos de Kick el mapa se sentía como si hubiera sido rociado con perdigones.

Monstruo dio un empujón con su hocico a la pierna de Kick y ella puso la mano en su cabeza.

Alrededor del mapa la pared estaba cubierta con impresiones con la foto de Adam Rice. Habían publicado dos carteles de niños desaparecidos con su foto, y Kick había encontrado varias fotos más de él en internet. Tenía imágenes de Google Street View del edificio de departamentos donde había sido secuestrado, y un mapa de las calles del área con post-its que marcaban las posiciones de los testigos. De todas formas nadie había visto nada particularmente útil. La mamá de Adam había estado dentro de su departamento en el primer piso, a unos seis metros del patio donde estaba jugando su hijo. Un trabajador que estaba en la esquina instalando una nueva línea de televisión por cable había visto a Adam quieto en el patio. Una vecina lo había visto cuando salió a hacer unos mandados. Ahí estaba. Y de pronto ya no.

Monstruo se escabulló debajo de la mano de Kick y un momento después aventó una pelota a sus pies. Ella la levantó y la lanzó hacia atrás, a través de la puerta de su recámara, por el pasillo, y Monstruo fue corriendo tras ella.

Junto al océano Pacífico estaba pegada una fotografía de un periódico:

la mamá de Adam haciendo una declaración a la prensa unos días después del secuestro de su hijo. Su expresión era de completo dolor, sus ojos estaban tan hinchados que apenas podía abrirlos. Estaba abrazando un elefante de peluche. Le dijo a la prensa que tendría consigo al elefante hasta que su hijo volviera a casa.

Kick alcanzó la caja de las tachuelas rojas, tomó una y la puso en Seattle, apretando tan fuerte que en su pulgar quedó una marca. Tacoma estaba tan sólo a media hora de Seattle, tan cerca que las dos tachuelas se tocaban.

Monstruo no volvió con la pelota. Kick apenas lo notó, pero Monstruo estaba viejo y se distraía con facilidad, así que no le dio mucha importancia. Todavía no se bañaba. Se quitó la sudadera y caminó hacia el baño, ansiosa de oler a algo que no fuera pólvora.

* * *

Las duchas le daban a Kick oportunidad de revisar sus heridas. Comenzaba por los pies. La uña ennegrecida del dedo del pie estaba progresando bien. Ya empezaba a caerse y la piel debajo estaba sanando. Sonrió con orgullo y sacudió el pie sobre el piso mojado. Había pateado la pierna de un estudiante en el *dojo*, y el fémur del chico había quedado peor que su uña. Se volteó para revisar los moretones en sus piernas. Había estado practicando para aprender a caer, aventándose hacia delante en el tapete del gimnasio una y otra vez hasta rodar por reflejo. Colocó sus manos sobre los puntos en las costillas que le dolían por los golpes que recibió en el gimnasio de box, y luego las puso sobre una lesión en el hombro ocurrida cuando decidió dejarse caer espontáneamente sobre el concreto sólo para ver si podía hacerlo.

Examinó las costras en los nudillos por romper tablas en su última *kata* de karate. Cada herida la hacía sentir más fuerte. No joven. Ni suave. A salvo.

Satisfecha, cerró la llave del agua, abrió la puerta de vidrio, tomó una toalla y salió. De inmediato se le erizó la piel. Podría haber entrado de nuevo a la regadera tibia para secarse, pero no lo hizo porque estaba esforzándose para volverse más resistente. Se secó con la toalla e ignoró el ruido del agua luchando para irse por la coladera tapada. Ése era el precio de tener el pelo a la altura de los codos: tenía una manera peculiar de enredarse en las tuberías y las obstruía. Parecía tener vida propia.

Se envolvió en la toalla. El vapor se iba despejando del espejo. Nunca se veía tan ruda como se imaginaba a sí misma.

Mientras se cepillaba el pelo, el último reducto de agua resolló por la coladera. El silencio duró un momento, hasta que escuchó un débil sonido de agua goteando: *bthmmp*, *bthmmp*. Kick lo ignoró, jalándose un nudo del pelo. Su celular estaba en la repisa. Lo revisó. No había novedades del caso de Alerta Amber. Se miró otra vez en el espejo. Un charco se estaba formando a sus pies por el agua que escurría de su pelo. *Tal vez tenga que conseguirme un tapete Mohawk*, pensó.

Las palabras quedaron suspendidas en el silencio. Y luego: *bthmmp*, *bthmmp*. Kick abrió la regadera y apretó las dos llaves. La observó. No veía gotas de agua cayendo. Salió y dejó que la puerta se cerrara.

Bthmmp, bthmmp.

Se dio la vuelta. No venía de la regadera; tenía que ser de otro lado. Revisó el baño y se dio cuenta de algo más.

Monstruo no estaba ahí.

Su perro casi siempre se acurrucaba en el tapete frente al lavabo mientras ella se bañaba y luego, justo cuando salía, la seguía por todos lados y lamía el agua que iba dejando al caminar. Ella no sabía por qué lo hacía. James pensaba que era porque el agua sabía a ella. Él lo llamaba Perfume de Kick.

Kick abrió la puerta del baño. Todavía tenía el cepillo en su cabello, atorado en un nudo junto a la oreja, pero ahí lo dejó. No vio a Monstruo en el pasillo.

Silbó.

No acudió.

Un delgado hilo de miedo le apretó la garganta. Monstruo estaba viejo. Tenía hábitos. Sabía moverse con facilidad por el departamento; ella nunca cambiaba los muebles de lugar y procuraba no dejar cosas en el piso con las que pudiera tropezarse. Pero él se mantenía cerca. En los últimos meses se había confundido algunas veces y se quedaba quieto en alguna habitación. Cuando lo encontraba parecía sorprendido, como si no supiera que ella estaba en casa. Demencia leve, dijo el veterinario. Entonces el veterinario empezaba a hablar sobre la calidad de vida y esas cosas; Kick cargaba a Monstruo y salía antes de que le diera otro folleto sobre eutanasia.

No estaba en negación, no importaba lo que dijera el veterinario. Kick sabía que Monstruo moriría algún día. *Sólo que por favor no sea hoy*, rogaba en silencio al universo. Caminó descalza a su recámara, dejando un rastro de huellas mojadas, con el cepillo todavía atorado en el pelo. Monstruo solía dormir en su cama y cuando su cuerpo al fin le fallara, ella sabía que iría ahí.

Sus pies tocaron el tapete de la recámara y prendió la luz. El mapa se cernía sobre la habitación: el escritorio verde, el vestidor, la mesita de noche, su cama. Se le encogió el corazón. Debajo de sus cobijas revueltas pudo ver un bulto en forma de perro al final de la cama donde Monstruo dormía siempre.

Entonces estuvo segura de que su perro había muerto. Sintió su pérdida como una presión física en el pecho. Se lo había imaginado tantas veces. Monstruo era muy viejo. Se había estado muriendo todo el último año. Quería soltarlo, dejarlo morir dormido, pero no estaba lista.

No hoy, pensó. *Por favor, sólo no te mueras hoy.*

Se le apretó el estómago. Se acercó despacio a la cama, extendió el brazo, forzando cada paso los músculos de su cara en una mueca.

Puso una mano en la cobija, reunió todo su valor y la levantó como si estuviera arrancando una tirita adhesiva.

El aire salió de sus pulmones con un respiro de alivio.

No era Monstruo, sólo era una sábana hecha bolas. El pelo de perro se alborotó cuando sacudió las cobijas y flotaba en el aire.

¿Entonces dónde estaba?

Kick volteó y silbó de nuevo, tan fuerte que le dolió, tan fuerte que tal vez James la escuchó dos pisos abajo. Pero Monstruo no fue hacia ella. Nunca antes se había dado cuenta de lo mucho que su departamento olía a perro, cuánto pelo de perro había.

Lo escuchó de nuevo: *bthmmp*, *bthmmp*.

Provenía de la sala. Kick agarró la pelota de tenis con sabor a tocino, que era la favorita de Monstruo, y caminó por el pasillo. Estaba a mitad de camino para llegar a la sala cuando notó que su mochila había sido movida.

Se paró en seco.

A simple vista, parecía que la mochila estaba en el lugar exacto donde la había dejado, en el piso junto a la puerta de entrada, recargada en la pared. Ahí la dejaba todos los días cuando ponía el código de seguridad en el panel de la alarma. La mochila estaba acomodada como siempre: con los tirantes viendo hacia la pared. Los cierres todavía estaban cerrados. Sólo que algo estaba un poquito diferente. Era el tipo de detalle que nadie detectaría. Pero su perro estaba ciego y por eso tenía un lugar para cada cosa, y el lugar para su mochila era diez centímetros más lejos de donde estaba ahora.

Bthmmp, bthmmp.

Kick miró hacia el corredor. Las luces de la sala estaban apagadas. El agente de bienes raíces había elogiado mucho las ventanas de piso a techo de la sala cuando Kick compró el edificio. "Dejan entrar tanta luz", había dicho el agente una y otra vez. Instaló persianas antes de terminar de empacar: ver hacia fuera significaba que otras personas podían ver hacia dentro, y lo último que quería era que aparecieran en *US Weekly* fotografías suyas en su propia sala, tomadas con telefoto. Ahora, cuando las persianas estaban cerradas, la luz del día apenas penetraba.

Apretó la pelota de tenis sabor tocino.

–Monstruo —murmuró, aunque sabía que no podía escucharla.

Revisó el panel de la alarma en la pared. Ni siquiera había querido ese tonto aparato; su madre había insistido. Dijo que Kick estaría protegida con eso. Casi nunca prendía la alarma. Pero esta vez estaba encendida y la luz verde parpadeaba. De pronto, justo cuando la estaba viendo, dejó de parpadear. Se fue la luz. Kick se ajustó la toalla alrededor de su pecho. La pantalla digital del panel estaba oscura. Apretó el botón de pánico y lo mantuvo presionado por cuatro segundos. Nada sucedió. Apretó entonces "policía" y "médico" e "incendio". Se apagaron en silencio, inútilmente.

Kick se puso de espaldas contra la pared.

Sabía que debía salir del departamento. Era la regla 101 de la defensa personal: *La conciencia es la mejor defensa personal. Escapar es la segunda mejor*. Pero no podía dejar a Monstruo. Se lo había prometido a sí misma la primera vez que se separaron: no se iría sin su perro.

Miró con cautela hacia la sala a oscuras, se acercó con rapidez a la mochila, se arrodilló y abrió el cierre. La Glock todavía estaba ahí. La empuñó y la sacó con suavidad. Mel le había enseñado a disparar una .22, pero Frank le había enseñado a disparar una .45. Kick sostenía la Glock en una mano y la pelota de tocino en la otra.

Pfttnk, bthnnk. Se le erizó el vello en la nuca. Era el mismo sonido pero ahora lo escuchaba con más claridad.

Se asomó al pasillo. Conocía ese sonido. Apretó la pelota de tocino y la aventó fuerte contra el suelo para que rebotara en la pared y atraparla de regreso. *Pfttnk, bthnnk.*

Una pelota rebotando.

Dejó caer la pelota, se ajustó la toalla, levantó la mano con la Glock y comenzó a moverse pegada a la pared.

Sus pies descalzos no hacían ruido en el piso de madera. Respiró despacio y profundo por la nariz, dejando que el diafragma hiciera el trabajo en lugar de los pulmones. Guardó silencio.

Pfttnk, bthnnk.

Al acercarse, la oscuridad tomó forma y textura. Desde donde estaba observaba sólo una parte de la sala, no alcanzaba a ver las áreas del comedor o la cocina. Pero podía recrear las formas de los muebles modernos que el decorador de su madre había elegido. Una de las persianas estaba un poco abierta y haces de luz penetraban entre las tiras, dibujando rayas de luz sobre el piso. Se asomó en la esquina, trató de ver más y observó un rayo de luz sobre la silueta de su silla estilo Eames.

Algo se movió.

Kick retrocedió y se pegó a la pared.

Había visto un pie, estaba segura, como si alguien estuviera sentado en la silla y hubiera quitado el pie de la luz.

Cerró los ojos.

No era joven, no era suave. Estaba a salvo. Sabía cómo sacarle el ojo a alguien usando su dedo como anzuelo. Podía disparar, sabía caer y podía romper la tráquea de alguien de un codazo.

Abrió los ojos, tanteó para encontrar el interruptor de la luz, lo encendió, levantó la Glock y entró en la sala.

El hombre sentado le sonrió.

Si Kick no hubiera estado tan sorprendida, le habría disparado.

No parecía un drogadicto queriendo robar su televisor. Supuso que tendría unos 35 años. Su cabello oscuro estaba corto y tenía una parte rapada a los lados. Estaba rasurado. Pero había algo raro en él, algo muerto en su mirada. Su rostro estaba demacrado y sus rasgos eran ásperos, formando contrastes de luz y sombra. Por las facciones de línea dura su sonrisa parecía amenazante.

Vestía jeans, camiseta y unos zapatos deportivos a la moda que nadie usaría para hacer ejercicio. Parecían nuevos, nunca antes usados. Un saco negro estaba colocado en un brazo de la silla, doblado con cuidado. No se comportaba como si estuviera cometiendo un delito. Estaba en forma y tenía brazos y piernas largas, su cuerpo estaba acomodado en la silla como si se sentara ahí siempre, como si ella fuera la que lo hubiera interrumpido a *él*. Uno de sus codos estaba apoyado en uno de los brazos de la silla, y en esa mano tenía una pelota de tenis morada.

Parecía que la estaba esperando.

Monstruo estaba sentado a sus pies, agitado y a la expectativa, moviendo la cola.

El hombre levantó la pelota de tenis, la botó contra el suelo, luego contra la pared, y la atrapó sin mirar. Monstruo siguió el movimiento de la pelota con su cabeza.

Kick puso su dedo sobre el gatillo de la Glock y apuntó hacia la cabeza del hombre.

–Aléjate de mi maldito perro —dijo.

4

El hombre no se movió. Kick no se movió. Un hilito de agua escurrió entre sus omóplatos.

Entonces él dejó caer la pelota de nuevo.

Otra vez golpeó el piso, rebotó en la pared y la atrapó. Otra vez, Monstruo siguió sus movimientos con sus córneas opacas. Kick no sabía si de alguna forma su perro escuchaba el rebotar de esa pelota, distinguía alguna mancha de color o si sólo percibía su olor, pero estaba fascinado por completo.

Kick se acercó más, alternando la mirada hacia su perro y hacia el hombre. Daba pequeños pasos para mantener la toalla puesta el mayor tiempo posible hasta estar fuera de peligro. Se sintió hiperconsciente de su cuerpo: las plantas de sus pies presionando el piso, el aire en sus pulmones, la forma en que sus párpados se atoraban por una fracción de segundo al parpadear. La Glock seguía perfectamente firme en sus manos. Por el rabillo del ojo izquierdo podía ver el mango de plástico naranja de su cepillo, atorado en su pelo. Era del mismo color que los zapatos del hombre.

Ahora la habitación estaba demasiado brillante, demasiado colorida, como en medio de caramelo derramado.

Monstruo gimió y olfateó hacia la pelota.

—Creo que Frank y yo tenemos algo en común —dijo el hombre con suavidad.

Kick titubeó al escuchar el nombre de Frank. Sus ojos miraron rápido hacia el cajón de la mesita esquinera que estaba junto al codo del hombre. Nunca respondía las tarjetas de Navidad de Frank, pero las leía, las ponía a la vista y luego las guardaba en el cajón en un montón apretado con una liga.

–¿De qué estás hablando? —exigió Kick.

Los iris del hombre eran gris oscuro, como rocas.

–Ahora has apuntado una pistola a nosotros dos —dijo el hombre. Sonrió un poco más. Pero sus ojos permanecían vacíos.

A Kick no le gustaba la forma en que la observaba. Su mirada hacía que se le erizara la piel. Caminó otro paso hacia él, con la Glock firme en sus manos. Todavía tenía los dedos arrugados por el agua caliente de la regadera.

–¿Quién eres? —preguntó, tratando de mantener la voz calmada.

Monstruo paró las orejas.

–Puedes llamarme Bishop —dijo el hombre, girando la pelota en su mano.

Por la manera en que lo dijo ella dudó que fuera su nombre real. Entrecerró los ojos. Tal vez si le disparaba en la rodilla le diría la verdad.

–Frank te recomendó para un trabajo —continuó Bishop. Soltó de nuevo la pelota, golpeó los mismos dos puntos y al final aterrizó directo en su mano.

Monstruo le ladró para que volviera a hacerlo.

Kick observó a Bishop con cautela. Había algo turbio en él, como si se reservara algo peligroso que no estaba listo para revelar.

–No quiero un trabajo —replicó.

–Frank me dijo que dirías eso —añadió Bishop.

A Kick no le gustaba cuando el hombre mencionaba a Frank. Le provocaba que se mordiera un poco la lengua.

–No he visto a Frank en años —dijo ella.

–Bueno, pues él se acuerda de ti —dijo Bishop. Giró la muñeca, lanzó la pelota al aire y la atrapó. Kick estaba empezando a cansarse de esa pelota; pensaba dispararle. La cola de Monstruo golpeaba el piso con entusiasmo.

Kick lanzó un silbido agudo.

Las orejas de Monstruo se levantaron y apuntaron hacia ella. Se inclinó hacia delante pero algo le impedía moverse. Pateó con suavidad, rascando el piso de madera con sus uñas y haciendo ruido, y Kick se dio cuenta de que estaba amarrado con una correa corta. Bishop la había usado para asegurarlo a la base de la silla.

Ella cruzó la sala en tres pasos, se paró frente a Bishop y apuntó la Glock directo a su frente. Monstruo rascó un poco más el piso y se estiró para tocar la rodilla de Kick con su hocico húmedo. Ella inhaló su olor a perro: jabón contra pulgas, pelaje y hedor a viejo.

Los ojos de Bishop se oscurecieron. Soltó la pelota morada. Rebotó un par de veces y luego rodó abajo del sillón rojo.

—Te dije que te mantuvieras lejos de mi perro —dijo Kick.

—No quieres dispararme —dijo Bishop—. Vas a arruinar esa linda pistola nueva. Disparar una Glock vacía tensa el percutor, puede zafarse. Lo sabes.

Kick miró la Glock dudosa. Se sintió tan aliviada al encontrarla en su mochila, que no pensó en revisar si estaba cargada.

El rostro de Bishop estaba completa y fríamente inmóvil. Monstruo gimió y jaló la correa.

—En lo personal, no soy un fan de las pistolas —dijo él—. Hacen que sea demasiado fácil lastimar a alguien.

El cerebro de Kick iba a mil por hora. Una pistola cargada y una descargada se sentían iguales. Sólo había una manera de estar segura. Kick expulsó el cargador y sus dedos se pusieron helados. El cargador estaba vacío. Jaló la corredera biselada y revisó la recámara. Nada.

—Mierda —dijo.

Bishop levantó el brazo y agarró la Glock por el cañón.

—¿Quieres saber un dato interesante? —preguntó—. Las personas que guardan armas en su casa tienen 2.7 posibilidades más de ser asesinadas.

Movió la mano a lo largo del cañón hacia la empuñadura. Kick encogió la mano al sentir sus dedos tocándola, pero no soltó la Glock. Bishop suspiró.

—Está bien —dijo—. Déjame darte otra pista —la observó fijo con sus ojos grises—. Adam Rice —dijo.

Kick lo miró, estupefacta.

Los dedos de Bishop se movieron sobre los de ella. Apenas sentía el arma. No podía decir dónde terminaba su piel y dónde comenzaba el metal de la pistola. Él seguía tratando de quitarle la pistola y ella seguía aferrándola. Kick pensó en golpearlo con ella.

Los ojos de Bishop brillaron con impaciencia. Uno de sus dedos alcanzó la parte interior de la muñeca de Kick.

–Mia Turner —dijo él.

La sangre se agolpó en los oídos de ella.

–¿Crees que tienen alguna conexión? —Bishop dibujó un pequeño círculo con el dedo en la muñeca de Kick, y le provocó escalofríos en los brazos. Abrió la mano, él tomó la Glock y la puso en la mesita esquinera junto a la silla. Ella no pudo detenerlo.

–¿Quién eres? —preguntó Kick.

–Una parte interesada —dijo Bishop con una sonrisa leve y sombría. Metió la mano en el bolsillo del saco y extrajo un puñado de balas .45 GAP y colocó las nueve, una por una, junto a la pistola sobre la mesita.

–Quería asegurarme de que no me dispararas —dijo—, antes de tener la oportunidad de hablar.

Kick echó un vistazo a Monstruo. Éste gruñó.

Bishop se recargó en el respaldo de la silla y se dirigió a ella con la mirada vacía.

Kick deslizó su pie derecho unos centímetros hacia delante, hasta quedar entre los zapatos deportivos anaranjados de él y aflojó la rodilla.

Despacio, Bishop recorrió con la mirada de arriba abajo la toalla que la cubría. No era una mirada lasciva, pero había algo en su forma de verla que le erizaba la piel. Se dio cuenta de que sus ojos no eran color piedra. Eran más bien color concreto.

–Te espero —dijo él—. Si quieres cambiarte.

Kick levantó la rodilla, apuntó y pateó hacia delante. Lo golpeó a la altura de la entrepierna con el tercio anterior del pie. Sintió que cedía el tejido suave debajo de la tela del pantalón. Él se dobló hacia delante y tosió fuerte como si se estuviera ahogando con algo, y luego se deslizó de la silla y cayó de rodillas en el piso. Apretó su abdomen con las manos. Tenía la cabeza agachada, el pelo oscuro sobre el rostro, pero ella vio que tenía la frente roja y arrugada por el dolor. Kick ajustó su toalla y esperó a que Bishop se desplomara. Al ver que no lo hacía, le dio un pequeño empujoncito en el hombro y cayó de lado sobre el piso en posición fetal. Ella se arrodilló y rápidamente desató a Monstruo.

Bishop se quejaba, boca arriba y con las rodillas juntas. Parecía que trataba de decir algo, pero no dejaba de hacer muecas para emitir las palabras. Kick jaló a Monstruo y lo colocó detrás de ella para protegerlo;

agarró el saco del brazo de la silla y comenzó a revisar los bolsillos. Encontró una cartera negra de piel, la abrió y revisó el contenido, echando ojeadas a Bishop mientras éste se esforzaba por respirar.

En una licencia de conducir del estado de Washington decía que su nombre era John Bishop. Sacó otras tarjetas: una American Express negra con el mismo nombre, tarjetas de seguro y una de un banco.

Bishop se retorcía y seguía a Kick con la mirada.

Volvió a poner la cartera en el saco y tanteó para ver si encontraba algo más. Tocó con los dedos un papel doblado que estaba dentro de un bolsillo interior. Lo sacó y lo abrió con rapidez.

Era una foto satelital de una casa. Tenía un techo rectangular, una terraza en el segundo piso y un largo patio cercado. Había vecinos en ambos lados, pero ninguno tan cerca como para hacer demasiadas preguntas. Una camioneta blanca estaba estacionada en la entrada.

Kick miró a Bishop, quien aún estaba en el piso.

–¿Éste es el auto de la Alerta Amber de Mia Turner? —preguntó.

Bishop asintió.

–¿Por qué tienes esto? —Kick exigió una respuesta.

–Te lo quería enseñar —dijo Bishop, jadeando entre cada palabra.

Kick observó la fotografía con detenimiento. Necesitaba llevarla a la policía. Podrían identificar a la gente que vivía en esa casa. Podían identificar a los dueños del auto.

Kick sintió el movimiento demasiado tarde.

Antes de poder reaccionar, Bishop se levantó: la sujetó con un brazo por la cintura y puso el otro alrededor de su cuello presionando con el codo debajo de la barbilla. La fotografía cayó aleteando al suelo. Kick trató de girar y librarse, pero él la apretó más. Agitó sus brazos a los lados, tratando de alcanzarlo y rasguñarlo, pero él se movía con ella, su cuerpo contra el suyo, leyéndola, anticipando sus movimientos. Monstruo ladraba al aire, desorientado y con el pelaje erizado. Kick trató de dar un codazo, esperando hacer contacto con el vientre de Bishop, pero él tan sólo se movía de lado a lado: el codazo se quedó en el aire y ella se torció el hombro. La toalla se aflojó durante la lucha, como si se estuviera desprendiendo de una piel extra, y el brazo que tenía alrededor de su cintura era lo único que la evitaba que se le cayera. Estaba sin aliento, jadeando y gruñendo. Se las arregló para agarrar la camiseta de Bishop y escuchó con satisfacción que se rasgaba la tela antes de soltarla. Lo pateó y él la levantó del suelo. Se agitaba, sin poder apoyar los pies ni impulsarse con el piso, con el dedo del pie ennegrecido volando sobre la duela.

Lo odiaba.

Monstruo ahora temblaba, con las orejas pegadas a la cabeza y la cola metida entre las patas. Kick sentía saliva en su barbilla. Hilos de saliva entraban a su garganta al respirar.

–Está bien, pequeño —lo llamó Kick. Pero Monstruo continuaba caminado de un lado a otro.

Kick traía el pelo pegado a la cara. La toalla estaba alrededor de su cintura y tenía los senos expuestos. No podía quitarse a Bishop por la fuerza bruta. La presión de sus brazos era implacable. Él era más fuerte. Sabía cómo hacer esto. Pero ella era más inteligente. Y sabía algo que él no: no sería forzada a hacer algo en contra de su voluntad, nunca más. Entonces se aflojó, haciendo su cuerpo pesado. Cinco años de yoga y relajación progresiva le habían servido de algo. Mientras sus músculos se ablandaban sintió que él empezaba a soltar un poco y luego dejó caer sus pies despacio al piso.

La pistola todavía estaba en la mesa, al alcance de la mano, y las balas colocadas en línea como soldaditos de metal junto a ella.

Bishop enganchó su pie izquierdo alrededor de la pierna de ella y luego colocó sus zapatos deportivos naranja en el piso entre sus pies, abriendo sus rodillas e inmovilizándola. La tenía tomada tan fuerte, que Kick sentía sus costillas expandiéndose contra ella al respirar. El brazo alrededor del cuello era como un collar de castigo para perros: lo apretaba si ella hacía incluso un micromovimiento más allá de donde él quería que estuviera. Ella podía olerlo, un suave olor a limpio como de limón. Sintió que el brazo soltaba su cintura y se abrazó a sí misma. Sin el brazo que la sostuviera, la toalla cayó al piso y Kick sintió el aire como si fueran manos frías en su cuerpo desnudo. Los músculos de su estómago se tensaron. Trató de juntar los muslos pero le resultaba imposible porque él la sostenía. ¿Acaso él quería que tuviera miedo? Pues a la mierda. No le iba a dar esa satisfacción. Monstruo olfateó la toalla alrededor de sus pies. Kick se sostenía del brazo que Bishop tenía alrededor de su garganta. Tenía la piel de gallina, todos los vellos erizados. Pero no trató de cubrirse y su cuerpo no cedió ni un centímetro.

–Estamos listos —dijo Bishop en voz baja.

Kick giró la cabeza. Bishop estaba hablando por su celular. Otra voz decía algo en respuesta, pero no podía entender qué. En su visión periférica vio que bajaba el celular y sintió que lo guardaba de nuevo en el bolsillo de sus pantalones. Su pulso latía en la parte interna del codo. Parte de su pelo estaba atorada debajo del hombro de él, y le jalaba el cuero cabelludo. La pantorrilla de Bishop aún estaba enganchada alrededor de la pierna de Kick, manteniendo sus piernas abiertas. Monstruo chupó sus tobillos, como si estuviera tranquilizándola. Su desnudez se sentía como si hubiera otra persona en la habitación. Cuando tuviera la oportunidad atacaría los ojos de Bishop.

Primero sintió el sonido en la piel. Todo su cuerpo ardió como si tuviera fiebre. El zumbido lejano de las aspas de un helicóptero. La vibración del motor atravesó la duela, las plantas de sus pies, un eco dentro de sus caderas. Incluso Monstruo miró hacia arriba. El cuerpo de Kick se tensó por completo. Bishop la apretó hacia él.

–Ya llegó nuestra nave —dijo Bishop con su aliento caliente en la oreja de Kick.

No podía detenerlo esta vez. Su miedo trepaba a lo largo de sus piernas, atravesaba su estómago y su columna, y al final se detuvo en el corazón.

–No voy a ir contigo —dijo Kick.

Bishop le dio un golpe en el cuello y perdió la visión por unos momentos. Dejó caer sus brazos a los lados para aflojar el cuerpo.

–Si no lo haces —dijo él— dos niños morirán —Kick estaba paralizada. Los labios de Bishop estaban a unos centímetros de su frente—. Así que escúchame.

La seriedad de su voz era escalofriante. Sintió un frío físico. Monstruo también pareció sentirlo y comenzó a gemir, sus quejidos ansiosos eran ahogados por el ruido del helicóptero. Bishop desenganchó su pierna de la de ella. Kick permaneció inmóvil, esperando la próxima movida. Luego, despacio, como si estuviera liberando a una fiera en el bosque, Bishop retiró su brazo del cuello de Kick con cautela.

El helicóptero sonaba cada vez más fuerte, más cerca.

Ella se volteó y se apartó de él, desnuda, jadeando, con la toalla amarilla a sus pies. No miró las nueve balas en la mesa. No calculó el tiempo que tomaría recargar. No quería distraerse. No cruzó sus brazos sobre sus pechos desnudos, ni levantó la toalla para cubrirse. Permaneció con los ojos fijos en Bishop, luego juntó los dedos medio e índice y los dobló un poco, en caso de que pegara en algún hueso, y cambió el peso a su pie izquierdo.

–Antes de que trates de cegarme, observa la foto otra vez —no parecía para nada preocupado porque Kick lo golpeara y lo cegara. Ni siquiera se movió para defenderse, y eso la irritó. *¿Tratar* de cegarlo? Ella podía clavarle los dedos en las córneas antes de que él pudiera levantar la mano para detenerla—. Necesito que vuelvas a mirar la foto —dijo él, esta vez con un poco más de urgencia.

Ella notó que él ni siquiera había sudado un poco. Él sabía cómo hacer esto, cómo someter a alguien, irrumpir en un departamento.

¿Cuánto tiempo había estado ahí esperando, aguardando a que saliera de la regadera? Había sabido emboscarla en el momento más vulnerable.

Las ventanas del departamento cimbraban en sus marcos, y la vibración bajo los pies de Kick la hizo pensar en Beth, en esa última noche en la granja. Soltó su mano y la relajó.

La fotografía satelital estaba en el piso. Se acercó a ella y se arrodilló, Monstruo llegó de inmediato a su lado y se recargó en ella, como si estuviera defendiendo su cuerpo desnudo. Kick alcanzó la toalla amarilla y se la enredó bajo las axilas. Con una mano tomó la foto y con la otra acariciaba a su perro, moviendo sus dedos sobre la parte aterciopelada de sus orejas triangulares, tratando de hacerlo sentir a salvo con su tacto. Cuando volteó a ver a Bishop ya tenía la toalla puesta y la mano llena de pelos de perro.

Kick observó la fotografía con detenimiento, luchando por mantenerse en equilibrio. Casa. Auto estacionado en la entrada. Plantas en la terraza. Patio trasero. ¿Qué se suponía que debía ver?

El zumbido del helicóptero estaba justo arriba de ellos. Levantó la mirada. Sonaba como si estuviera aterrizando en el techo. Kick lo escuchaba dentro de su cabeza como un recuerdo. Monstruo cojeaba en círculos alrededor de ambos, volteando hacia el techo de vez en cuando. Incluso su perro sordo oía ese escándalo.

Los rotores del helicóptero redujeron la velocidad, y el sonido se convirtió en una vibración sorda. El helicóptero había aterrizado y se estaba apagando. Quien fuera que estuviera allá arriba, el tiempo se acababa.

Casa. Auto en la entrada. Plantas en la terraza. Patio trasero.

Espera. Casa.

Entornó la mirada y observó la fotografía: la ventana del segundo piso en la fachada. El vidrio parecía oscuro a primera vista, pero al observar con detenimiento se veía una forma, como un rostro pequeño, como un niño mirando hacia fuera. Kick levantó la vista hacia Bishop. Él tenía las manos en los bolsillos, las cejas alzadas. *Mierda*. La fotografía temblaba en sus manos. Estaba haciéndolo de nuevo, repasando el laberinto. Le cosquilleaba la piel de la excitación, sentía la emoción de la posibilidad, de la esperanza. Levantó la fotografía y la miró más de cerca, para convencerse a sí misma de que era verdad, de que su mente no le estaba jugando una broma. Porque ella conocía ese rostro. Estaba en la pared de su habitación, la observaba mientras dormía. Lo había estudiado, se lo sabía de memoria, ardía en su cabeza, así que siempre conocería esa imagen, sin importar cuántos años hubieran pasado. Kick no tenía duda de que estaba mirando a Adam Rice. Estaba vivo.

No sabía si Bishop era bueno o malo, confiable o no. Tal vez no importaba.

Esto era lo que había estado esperando.

Su cerebro ya iba a mil por hora. La camioneta blanca estacionada en la entrada conectaba esta casa al secuestro de Mia Turner, así que ésta era una posible prueba de que Mia Turner y Adam Rice habían sido secuestrados por la misma persona.

Miró a Bishop.

–¿Qué eres? —le preguntó.

Bishop se acercó y tomó la fotografía de sus manos.

–Solía vender armas —respondió.

–¿Como pistolas?

–Entre otras cosas —dijo él.

Bishop se encogió de hombros.

–Gané mucho dinero —levantó la fotografía satelital—. Y muchos amigos con acceso a juguetes caros.

–Nunca había escuchado de ti —dijo Kick.

–Es extraño —dijo Bishop con una leve sonrisa—. Porque yo había escuchado de ti.

Kick no sabía qué pensar de él.

–Hubieras empezado por ahí —dijo Kick, señalando la fotografía.

–Planeaba llegar a eso en algún momento —dijo Bishop mientras caminaba hacia la silla y recogía su saco.

Ella notó que caminaba con cuidado.

–¿Te lastimé? —preguntó.

Bishop se puso el saco.

–Sólo un poco —respondió.

–La próxima vez lo haré más fuerte —dijo Kick.

–La próxima vez no te daré la oportunidad —dijo Bishop.

Kick pensó en golpearlo en los testículos otra vez, en ese mismo instante. En cambio, hizo la cosa más agresiva que se le ocurrió: se quitó la toalla amarilla empapada, estiró el brazo y la tiró.

Bishop no reaccionó: ni siquiera desvió la mirada.

Desconcertada, Kick se paró justo frente a él, completamente desnuda; con todo su cabello, pechos y vello púbico, rasguños, moretones y músculos lastimados. Se irguió derecha, con los hombros hacia atrás y los pies separados. Excepto por el sonido de Monstruo rascando con frenesí debajo del sillón en busca de algo, todo estaba en silencio. No había ruido del helicóptero. Eso significaba que estaba estacionado, esperando, arriba en el techo.

Bishop la contempló pensativo.

–Tienes problemas con la intimidad, ¿verdad?

Había querido ver qué hacía él. Pero ahora sentía que más bien él la estaba probando a *ella*.

–Estamos perdiendo tiempo —dijo él, y miró hacia el techo.

–Aún no he dicho que iré contigo —dijo Kick.

–Ajá —dijo Bishop—. Y yo no te he dicho que me duelen tanto los testículos que apenas puedo pararme —hizo una mueca y se acomodó—. Pero ambos sabemos que es verdad.

Kick se sintió satisfecha y orgullosa por eso.

Bishop deslizó la foto dentro de su saco.

–Vas a venir conmigo y te diré por qué —dijo. Bajó la voz para que ella tuviera que acercarse a escucharlo—. Dentro de poco, Mel Riley morirá en prisión por insuficiencia renal.

Lo dijo como si nada. Como si fuera un hecho. Kick temía moverse, temía que el más pequeño gesto la delatara más de lo que quería.

–Ha cumplido diez años preso —continuó Bishop—, y no ha confesado ni un solo detalle de su red de cómplices.

Bishop se acercó más. Ella quería retroceder, alejarse, pero se obligó a permanecer ahí.

–Sus *contactos* —dijo Bishop, y la palabra sonó vulgar—. Pornógrafos infantiles, pedófilos, la escoria de la humanidad, gente que ayudó e incitó a tus secuestradores y que a veces les dieron asilo: ellos siguen haciéndolo, explotan niños de forma impune.

–Ya basta —dijo ella. Le dolía el cuerpo. Era como si tuviera más terminales nerviosas; de pronto sintió el perímetro de todos y cada uno de sus moretones.

–Pudiste haber detenido esto hace diez años —dijo Bishop—. Todo lo que tenías que hacer era *nada*.

Ahí estaba. Él sabía de la base de datos. Se suponía que nadie debía saber. El testimonio había sido sellado. No encajaba la narración. La historia del rescate funcionó para todos: el FBI, la familia de Kick, los medios. Funcionó para la televisión que buscaba hacer sentir bien a la audiencia. ¿El hecho de que Kick hubiera destruido la base de datos con los contactos de Mel y arruinado la oportunidad del FBI de atrapar a cientos o miles de criminales? Ésa era una verdad incómoda de la que nadie quería hablar. Kick sintió que se movía el suelo bajo sus pies.

–Entiendo por qué te remuerde la conciencia —dijo Bishop—. Por qué tienes el mapa con tachuelas en tu pared; por qué tapizas tu habitación con historias de secuestro. Has de pensar en cuántas Alertas Amber hubieran sido prevenidas si no hubieras hecho nada esa noche.

¿Cuántas?

–¿Y? —replicó ella.

–Por eso vendrás conmigo —dijo Bishop—. No lo harás porque nada de lo que he dicho es verdad, porque no lo es y lo sabes, eras una niña y fuiste manipulada; sino porque te culpas a ti misma de todas formas. Y sabes que poner tachuelas en un mapa no va a cambiar nada. Pero al venir conmigo a la casa que aparece en esa foto satelital, usando tu experiencia para ver cosas que yo no veo, al menos ayudarás en algo.

Dios, era exasperante. No porque estuviera equivocado; su total confianza de estar en lo correcto era lo que en realidad la irritaba.

–¿Cómo va el dolor en tus testículos? —preguntó Kick.

–Tal vez no es demasiado tarde para buscar a otra persona —dijo Bishop.

–Cuenta conmigo —dijo Kick. Quería que él se sorprendiera al menos un poco pero no lo hizo, y eso lo empeoró—. No por tu discurso —añadió Kick. No lo necesitaba. Había pasado casi toda su vida entrenando para esto. Era una artista del escape, una guerrera. No pasaría de largo ante una oportunidad como ésta. Porque aunque salvar a un niño no compensaría lo que había hecho, sería un comienzo—. Voy a vestirme —dijo ella.

Monstruo aulló con placer, la pelota de tenis morada salió rodando debajo del sofá y cruzó la sala. Se apresuró detrás de ella tanto como un perro cojo, artrítico y ciego puede hacerlo.

Bishop se movía con dolor, metió la mano en su bolsillo y sacó su celular.

–¿Me podrías traer algo de hielo? —le pidió a Kick.

Kick lo miró incrédula. Él ya estaba ocupado escribiendo un mensaje y ni siquiera volteó a verla para pedírselo.

–Ve tú por él —dijo, alejándose—. Idiota —añadió murmurando. Se marchó desnuda hacia su habitación. Monstruo la siguió moviendo la cola y con la pelota de tenis en la boca.

–Bienvenida al equipo —escuchó decir a Bishop—. Creo que en verdad vamos a disfrutar trabajar juntos.

5

Kick tenía una lista de preocupaciones. Todos los días agregaba algo. Al registrar cada preocupación olvidaba preocuparse en el momento y lo hacía sólo una vez durante el periodo designado para antes de la cena. La "lista" ahora conformaba cinco volúmenes. El nombre de Adam Rice estaba en ella, y recientemente había diversas menciones a la salud de Monstruo y a sus ahorros menguantes. El helicóptero se ladeó con brusquedad, y Kick se inclinó sobre su cuaderno y escribió otra entrada.

Vomitar.

Su escritura apenas era legible. Tomó la bolsa para mareos que le había dado el piloto del helicóptero. Todavía podía ver a James parado en la puerta de su departamento, sosteniendo la correa de Monstruo. Él señaló que la imagen de Adam Rice había sido ampliada y se había reventado el grano, y la placa de la camioneta estaba demasiado borrosa como para leerse. James era James. Lógico. Cuidadoso. Neurótico. Kick sólo era una de esas cosas.

El helicóptero fue de bajada y de nuevo se ladeó. El piloto parecía Thor, o al menos una versión de Thor de bajo presupuesto, alimentado con esteroides. Kick juraba que estaba pálida. Bishop no se veía mareado para nada. Estaba sentado adelante, junto a Thor, con el celular en la mano y sus zapatos deportivos anaranjados sobre el tablero. El parabrisas estaba empapado por la lluvia. Estaban volando bajo, por debajo de las nubes. Si Kick miraba hacia abajo, podía ver el tráfico de la hora pico arrastrándose a lo largo de Banfield. Pero evitaba hacerlo.

Añadió *Colisión de helicóptero* a la lista. El helicóptero se precipitó y Kick sintió un vuelco en el estómago. Puso una mano sobre la cabecera del asiento del piloto, bajó la cabeza y observó su larga trenza balancearse entre sus rodillas. *No voy a vomitar. No voy a vomitar. No voy a vomitar.* El cabello rubio de Thor estaba sujetado en una coleta con un lazo de piel. La parte trasera de su chamarra de cuero tenía bordada una insignia en forma de relámpago y algo más que Kick no pudo descifrar. Miró a Bishop de reojo: su expresión era vaga, tal vez aburrida, o tal vez ese aspecto tenían los idiotas. En el reflejo de los anteojos de Bishop trató de ver qué estaba leyendo en el celular, pero los lentes no reflejaban gran cosa. *Leer.* Incluso pensar en leer provocó que su boca se llenara de saliva tibia. Se la tragó. *No voy a vomitar.* Bishop no le había dicho una sola palabra desde que se subieron al helicóptero en el techo del edificio, a pesar de que todos ellos, incluyendo a Thor, traían audífonos y micrófonos. Los audífonos aislaban el ruido, pero por lo visto los de ella no funcionaban.

Se sintió aliviada cuando reconoció las señas en el terreno que indicaban que estaban cerca del aeropuerto. Ese signo enorme de cuatro letras amarillas sobre fondo azul, todas mayúsculas: IKEA. ¿No había un IKEA cerca de todos los aeropuertos del mundo?

Thor condujo el helicóptero hacia el suelo. Kick cerró los ojos.

Sintió el instante en que tocó tierra. Su cuerpo estaba quieto, sereno, otra vez en su centro. El ruido de la nave cambió de tono cuando el piloto apagó el motor y los rotores. Kick abrió los ojos. La puerta del lado del pasajero estaba abierta y Bishop se había ido. Se desabrochó el cinturón de seguridad, aventó a un lado los audífonos, levantó su pesada mochila, se puso el cuaderno de preocupaciones bajo el brazo y abrió la puerta trasera del helicóptero. La lluvia le cayó en los ojos, y su trenza revoloteaba como látigo.

Nunca había estado en esa parte del Aeropuerto Internacional de Portland. Había pequeños aviones relucientes a ambos lados de la pista. Divisó a Bishop dirigiéndose hacia uno de ellos. Ella no tenía la dirección de la casa en la foto satelital. Se dio cuenta de que si él la dejaba, ella se quedaría sin nada.

Técnicamente uno no debe bajar de un helicóptero hasta que las aspas principales se detengan. Pero si está a nivel del piso, las aspas estarán por encima de tu cabeza. Kick lo sabía y también sabía que la mayoría de las personas que eran descuartizadas por helicópteros iban directo hacia el motor de la cola. Se recogió el pelo, se agacho debajo de las aspas principales y corrió hasta estar a 15 metros del motor de la cola, con las botas negras chapoteando en la pista mojada.

Bishop iba a la mitad de las escaleras de un avión privado más grande. Adornando el fuselaje y brillando bajo la lluvia, Kick notó un logo: una *W* negra en un círculo. Tal vez era por "Weasel".* Una sobrecargo esperaba arriba en las escaleras con un paraguas negro enorme. Sabía que era sobrecargo porque estaba vestida como una especie de caricatura de sobrecargo, como Barbie Sobrecargo. Kick llamó a Bishop pero él no volteó. Pensó en dispararle para atraer su atención pero decidió que le tomaría demasiado tiempo sacar su pistola. Él desapareció a través de la puerta del avión en el momento en que Kick llegó a las escaleras. Barbie Sobrecargo miró hacia arriba, aparentemente desconcertada por la llegada de Kick, o tal vez por el complejo mecanismo del paraguas. Su uniforme azul cielo estaba mojado de gotas de lluvia. Su blusa blanca mostraba un escote muy pecoso. Llevaba puestas medias transparentes y tacones de aguja que podrían sacarle un ojo a alguien.

–Disculpe —dijo Kick, y le dio un empujón al pasar junto a ella para entrar en la cabina.

El interior del avión estaba tapizado con madera clara y piel color crema. Olía como un coche caro, como si le acabaran de poner Armorol. No tenía alfombras azules de uso rudo. No tenía mesitas plegables. No había gabinetes arriba de los asientos por los cuales pelearse. Había cinco asientos acolchonados en cada lado del avión.

Kick se quedó inmóvil, escurriendo agua sobre la alfombra.

–Siéntate donde quieras —dijo Bishop. Él se había sentado en una de las sillas al fondo del avión y estaba absorto en su celular otra vez. No volteó a verla. Kick ni siquiera estaba segura de cómo era que él sabía que había abordado.

Barbie Sobrecargo había logrado cerrar el paraguas y se escabulló detrás de Kick. Luego cerró la puerta y la aseguró.

Kick ajustó la correa de su mochila y pensó dónde sentarse. Luego se dejó caer en un asiento cerca de Bishop. Colocó el cuaderno de preocupaciones en su regazo y la mochila empapada a sus pies. El asiento giraba; Kick empujó los pies en el piso y dio vueltas. Barbie Sobrecargo puso una toalla sobre el regazo de Kick y luego fue hacia Bishop.

* En inglés *weasel* significa comadreja y, en sentido figurado, "rata". *(N. de la T.)*

–¿Quiere tomar algo, señor? —le preguntó Barbie Sobrecargo. Kick la observaba fascinada. Su rostro era bonito y al mismo tiempo común, y tenía curvas como las de las chicas en los stickers de las salpicaderas de los tráilers.

–No, gracias —respondió Bishop. Miró hacia atrás y Kick le sonrió. Era una sonrisa de reptil, con los labios apretados y difícil de leer—. Pero me encantaría que me trajera una bolsa con hielos.

–Claro, señor —dijo Barbie Sobrecargo, y pareció muy feliz con la tarea. Pasó junto a Kick de camino a la cocina, con la mirada fija y decidida. No le preguntó a ella si quería algo de tomar.

El celular de Kick vibró en su regazo y la asustó. Era un mensaje de texto de James. "¿Todavía estás bien?", decía. Cuando fue a dejarle a Monstruo acordó que le mandaría mensajes a James cada dos horas. "Sí", texteó Kick.

Luego tachó *Vomitar* de la lista.

Barbie Sobrecargo regresó tambaleándose con el hielo. Kick puso su celular en modo avión. Cuando miró de nuevo, Barbie Sobrecargo estaba inclinada sobre Bishop entregándole una bolsa Ziplock con hielo y una toalla. Su blusa le quedaba ajustada. Había dejado el saco en algún lugar entre la cabina principal y la cocina.

–¿Dónde quiere que lo ponga, señor Bishop? —preguntó.

Bishop estaba revisando sus mensajes de texto otra vez. El cuello de su camisa colgaba en un triángulo en la parte que había rasgado Kick. Dio un golpecito a la pantalla de su celular, abrió las rodillas y señaló su entrepierna.

Barbie Sobrecargo dobló la cintura, mostrando sus nalgas redondas y sus pantorrillas tonificadas, y presionó la bolsa de hielo contra la ingle de Bishop.

–¿Cómo se siente esto, señor Bishop? —preguntó ella.

Increíble.

Bishop levantó los ojos del celular.

Así que eso era lo que se necesitaba para llamar su atención.

Kick pronto le dispararía por la espalda.

Tosió para recordarles que estaba ahí.

Bishop inclinó la cabeza hacia atrás.

–Un poco más a la izquierda —dijo, y Kick creyó ver que él la miraba, pero no estaba segura.

Barbie Sobrecargo movió el hielo de lugar.

–Mucho mejor —dijo Bishop.

–Tengo una pistola —dijo Kick.

La sobrecargo y Bishop la voltearon a ver. La sobrecargo aún tenía la mano sobre la ingle de Bishop. Sus dientes de enfrente estaban manchados con labial, antes no estaba así.

–Una Glock .37 —dijo, y disfrutó ver que al nombrar el arma la sobrecargo dio un paso atrás. Kick también tenía en su mochila gas pimienta, una navaja Leatherman, una pistola Taser, dos cargadores extra de municiones .45 GAP y una caja de balas Winchester—. Tengo un permiso —añadió Kick—. Pero necesito documentarlo, ¿verdad?

Las armas de fuego debían ser declaradas, descargadas, almacenadas en un contenedor rígido con llave, y luego documentadas. Todo el mundo lo sabía. No quería que le confiscaran la Glock y soportar un mes de papeleo de la Oficina de Administración de Seguridad en el Transporte.

Bishop estaba viendo su celular de nuevo.

–Éste no es un vuelo comercial —dijo. De pronto pareció recordar a la mujer cuya mano estaba sobre su pene—. Quiero despegar en cinco minutos —le dijo a la sobrecargo.

Barbie Sobrecargo se enderezó decepcionada.

–Sí, señor —respondió. El deber la llamaba—. ¿Algo más?

Kick se resistió a pedir un vaso con agua.

Bishop se quitó la camisa rota. Kick estaba tan sorprendida que olvidó voltearse. Era musculoso, debía admitirlo, delgado pero tonificado, lo suficientemente marcado como para llamar la atención. Le lanzó la camisa a Barbie Sobrecargo. Ella la atrapó, al igual que el hielo.

–¿Puedes conseguirme una camisa nueva? —preguntó Bishop.

Mientras Barbie Sobrecargo se escabullía por una puerta al fondo del avión, Kick se asomó por un lado de su asiento y apenas pudo ver algo que parecía la esquina de un colchón king-size.

–¿Eso es una habitación? —preguntó Kick. Ni siquiera quería pensar lo que sucedía ahí dentro—. ¿De verdad?

El avión comenzó a avanzar por la pista y Kick se abrochó el cinturón.

–Revisa tu celular —dijo Bishop.

Kick evitó mirar el abdomen de Bishop a propósito.

–¿Para qué?

Él levantó su celular y lo agitó.

–Te mandé algo —dijo.

–Ya lo apagué —dijo Kick.

–Ya te dije que éste no es un vuelo comercial —dijo Bishop.

–Es verdad —dijo Kick. Sacó su celular, quitó el modo avión y revisó su email. Tenía un nuevo mensaje de jBishop@Bishop.com. No tenía asunto. Le dio clic. No había ningún mensaje, sólo un PDF adjunto. Lo abrió y encontró una serie de documentos de 65 páginas. La mayoría consistía en información sobre el secuestro de Adam Rice. Entrevistas, fotografías, informes forenses.

–¿Esto es un reporte policiaco? —preguntó Kick. El avión iba cada vez más rápido. Las luces de la pista brillaban por la ventana.

–Te dije que tengo amigos en el gobierno —dijo Bishop.

De hecho, había dicho que tenía amigos con juguetes caros, pero Kick decidió no discutir. En cambio, fingió revisar el documento y se lo reenvió a escondidas a James.

–¿Cómo sabes mi dirección de email? —preguntó a Bishop.

Él giró su asiento para no tenerla de frente. Tenía un logo en el respaldo, cosido a la solapa de piel color crema que cubría la cabecera: una W con un círculo alrededor, como la que estaba afuera del avión.

–Ya te lo dije —afirmó Bishop.

–Ya sé —dijo ella—. Tienes amigos en el gobierno.

El avión despegó y comenzó una ascensión inclinada hacia el cielo. Ya no había forma de bajar, no había vuelta atrás. Kick esperaba que fuera un viaje un poco más suave que el del helicóptero. Observó con detenimiento la foto donde Adam Rice veía hacia fuera de la ventana. La sobrecargo regresó con una nueva camisa para Bishop que se veía idéntica a la anterior. Kick lo miró de reojo mientras se la ponía. Después abrió su cuaderno de preocupaciones en la última página, donde tenía una lista de comportamientos autodestructivos en los que necesitaba trabajar, y escribió *Subirme a vehículos con extraños*. Lo subrayó.

6

Kick sabía mucho de autos. Sabía cómo dar una curva cerrada, que debía cruzar sus manos sobre el pecho antes de brincar de un vehículo en movimiento, y que todo auto americano fabricado después de 2002 tenía una palanca de liberación de emergencia dentro de la cajuela por si se necesitaba. Sabía que el auto que Bishop sacó del hangar en el Campo de Boeing de Seattle era un Tesla modelo S. Sabía que había costado cien mil dólares, que era estándar y que, a juzgar por los asientos de piel y el techo panorámico de vidrio, Bishop le había puesto algunos aditamentos. La pantalla táctil en el tablero era más grande que el monitor de su propia computadora en casa.

Se dirigían hacia el sur por la carretera I-5, técnicamente aún en Seattle, aunque todas las partes bonitas de Seattle habían quedado atrás. La interestatal atravesaba California, Oregon y Washington y se extendía desde México hasta Canadá, y nunca pasaba nada bueno en ella. Kick tenía la teoría de que en cualquier momento treinta por ciento de los conductores en esa carretera estaban cometiendo un delito.

—Pensé que tendrías un chofer —le dijo Kick a Bishop al apretar "enviar" en el mensaje de texto que acababa de escribirle a James.

Bishop sonrió satisfecho.

—Estoy tratando de pasar inadvertido —dijo. Rebasó a un auto Saab con el Tesla.

El camino estaba seco, pero el cielo de Seattle estaba cubierto con un velo de nubes bajas. Portland tenía algunos centímetros más de lluvia al año, pero Seattle le ganaba cuando se trataba de cielo nublado y sofocante. Estaba nublado 201 días al año, y parcialmente nublado 93 días. Kick también sabía mucho sobre clima. Le gustaban los pronósticos del tiempo, los almanaques, las gráficas de mareas. Le gustaba saber lo que sucedería. Era una precaución de seguridad que pocas personas tomaban.

–¿Qué tan rápido corre esta cosa? —le preguntó a Bishop.

–Doscientos —respondió Bishop con una mueca.

Él sabía manejar. Kick vio cómo alternaba su atención entre el vehículo frente a ellos y los que estaban a seis u ocho coches adelante, anticipando el tráfico. Aceleraba con suavidad y cuando frenaba apretaba el pedal poco a poco y luego lo soltaba despacio para que el movimiento del coche se sintiera fluido todo el tiempo.

Bishop giró con brusquedad, se le cerró a una camioneta y se cambió al carril de transporte público. No regresó el volante demasiado rápido, como lo haría la mayoría de la gente, así no tenía que soltar el acelerador. Por lo regular los conductores se incorporaban demasiado lento al tráfico, haciendo trabajar al motor mucho más de lo necesario.

Estaban en el borde sur de la ciudad. A ambos lados de la carretera había árboles frondosos que tapaban de la vista las concesionarias de autos y edificios de oficinas. El cielo gris estaba oscureciendo. No tanto como un atardecer sino más bien como una disminución progresiva de la luz.

–¿Vamos a encontrarnos con alguien ahí? —preguntó Kick.

–¿Como quién? —preguntó Bishop, cruzando dos carriles hacia la derecha.

–¿La policía? ¿Tus guardaespaldas? ¿Mercenarios de Blackwater?* ¿Tus lacayos?

–Ya no se llama Blackwater —dijo Bishop.

Ése no era el punto.

–¿Somos sólo nosotros? —preguntó Kick. Se le cerró un poco la garganta—. ¿Vamos a una casa que puede estar vinculada a dos secuestros infantiles, y somos sólo nosotros?

–Ése es el punto —Bishop viró hacia la derecha y salió de la interestatal. No levantó su pie del acelerador. Acelerar es lo más difícil que un auto puede hacer: entre más tiempo mantengas tu pie en el acelerador, es mejor—. Sólo te necesito a ti —dijo Bishop.

---

* En la actualidad se llama Academi; empresa militar privada estadunidense que ofrece servicios de seguridad. *(N. de la T.)*

¿Se suponía que eso la haría sentir mejor? Kick abrió el cierre de su mochila, puso la Glock en su regazo, sacó su cuaderno de preocupaciones y lo abrió.

Bishop la miró de reojo.

—¿Para qué es eso? —preguntó.

—Es un cuaderno de preocupaciones —dijo Kick—. Si me preocupa algo yo…

—Me refería a la Glock —dijo Bishop.

—Para dispararle a los secuestradores —obvio.

—Sin pistolas —dijo Bishop con firmeza—. No me gustan las pistolas.

Todo en ese hombre le provocaba dolor de cabeza a Kick.

—Pensé que eras traficante de armas —replicó.

—Solía serlo —respondió él.

Bishop estaba muy atento al camino detrás de ellos. Sus ojos alternaban entre el retrovisor y los laterales.

—Mantente alerta —dijo.

Kick se giró para ver por la ventana trasera. La calle estaba tranquila. No vio luces de otros autos detrás de ellos. No vio nada.

—¿Alerta de qué, exactamente?

—Ya casi llegamos —dijo Bishop.

Kick se limpió en la pierna la palma de la mano que tenía la Glock y luego volvió a empuñar el arma.

Cuando la gente pensaba en Seattle, pensaban en casas estilo Craftsman y cafeterías y guitarras al sonido de Seattle y ropa especial para lluvia y tipos aventando pescados en el mercado Pike Place. Pero Seattle tenía barrios bajos, como en cualquier parte. Éste era uno de ellos. Casas estilo Ranch divididas en niveles con patios feos, pegadas unas con otras. No había ningún lugar hacia donde caminar y no había banquetas sobre las cuales andar. El único negocio que Kick vio fue un hotel descuidado y barato rodeado por una reja de alambrado y signos de NO ENTRAR. Bishop dio vuelta a la izquierda en una oscura calle residencial. La luz de televisores encendidos titilaba en las ventanas. Había casas rodantes estacionadas en las entradas. Las casas eran grandes y ordinarias y todas iguales. El camino por donde iban serpenteaba hacia la cima de una colina y había un signo de NO TIRAR BASURA que advertía de una multa de cinco mil dólares para quien lo hiciera. Unos treinta metros más adelante llegaron a un signo de CALLE CERRADA a la izquierda de un árbol de laurel de cinco metros de altura.

Era el tipo de vecindario en el que la gente no hacía demasiadas preguntas.

Bishop avanzó y pasó el laurel, pasó un letrero de SE RENTA que prometía tres habitaciones o más por 1,300 dólares, y luego siguió por un camino de grava. El cuerpo de Kick se tensó y se agachó en su asiento y empuñó fuerte su Glock. Así no era como había imaginado esto. ¿Dónde estaban los helicópteros? ¿Dónde estaban sus amigos del gobierno? El sonido de la grava tronando debajo de las llantas era increíblemente fuerte. Se asomó al tablero, que irradiaba un brillo color violeta de la pantalla táctil. El cielo ahora estaba oscuro y la casa también, excepto por la luz del porche, pero Kick la reconoció por la foto satelital: una casa estilo Ranch como todas las demás, sólo que más aislada. Bishop se detuvo. Frenó con tanta pericia que la grava apenas tronó. Luego abrió su puerta, salió del auto y la dejó ahí. Kick vaciló por un segundo antes de seguirlo. Se puso la mochila al hombro, colocó el libro de preocupaciones a un lado y fue tras él. Levantó la Glock al bajarse, usando el Tesla como escudo. En el aire flotaba el olor a pintura fresca.

Bishop estaba en el patio frontal, esperando en las sombras, mirando hacia la casa.

En algún lugar un perro comenzó a ladrar. Kick contempló la casa sombría.

Algo no estaba bien.

No se veía la camioneta blanca. En la foto había un móvil de bambú colgando del porche. Ahora ya no estaba. Volteó al segundo piso y aguzó la mirada. El barandal estaba vacío: en la foto había plantas.

Un candado Realtor colgaba de la perilla de la puerta.

Kick bajó la Glock.

Nadie vivía en esa casa.

—¿Cuándo fue tomada la fotografía en realidad? —preguntó Kick.

—Te dije que no necesitarías la pistola —dijo Bishop.

Kick sintió que se le calentaban las mejillas. Levantó la pistola y apuntó hacia la parte frontal del Tesla.

—Me pregunto qué pasaría si le doy un balazo a los 500 kilos de batería que están debajo del cofre —dijo ella.

Era la primera vez que veía a Bishop sobresaltarse.

–La foto satelital fue tomada hace diez días —dijo, con la mirada en el arma—. No lo entendí hasta hoy al mediodía. Mandé a mi gente hacia acá de inmediato, pero ya habían abandonado el lugar.

¿Su *gente*? No había mencionado a ninguna gente. ¿Qué más le estaba ocultando?

Kick levantó una ceja y con el pulgar le quitó el seguro a la pistola. El Tesla estaba a unos seis metros de distancia. Incluso con la escasa luz, el cofre brillaba. Sería como dispararle al costado de un granero.

Bishop miró su auto con preocupación y luego extrajo de su saco una pequeña libreta negra con espiral y la abrió.

–De acuerdo con el propietario —leyó—, los inquilinos se mudaron hace diez días. Josie Reed, de unos 50 años. Trabajaba en casa. No vivían niños en la residencia, los vecinos pensaban que tal vez tenía un novio, pero nadie lo vio bien. Tenía una camioneta Outback de unos diez años. Empacó un tráiler de mudanzas U-Haul y se fue a medianoche, sin dejar remitente —cerró la libreta y miró a Kick—. Josie Reed no es su verdadero nombre. Usaba un número de seguridad social falso, y el dueño nunca lo verificó. Posee varias propiedades en el vecindario, pero no está muy al tanto de sus asuntos porque ahora vive en una casa de asistencia. Dice que se va a quedar el depósito —Bishop se rascó la sien—. ¿Algo más que quieras saber?

–¿Por qué me trajiste? —preguntó Kick con cautela. Para entonces el perro estaba ladrando como loco. Nadie le gritaba que se callara.

–Quería saber qué pensabas de la casa —dijo Bishop.

–La renta parece un poco alta.

Los ojos grises de Bishop la miraban fijo.

–Dime acerca de la casa, Kick. ¿Se ve bien?

Ella sabía a lo que se refería. Había perdido la cuenta del número de casas a las que se había mudado a lo largo de su vida con Mel. ¿Cuarenta? ¿Cincuenta? Nunca se quedaban por mucho tiempo en ningún lugar. Las casa cambiaban pero los atributos siempre eran los mismos. Todas estaban diseñadas para un solo propósito: esconder a un niño.

Kick dio un pequeño paso hacia atrás y bajó despacio la Glock. Sintió comezón en las plantas de los pies. Trató de enfocarse, de hacer que desapareciera la marea de imágenes fracturadas que ya estaba acostumbrada a mantener a raya.

–Dices que tenía una Subaru —dijo Kick.

Bishop asintió.

Entonces la camioneta blanca no era suya.

–¿Qué coche manejaba el novio? —preguntó.

–Nadie lo vio.

Kick escudriñó la casa. En el estilo Ranch la base de la construcción era muy amplia, y una construcción muy amplia significaba un sótano grande.

–Si yo quisiera esconder a un niño —dijo ella— querría un sótano de buen tamaño como éste —se asomó a las ventanas del sótano cercanas a ellos. Ambas habían sido tapadas desde dentro con una tela oscura. Kick se aclaró la garganta—. Querría rentar, mes por mes, de preferencia. Las calles sin banquetas significan que no hay gente caminando, y por lo tanto se dan muy pocas interacciones espontáneas con los vecinos. Querría árboles alrededor de la casa, o una barda alta —volteó y miró detrás de ellos, hacia el camino—. No vi bicicletas en los patios que pasamos. Buscaría eso también. Querría un vecindario con pocos niños. Los niños detectan a otros niños de una forma especial y los adultos no. Y platican entre ellos. Si un niño se muda al vecindario, todos los demás niños lo sabrían —le lanzó una mirada a Bishop. Él la estaba analizando. No de la manera en que por lo regular lo hacía la gente. No veía nada de la usual lástima con dejo de tristeza hacia ella. Pero la intensidad de su atención la hacía sentir incómoda. Deslizó la pistola en el bolsillo de su chamarra—. Entonces sí, la casa se ve bien.

–¿Qué más? —preguntó Bishop.

Todavía la estaba probando. Eso no le gustaba. La hacía sentir como una niña.

–No confío en ti —dijo Kick—. Ni siquiera me caes bien.

Bishop no pareció sentirse devastado por ello.

–No me importa —dijo—. ¿Qué *más*?

–La tiza —dijo Kick—. Hay un trozo de tiza azul claro en los escalones del porche.

–Buena chica —dijo Bishop.

Buena chica. Las palabras vaciaron de aire sus pulmones. Algunas palabras eran así: rondaban su cabeza como moscas. No sabía por qué.

Cuando era niña, los psiquiatras le dijeron que tenía problemas de ira. Pero no tenía problemas de ira, al menos no de la forma en que ellos decían. Simplemente estaba enojada.

Desde entonces había aprendido a canalizar su enojo y a reducir los detonantes que derivaban en agresión. Había usado esa psicología moderna para lograr el permiso de irse de casa de su mamá en la audiencia de emancipación: porque su madre era un enorme detonante. Pero canalizar su enojo era lo más útil, y era lo único que le impedía tumbar a Bishop en el suelo, porque quería hacerlo, de verdad, en serio, tenía ganas de hacerlo.

En cambio, pasó a su lado hacia los escalones y levantó la tiza azul. *Toma un tiempo a solas*, ése era siempre el primer paso en las listas de control de enojo. Kick se concentró en la tiza. Los bordes eran suaves en las partes donde habían sido frotados con el concreto áspero, usada por un niño para dibujar en la banqueta. Los dedos de Kick estaban azules con polvo de la tiza. Sonrió. ¿Cuál era la segunda estrategia de canalización? *Identificar posibles soluciones*. Tenía que entrar a la casa y ver por sí misma lo que estaba sucediendo. Claramente Bishop era una especie de psicópata no fiable. Kick le echó una mirada y la desvió cuando se encontró con la de él. Volvió a poner atención en la tiza, rodándola entre sus manos hasta que las palmas estuvieron azules por completo.

—Atrápala —dijo, y aventó la tiza hacia Bishop o, con mayor exactitud, se la aventó *a él*.

Él lo hizo con facilidad.

Con la punta de una bota, Kick se zafó la otra.

—Mala idea —dijo Bishop.

No le gustó eso, la forma en que parecía saber lo que haría casi al mismo tiempo en que a ella se le ocurría hacerlo. ¿Cuál era la tercer estrategia de canalización? *Pensar antes de hablar*. Ésa sí que era una lección que le habían inculcado desde niña. Estaba pensando que Bishop era un pendejo nefasto, así que no dijo nada. Se quitó una bota y luego la otra, y las acomodó juntas. Después guardó la Glock en su mochila, se la puso en la espalda y comenzó a recorrer el perímetro de la casa buscando la manera de entrar.

—No tomas la crítica constructiva muy bien, ¿verdad? —preguntó Bishop.

Kick siguió mirando hacia el cielo. Incluso sin sol, la luz de la ciudad iluminaba las nubes. Para lo que pretendía, era incluso mejor que la luna llena.

La terraza del segundo piso era su mejor opción. Observó ese lado de la casa e identificó su ruta: medidor de agua, alféizar, sostén del desagüe, caja del servicio de cable, barandal. ¿Cuál era la cuarta estrategia de canalización? *Hacer un poco de ejercicio*. Colocó la punta del pie con calcetín en el medidor del agua, enganchó una mano con polvo de tiza alrededor del marco de la ventana y se impulsó hacia arriba.

El ladrido comenzó casi al instante, un constante yap yap yap, como fuego de artillería. Sonaba como el mismo perro de antes, cerca pero no demasiado, algún aspirante al famoso escuadrón canino K-9 que no sabía meterse en sus propios asuntos.

Tenía que ignorarlo, enfocarse.

Trepar por el costado de una casa es muy parecido a escalar en roca: todo se trata de agarrarse bien con los pies y las manos. La tiza ayudaba con la tracción. Kick mantuvo su centro de gravedad sobre los pies y empujó con las piernas, la trenza le golpeaba los omóplatos. La escasa luz era un reto. Tanteó para encontrar otro punto del cual aferrarse y logró encontrar la caja del cable. Luego buscó un punto donde anclar su pie. El perro se estaba poniendo frenético. Kick sentía el ruido de los ladridos penetrando debajo de su piel, le dificultaba concentrarse. Quería que el perro se callara. Escalar se trataba de resolver un problema a la vez. El poder era relativo al tamaño del cuerpo. El balance y la flexibilidad eran primordiales. Mientras tuviera tres puntos de contacto con la pared estaría bien y no tenía que temer. Y traer pantalones con un buen porcentaje de lycra ayudaba mucho.

Ya casi llegaba. Pero el perro la estaba desesperando. Hubiera querido tener su cuaderno de preocupaciones para añadir al perro a la lista y así agobiarse después, pero estaba en el auto así que no tenía otra opción más que agobiarse en ese momento. Inclinó la cabeza hacia el hombro izquierdo, en la dirección de la que parecía que provenía el ruido. El árbol de laurel, que separaba la casa que trataba de escalar de la casa de junto, tenía una parte donde las hojas se habían marchitado y se creaba una especie de ventana. Había luz proveniente del otro lado, y Kick juró ver un destello de movimiento. Volvió a mirar al frente. A veces es mejor no ver cosas que se tropiezan con uno en la noche. No mirar. Ojos hacia el frente. Logró encontrar un hueco y puso la punta del pie en la caja del cable; estaba en el proceso de apoyarse sobre él cuando sintió una repentina ráfaga de dolor a lo largo del pie. Se sorprendió a sí misma gritando, y se mordió la lengua para que su quejido pareciera el graznido de un pavo. No importaba. El perro estaba ladrando como demente. Su pie derrapó y Kick apenas logró aferrarse con las manos a los barrotes del barandal de la terraza de arriba, mientras sus pies revoloteaban al aire buscando donde pisar. El perro ya sonaba como Cujo, como si fuera del tamaño de un caballo y estuviera rabioso. Pero un problema a la vez. Kick sabía que había perdido una uña del pie. Había sentido el momento en que se caía. Volvió a encontrar la caja del cable con el pie, se impulsó con un gruñido y, usando toda la fuerza de su brazo, se impulsó hacia arriba lo suficiente como para enganchar su pie entre los barrotes. Colgaba horizontal al barandal, a seis metros del piso, y deseó que Bishop no la estuviera viendo. Esa idea le dio la fuerza para trepar despacio hacia el otro lado del barandal. Tuvo que detenerse un momento para tomar aire. El dedo gordo le punzaba. Cujo estaba ladrando más fuerte que antes. Kick se puso de rodillas y gateó a través de la terraza hacia la parte del barandal que estaba más cercana al perro. La casa estaba a oscuras pero habían dejado una lámpara exterior encendida, y pudo descifrar la geografía general del patio y el movimiento maniaco de la sombra que ladraba en el pasto. Había un viejo árbol de cerezo en el patio, enorme y retorcido, y el perro daba vueltas alrededor de él. No, estaba amarrado a él, o al menos a un poste cercano a la base del tronco. Desde ahí arriba, el perro parecía pequeño y cojo: caminaba de un lado al otro con una extraña cojera, dando saltitos. Al acercarse a la luz su silueta se afiló y Kick reconoció la forma distintiva del largo hocico y orejas puntiagudas. No era Cujo. Era Lassie. Entonces se dio cuenta, al verlo dar vueltas alrededor del árbol, de por qué se movía tan extraño. Su némesis era un collie de tres patas.

De pronto su furia hacia el perro fue suplantada por furia hacia el dueño. ¿Qué clase de imbécil dejaba a un perro atado afuera toda la noche? El patio tenía barda, ni siquiera era necesario que lo amarraran.

De pronto los aullidos del perro aumentaron un decibel y la simpatía de Kick hacia él se desvaneció. Claramente Lassie tenía una misión: despertar a toda la cuadra.

Kick se arrastró a lo largo de la terraza hacia la puerta corrediza de vidrio y trató de abrir la manija. Estaba cerrado. Se sentó, puso la mochila en su regazo y la abrió.

El sonido la alertó. El ruido claro, familiar y cotidiano de los dientes del cierre separándose. Los ladridos habían cesado. ¿Lassie se había dado por vencida? Miró por encima de su hombro. Las ramas negras y torcidas del cerezo del vecino parecían tratar de tocarla. Kick estuvo tentada a echar un vistazo para ver al perro, pero no quería arriesgarse a que volviera a ladrar.

Enfocarse en una tarea.

Ésa era la quinta estrategia de canalización.

Mel le había dado su primer candado la Navidad en que cumplió ocho años. Uno marca Kwikset. Le enseñó a abrirlo con un segurito. Para Año Nuevo ya podía abrirlo en menos de diez segundos. En realidad cualquiera podía abrir cualquier candado. Él le traía un nuevo candado cada tantas semanas, más pesado y más brillante que el anterior. Ella los guardaba en una repisa en su habitación y los acomodaba como si fueran muñecas. Para el Día del Presidente logró abrir un candado marca Abloy Protec en menos de cinco minutos. Después de eso, Mel dijo que estaba lista para abrir cerraduras de puertas.

Las puertas corredizas de vidrio eran las más fáciles.

Algunas personas usaban ganzúas para botar la manija, pero Mel le había enseñado a apalancar el peso de su cuerpo y presionar justo en el ángulo correcto. Kick se inclinó sobre la manija usando las dos manos, y presionó tan fuerte que dejó de respirar, y después de diez segundos de presión la manija cayó limpiamente en su mano.

Kick estaba sudando. Pero la manija estaba perfecta. Se había salido de sus tornillos como debía. Puso la manija en el bolsillo de su chamarra, luego se quitó ésta y la colocó en el piso de la terraza. Buscó en su mochila y extrajo la navaja Leatherman y la linterna de bolsillo. De la navaja sacó el desarmador plano, colocó la linterna entre sus dientes y se arrodilló frente al mecanismo de la cerradura que ahora estaba expuesto. Había perfeccionado sus habilidades de abrir cerraduras practicando en la puerta corrediza de vidrio de casa de su madre. Salía por la puerta principal, a medianoche, daba la vuelta hacia el patio lateral, y volvía a entrar por la puerta corrediza que su madre había mandado a hacer con el dinero de *Today Show*. En ocasiones lo hacía diez veces por noche. Su madre no tenía idea.

El mecanismo de la puerta parecía estándar. Los tornillos que sostenían la manija ahora estaban a la vista, así como dos agujeros que escondían las cabezas de los tornillos que operaban la cerradura. Kick insertó el desarmador plano y lo giró en el sentido del reloj. La cerradura se botó. Era así de fácil. Una entrada limpia, así la habría llamado Mel. Al irse, lo único que tenía que hacer era usar el desarmador otra vez para volver a cerrar la puerta desde fuera, luego poner la manija de nuevo, y no quedaría rastro de haber estado ahí. Cualquier drogadicto con un ladrillo podía irrumpir en una casa, pero tomaba cierta habilidad entrar y salir sin que nadie se diera cuenta.

Kick guardó la navaja y la linterna de bolsillo en su mochila, se la colgó a los hombros y deslizó la puerta. Las persianas venecianas eran horribles. Eran feas y ruidosas y uno podía enredarse en ellas si no tenía cuidado. Kick se tomó su tiempo, moviéndose despacio para rodear las persianas. La habitación estaba a oscuras y olía muchísimo a cloro. Sintió que le picaba la piel. Podía descifrar la forma general de la habitación, había un colchón en el piso. Una recámara. Detrás de ella las persianas se agitaron con el viento. El olor a cloro hizo que le lloraran los ojos. Kick caminó hacia delante, sus pies con calcetines se apoyaban con suavidad en la alfombra.

–Te tardaste bastante —dijo una voz. La habitación se iluminó de pronto. Kick apuntó la Glock hacia donde provenía la voz, con el dedo en el gatillo. Era Bishop. Estaba parado en una puerta frente a la recámara donde estaba ella. Había remanentes de la recámara de un niño: papel tapiz de circo, alfombra morada, juguetes rotos apilados en una esquina. Miró a Bishop en busca de una explicación. La fea expresión en su rostro le provocó escalofríos. Estaba tan quieto como siempre, pero esta vez Kick reconoció lo que era su quietud: violencia contenida. Tenía un collar de perro en la mano con la placa colgando.

–Tenía el código de la alarma —dijo. Aventó el collar del perro a sus pies—. Si lo hubiéramos hecho a mi manera, no hubiera tenido que matar al perro.

7

Visualiza una experiencia relajante. Cierra los ojos y viaja hasta ese lugar en tu mente.

Kick está en el jardín de su casa. Es antes de Mel, antes de todo. Todavía tiene sólo un papá, el verdadero, y él aún la ama. El pasto es grueso y verde y está tapizado de tréboles. Ella está en un columpio hecho de neumático y se balancea de adelante hacia atrás, y llega tan alto que casi puede tocar las nubes.

–No tenemos tiempo para esto —dijo Bishop.

Kick abrió los ojos. A veces se convencía a sí misma de que ese patio era real, pero no esa noche.

–¿Hueles eso? —preguntó Bishop. No se había movido de la puerta.

El olor penetrante a cloro quemaba levemente las fosas nasales de Kick.

Bishop inhaló.

–Limpiaron —dijo.

–Voy a llamar al 911 —dijo Kick, tomando su celular. Si él se acercaba lo golpearía en la garganta.

–¿Y qué va a hacer la policía? —preguntó Bishop.

–Recolectar pruebas circunstanciales —dijo Kick—. A ver si encajan con Adam Rice o Mia Turner.

–Bañaron el lugar con cloro industrial —dijo Bishop. Señaló la alfombra—. Es nueva. El lugar está limpio. No hay pruebas circunstanciales.

Las comisuras de su boca se torcieron en una sonrisa.

–Pero los policías estarán interesados en las huellas azules de manos a lo largo de la pared lateral de la casa.

Kick miró el celular. Estaba cubierto de polvo azul de tiza. Se lo limpió en la blusa y luego se frotó las palmas en sus muslos.

–Te dije que ya vino mi gente —dijo Bishop.

Su gente, otra vez. Pero ella tenía otras cosas de qué preocuparse. El polvo de tiza estaba en todas partes. En sus pantalones. En toda su blusa. Parecía que se había caído en una tina de sombra de ojos ochentera. Se había mezclado con el sudor de la mano y se había formado una especie de plastilina de pitufo.

Bishop le extendió un pañuelo blanco.

¿Quién, en estas épocas, llevaba pañuelos encima?

Le arrebató el pañuelo y se sonó. Sus mocos estaban azules.

–Quédatelo —dijo Bishop.

Lo miró furiosa.

Él había tomado una buena posición. Kick no podría regresar a través de las puertas corredizas sin pasar junto a él. Podía correr hacia la puerta principal, pero claramente él conocía la casa mejor que ella. Los policías tenían sus huellas digitales registradas. Eran parte de su expediente de persona desaparecida.

–Esto no fue una trampa —dijo Bishop—. No sabía que te llenarías las manos con tiza azul y treparías por afuera de la casa.

Tenía razón.

–Éste es mi problema —dijo Bishop—. Las fotos satelitales no son admisibles porque fueron adquiridas de forma ilegal. Tener una recámara de niño cuando no tienes un niño es extraño, pero no es causa probable suficiente como para registrar una casa. Adam estuvo aquí. El auto de la Alerta Amber de Mia Turner estuvo aquí. Esta casa está conectada a sus secuestros de alguna manera.

Bishop no mostraba las microexpresiones que otra gente tenía. No revelaba nada con gestos ni posturas. Lo había aprendido en alguna parte, lo que significaba que también había aprendido a leer microexpresiones y lenguaje corporal en otras personas. Tal vez la estaba leyendo a ella en ese instante. Kick se enderezó y trató de relajar los músculos de su rostro.

¿Cómo lo hizo?, se preguntaba. ¿Cómo mató al perro? Dijo que no le gustaban las armas. ¿Lo estranguló?

–Necesito tu ayuda —dijo Bishop.

Él era más alto que ella, y estando tan cerca el ángulo de su rostro cambió. Podía ver la sombra de sus pestañas inferiores, los miles de puntos café claro de vello facial presionando contra la superficie de la piel de su barba y quijada. El color no era igual al de su pelo negro.

–Tengo una pistola —dijo ella—. Te voy a disparar si te acercas.

–Tienes una pistola —dijo Bishop—. *En tu mochila*.

–Puedo tomarla en menos de cuatro segundos —dijo Kick—. Ponme a prueba.

–Deberías mantener las manos libres —dijo Bishop—. Eres más peligrosa con las manos libres.

–Te voy a disparar —dijo Kick—. Te juro que lo haré.

–Te creo —dijo Bishop.

Algo cambió en su mirada, en la forma en que la veía, entonces parpadeó y desvió la vista.

–No debí traerte aquí —dijo—. Esto fue un error —se alejó de ella y se encaminó hacia la puerta, como si fuera a dejarla ahí, sola, en esa terrible habitación con trenes de circo, filas de elefantes marchando unidos por la cola, chicas paradas sobre los caballos, *poodles* caminando sobre las patas traseras y hombres dando latigazos a los leones.

–Las casas en las que nos quedamos —dijo Kick—. Siempre había una habitación secreta. Un lugar para esconderme si alguien venía a buscarme —se le revolvió el estómago mientras las palabras salían de su boca.

Bishop apareció de vuelta en la puerta.

–Guarda la pistola —dijo.

Ella bajó la vista y vio su mano dentro de la mochila, con los dedos aferrados a la empuñadura de la Glock. No lo había hecho conscientemente.

–Llevas a todas partes esa cosa, y un día terminarás por dispararle a alguien —dijo Bishop—. Y ese alguien no quiero ser yo.

Kick no necesitaba la pistola. Sabía 571 formas de tumbar a alguien tan sólo con su mano izquierda. Dejó el arma en la mochila.

–De acuerdo —dijo y se puso la mochila sobre los hombros.

Bishop levantó la vista de su celular y le mostró la pantalla a Kick. Eran una especie de planos arquitectónicos. Se acercó a mirar.

–Es aquí —dijo ella. No se molestó en preguntarle cómo los había conseguido tan rápido.

Bishop desplazó varias páginas de los planos y luego indicó con el dedo una línea tenue de tinta azul.

–Comencemos por aquí —dijo—. Mantente detrás de mí.

Kick lo siguió. El plan B era golpearlo en los riñones, escapar con rapidez por la puerta corrediza y bajar por el costado de la casa. Los planes del C al F eran variaciones del plan B, y el plan G involucraba la Glock.

Caminó unos pasos atrás de él a través de la puerta de la habitación y hacia el pasillo, donde la alfombra color lila continuaba. Las paredes blancas todavía tenían clavos donde una semana atrás había cuadros colgados. Bishop había dejado un rastro de luces encendidas al subir y ahora las luces guiaban su camino de regreso. Todo ese espacio vacío y la alfombra lila hacían que la casa se viera especialmente desolada.

El olor a cloro no era tan fuerte en el primer piso, o tal vez Kick se estaba acostumbrando a él. Se adaptaba con facilidad. ¿No era eso lo que decían los psiquiatras?

Los ojos de Bishop alternaban entre las paredes y su celular, como si estuviera comparando cada detalle. Kick se mantenía a un brazo de distancia. Bishop la condujo a través de otro pasillo, pasaron por una puerta cerrada y se detuvieron ante la segunda. Él se paró junto a la puerta para abrirla del lado de la perilla. Así era como debías abrir una puerta si querías disminuir el riesgo de que alguien te disparara a través de ella. Frank le había enseñado eso a Kick. Bishop parecía saberlo de memoria. Esta habitación era mayor que la recámara, con una pequeña ventana de dos hojas y un clóset con rendijas en la puerta. Las paredes acababan de ser pintadas de blanco con descuido. Había un tablero colgado en la pared a la altura de un escritorio. Kick observó que todas las tachuelas estaban alineadas arriba al borde del tablero, separadas en filas por color.

¿Qué se podía decir de ella, que al ver las tachuelas pensara en *niños desaparecidos*?

–Eso no está bien —murmuró Bishop.

Kick lo miró. Estaba escudriñando el clóset con rendijas en la puerta. Era un clóset común, el tipo de artículo que podías comprar en un *kit* armable en Home Depot. Lo suficientemente común como para no llamar la atención.

Bishop ya estaba cruzando la habitación hacia el clóset.

–Eso no está bien —dijo otra vez.

Deslizó la puerta del clóset y Kick escuchó el clic de un interruptor de luz de cadena. Se paró detrás de él. El clóset era de doble ancho y estaba vacío, excepto por unos cuantos ganchos abandonados. Él la dejó mirar adentro y luego se metió, se agachó debajo del riel para colgar la ropa y comenzó a tantear con las manos sobre la pared trasera del clóset como si tratara de abrir una caja fuerte. Kick hizo su propia inspección. Era una pared cubierta de yeso, el trabajo estaba bien hecho, se veía profesional, sin protuberancias ni cuarteaduras. Demasiado bien hecho como para ser la pared trasera de un clóset. Bishop se enredó con los ganchos y tintinearon mientras se los quitaba. Luego se puso a gatas y comenzó a revisar la línea en la que la pared se unía al piso.

–No vas a encontrarlo —dijo Kick.

–Aquí está —dijo Bishop, moviendo las manos sobre la alfombra—. Los planos muestran que la habitación debería ser más grande. Este clóset, esta pared entera, no debería estar aquí.

–Ahí está —dijo Kick—. Pero no vas a encontrarlo.

Bishop se sentó en cuclillas y la miró.

Kick dejó caer la mochila a sus pies y se acomodó un mechón de pelo detrás de la oreja.

–¿Quieres que lo encuentre?

–Sí, por favor.

–Si encuentro la habitación secreta, terminamos. Vuelo a casa esta noche en el jet lujoso. Y tú buscas a alguien más para jugar a Los Ángeles de Charlie contigo.

Bishop se levantó, luchó con uno de los ganchos que se atoró en su camisa, y salió del clóset. Sus jeans tenían pelusa lila de la alfombra.

–¿Tenemos un trato? —dijo Kick.

–Enséñame la habitación secreta —dijo Bishop.

–De acuerdo —dijo Kick. Entró al clóset y jaló la cadena de la luz—. Necesito estar a oscuras —dijo y cerró la puerta detrás de ella.

Las rendijas de la puerta dejaban entrar luz de la oficina, así que no estaba del todo oscuro, sólo con sombra, pero estaba bien. La oscuridad no era lo que necesitaba, sino la soledad.

Se acercó a la pared.

Es chistoso cómo las cosas vuelven a la memoria.

A veces, cuando se mudaban a una casa nueva, la habitación secreta ya estaba ahí, y a veces tenían que construir una: abrir la pared, cablearla y taparla de nuevo con una pared de yeso. Mel era hábil con las manos. A veces le permitía a Kick que lo ayudara a poner los resortes de la puerta mientras él construía la cerradura controlada mecánicamente. Uno podía hacer muchas cosas con una bocina pequeña, un reductor de engranajes, un tubo de PVC, unas cuantas ventosas y una plataforma de código abierto para la creación de prototipos. Era posible esconder una puerta a plena vista.

Kick puso la mano en la esquina inferior derecha del clóset, donde la pared se unía con el piso, y luego deslizó sus dedos cinco pasos y luego otros cinco a la izquierda.

–¿Entonces? —preguntó Bishop a través de la puerta.

–Aléjate —dijo Kick. Colocó su puño donde había estado su dedo y golpeó.

Rasurarse y cortarse el pelo. Un golpe, seguido por cuatro golpes rápidos, seguidos por otro golpe.

La pared del clóset botó y se abrió unos centímetros.

Ese sonido. Había escuchado el sonido que hacen las puertas cuando los resortes se liberan.

Kick la empujó y ésta se abrió balanceándose.

La puerta comenzó a agitarse y miró a Bishop por encima de su hombro.

Como estaba a contraluz sólo se veía su silueta, una forma oscura y sin rostro.

El borde del brillante rectángulo de luz tocó la rodilla de Kick.

Se lanzó hacia delante, a través de la puerta, dentro de la habitación secreta, y cerró el panel falso detrás de ella. Gateó en la oscuridad, tanteando, hasta que encontró una esquina donde sentarse.

Oía a Bishop golpeando y llamándola a gritos del otro lado. No respondió. Escuchó que arrancó los ganchos de metal en el tubo del clóset y que los aventó contra una pared.

Kick no tenía un plan. Antes, cuando era niña, pasaba tanto tiempo en pequeñas habitaciones oscuras como éstas que había aprendido a olvidar el paso del tiempo.

Abrazó las rodillas contra su pecho.

El olor a cloro era más fuerte ahí, y había otro olor también, algo más rancio. Kick podía probar la pestilencia, sentir que se asentaba en sus pulmones junto con el polvo y las telarañas. Las paredes no estaban cubiertas, y tenía la espalda apoyada contra una tabla de madera expuesta.

–Estás contaminando la evidencia —dijo Bishop. Oía que tocaba la puerta. *Rasurada y un corte de pelo*. Él había logrado descifrarlo. Estaba tratando de entrar.

Siempre había un control manual arriba de la puerta. Ella sólo tenía que alcanzarlo para cerrar la habitación con llave desde dentro. Entonces el panel no se abriría con un golpe.

Se arrastró hacia delante.

Su pie con el calcetín golpeó con algo en la oscuridad. Lanzó un grito. Con la uña rota, la carne viva del dedo del pie estaba tan sensible que cualquier contacto se sentía como si cayera sobre él un yunque de metal. No sabía a qué le había pegado. Pero se sintió duro. Trató de encontrarlo, pensando que podía ser el control manual.

–¡Abre la maldita puerta! —gritó Bishop.

–No voy a salir —respondió Kick, pateando al aire. Se quedaría en la habitación secreta el tiempo que quisiera. Ésa era la regla de Mel. No tenía que salir a menos que quisiera hacerlo.

Su dedo hizo contacto con algo otra vez. Se volteó y tanteó con las manos el lugar donde parecía estar el objeto. Había algo ahí, en el piso. Demasiado largo como para ser la palanca del control manual. Sus dedos tocaron plástico. Exploró la superficie, siguiéndola hasta la pared, contra la cual el objeto parecía estar apoyado. Plástico grueso, y debajo de él algo frío al tacto, y sólido. El plástico se arrugó al tocarlo. Algunos lugares se sentían más suaves y se hundían cuando empujaba; otros eran duros. Le dio otro empujón…

Ella se dio cuenta un instante antes de que cayera. Algo se movió en la oscuridad.

Lanzó un grito y se quitó de en medio. Sintió el aire moverse mientras el objeto caía junto a ella. La cosa golpeó el suelo con un sonido repugnante y el suelo vibró.

–¿Qué está sucediendo ahí dentro? —preguntó Bishop, con urgencia en la voz.

Permaneció paralizada, tratando de orientarse. Lo que fuera que estaba ahí con ella, era grande. El sonido que hizo al caer, ese golpe seco, sonaba como carne.

Bishop maldecía sin parar. Kick oía que daba de golpes por todas partes del otro lado de la pared, como si fuera a abrir el panel a codazos.

Sacó su celular del bolsillo, pulsó el botón de "casa" con el pulgar, y apuntó la luz azul de la pantalla hacia el objeto en el suelo.

Lo absorbió en una serie de imágenes mentales: una cabeza, una cadera, la curva de una rodilla. La forma construyendo una palabra en la cabeza de Kick: *cuerpo*. El cuerpo estaba envuelto en plástico de polietileno y había un charco de sangre debajo. La cabeza estaba a centímetros de los pies de Kick, con la cara hacia arriba, o más bien la insinuación de un rostro, pálido y con chichones, como barro sin forma. A través del plástico, Kick pudo ver un mechón de cabello rubio a la altura del hombro. Había algo más también, algo envuelto alrededor de la parte baja del cuerpo. Le temblaba la mano que sostenía el teléfono, y era difícil ver bien con la luz azul brincando por todas partes. Kick sostuvo el teléfono más cerca y apuntó la luz de la pantalla al rostro del cadáver. Alguien había escrito en letras mayúsculas con marcador negro sobre el plástico a la altura de la frente del cadáver. Kick pronunció la palabra en silencio.

–Bum.

¿Bum?

–¿Hueles eso? —preguntó una pequeña voz desde la oscuridad.

Kick giró y apuntó la luz hacia el lugar de donde provenía la voz.

La pequeña niña estaba parada y quieta. Descalza, con el cabello castaño largo y enredado. Su piel era pálida. Kick se dio cuenta de que hacía mucho que no le habían permitido salir de la habitación secreta.

–Vete, Beth —murmuró Kick—. Aquí no es seguro para ti.

–¿Con quién hablas? —preguntó Bishop—. ¿Hay alguien ahí contigo?

–No puedes quedarte aquí —dijo la niña.

Kick escuchó otra vez el suave rebotar del mecanismo de resorte del panel y volteó. Bishop había entrado. La luz se derramó dentro de la habitación secreta. Nunca estaban iluminadas, sólo eran espacios sucios para arrastrarse, agujeros-escondites. La niña había desaparecido. El cuerpo aún estaba ahí.

Las pisadas de Bishop vibraban sobre el piso de chapa de madera bajo sus rodillas. Y luego se detuvo. Ella lo miró: su largo cuello, su mirada fija en el cadáver, en las letras sobre ese rostro. Bishop no debería estar ahí.

–Vete —dijo Kick.

Bishop se sentó en cuclillas junto al bulto, moviendo la cabeza de aquí para allá, captando cada detalle. Luego dijo:

–Mierda —volteó y se lanzó sobre Kick.

La tomó por sorpresa y logró doblar su codo detrás de la espalda antes de que pudiera reaccionar. Kick sintió una punzada de dolor desde el hombro hasta la muñeca cuando él se paró y luego la levantó con rudeza. La estaba arrastrando hacia fuera de la habitación secreta. Le arañó la mano y logró soltar el meñique de Bishop y doblarlo hacia atrás, jalando y torciendo la coyuntura. Se soltó y trató de volver a la esquina de la habitación secreta. Pero él la tomó por la cintura, con los brazos enganchados alrededor de su cadera. Trató de pisarle los pies, pero sin zapatos estaba en desventaja. Él gruñía y maldecía, jalándola hacia el clóset, afuera de la habitación secreta. La estaba lastimando. Ella gritaba y le arañaba los brazos, pero él no la soltaba.

Él le decía algo al oído, una y otra vez. La sacó a la fuerza a través de la puerta secreta, de vuelta a la alfombra lila. Ella trató de golpearle las rodillas con los talones pero no lo logró. Daba bocanadas de aire, con la adrenalina a tope. Bishop no comprendía. Ella no podía dejar a Beth. Era sólo una niñita. No podían dejarla sola en la oscuridad con esa cosa. Apretaba los talones contra la alfombra mientras Bishop la arrastraba por el hueco del clóset hasta la oficina.

Luchaba, pero era como si su cuerpo y su mente no estuvieran sincronizados. Bishop la tenía abrazada por detrás de la cintura, y puso uno de sus brazos sobre los de ella para aprisionarlos sobre su pecho. Después la volteó y la cargó.

No dejó de moverse, siguió caminando. Salió de la oficina y caminó por el pasillo con Kick en brazos. Bishop sonaba como un animal, forcejeando y gruñendo.

Kick pensó que iba a matarla, igual que había matado al perro.

Vio la puerta principal delante de ellos. Los autos Tesla habían sido fabricados en Estados Unidos: si él la metía en la cajuela, ella tan sólo tenía que encontrar la palanca de apertura de emergencia. Bishop usó el otro brazo para sujetarla mientras giraba el picaporte, luego empujó la puerta con el pie, salió y bajó los escalones.

Un estallido de calor los golpeó por detrás y fueron lanzados hacia delante, y por un momento Kick sintió que era levantada de los brazos de Bishop y ambos flotaban en el aire, bañados en luz brillante. Un sonido profundo y hueco reverberó detrás de ellos, y los ensordeció. Kick no tuvo tiempo de prever la caída y cayó primero con el rostro y se derrapó por varios metros antes de detenerse. Le llovían escombros, no sabía de qué eran. Se cubrió la cabeza con las manos y esperó. Levantó ligeramente su cabeza para ver dónde había aterrizado Bishop y lo vio a unos metros en el pasto quemado. La casa estaba envuelta en llamas vivas. Humo negro se elevaba hacia el cielo gris. Incluso donde ella cayó, a diez metros de las escaleras de la entrada, Kick percibió el calor del fuego.

Bum.

—¿Recuerdas ese olor? —había preguntado Beth.

Azufre.

A veces Kick ayudaba a Mel a hacer las bombas.

Cloro.

Lo usaban cada vez que se mudaban. No deja rastros, diría Mel. Ése era el modo comanche.

Kick estaba adolorida, se puso sobre sus manos y rodillas con la mirada fija en el infierno que ahora engullía la casa. Beth todavía estaba ahí. Todavía estaba en la habitación secreta. Kick tenía que salvarla. Trató de impulsarse con los pies para levantarse, pero sentía como si sus piernas no fueran suyas y que el piso se seguía moviendo. Se arrastró hacia delante y su rostro cayó en el lodo. *Ahora voy a perder el conocimiento*, pensó.

8

Después de un rato, Kit se acostumbró a la oscuridad. Era su pequeño mundo propio. Tenía su propia bolsa de dormir, un camisón, un cepillo y una cubeta para hacer sus necesidades. Ella conocía la habitación con sus manos, la madera áspera, las cabezas de los clavos, la tela acolchonada de las paredes. El hombre que la llamaba Beth venía todos los días. Cada día se llevaba la cubeta, y cada día cuando la traía de vuelta olía a chicle. Cuando él estaba ahí, Kit se quedaba quieta y callada como un ratón.

A veces traía comida. Sándwiches de mantequilla de cacahuate. Galletas Oreo.

Hoy, cuando vino a devolver la cubeta, prendió una luz.

Ella casi se desmaya por el resplandor. Era un bicho debajo de una roca, luchando por refugiarse.

–Está bien —dijo el hombre.

Ella estaba hecha bolita. Era un cara de niño. Era una piedra.

–Mira —dijo—, te traje cerezas.

Kit levantó la vista, tratando de acostumbrar sus ojos a la intensa luz. El hombre estaba sentado en el piso, al centro de la luz. Él le había mentido una vez. No la había ayudado a encontrar a su perro. Pero ahora sostenía un tazón blanco. Se lo mostró y estaba lleno de cerezas, y ella había estado tanto tiempo en la oscuridad que el rojo se veía extrarrojo y el blanco era extrablanco.

–Mira qué más —dijo él. Puso las cerezas en el suelo y detrás de él sacó una tabla de juego rectangular y un libro. El libro tenía un dibujo de conejos en la portada—. Es uno de mis favoritos. Se llama La

colina de Watership. *Te lo voy a leer —luego le dio un golpecito en la tabla de juego—. Y te voy a enseñar a jugar este juego.* Dice que es de ocho años en adelante, pero tú eres una niña lista, ¿verdad, Beth?

–*Dijiste que encontrarías a mi perro —dijo Kit.*

–*Tu perro está a salvo, Beth —dijo el hombre—. Está en casa. No te preocupes por él.*

Kit asintió y estaba agradecida. Si algo le pasaba a Monstruo ella habría sido la culpable.

–*Pero éste es tu hogar ahora —continuó el hombre—. Conmigo y Linda —puso el juego en el piso y abrió la tapa. Su cabello rubio era delgado, como de un bebé—. ¿Eres buena para seguir instrucciones, Beth?*

El estómago de Kit rugía y echó un vistazo a las cerezas en el tazón. Él desdobló la tabla. Estaba cubierto con cuadros de colores.

–*Elige siete fichas —dijo—. Y te enseñaré cómo se juega.*

Ella dudó sólo un segundo antes de correr por el piso de madera, lo suficientemente cerca para meter la mano a la bolsa. Tomó un puñado de lo que estaba dentro y miró al hombre del otro lado de la tabla que tomó sus propias letras y las colocó una por una en la repisa de madera. Ella buscó su propia repisa, encontró una en la caja, la puso en su lado de la tabla y también comenzó a colocar sus letras de madera. Al irlas acomodando se dio cuenta de que había tomado demasiadas. Debía ponerlas de vuelta en la bolsa, pero no lo hizo. En cambio, con el corazón latiéndole con fuerza, escondió la letra en su mano.

–*Fíjate si puedes acomodar tus letras para formar una palabra —dijo. La miró fijo. Ella no estaba acostumbrada a que los adultos hicieran eso, y la cara se le puso caliente, y quería soltar la ficha, devolverla, pero tenía miedo de meterse en problemas. El hombre sonrió, levantó el tazón de cerezas y se las ofreció.*

–*Es tu turno, Beth.*

9

Kick despertó tosiendo, jadeando en busca de aire. Algo le presionaba la cara y cubría su boca. Lo agarró pero algo le impedía quitárselo.

–Tranquila —la calmó una voz de mujer—. Es una máscara de oxígeno. Respira profundo, cielo.

¿Una máscara de oxígeno?

¿Dónde estaba? Los ojos le ardían, los oídos le zumbaban. El cielo estaba negro y lleno de luciérnagas. Estaba recostada boca arriba. Todo le dolía. El más pequeño movimiento hacía eco en su cráneo. Sentía pasto bajo las puntas de sus dedos.

Parpadeó. Había sirenas. Sentía a gente que pasaba corriendo, sus pisadas reverberaban a través del piso. Las brasas flotaban y se arremolinaban en el aire, cientos de miles de brasas, estrellas diminutas. Un calor seco le arrugó la piel. La casa estaba en llamas. El sonido del fuego era magnificado por el vidrio que estallaba. Los ojos le quemaban, podía saborear el humo. Hizo un esfuerzo para voltear la cabeza hacia el brillo anaranjado, pero la mujer que le sostenía la máscara de oxígeno en la boca ocupaba demasiado espacio en su campo visual.

–Respira —dijo la mujer. Kick podía hacer eso. Era fácil. Una vez había tenido una terapeuta y lo único que hacían era respirar: respiraban por horas. Kick inhaló. Kick exhaló. *Respira. Revisa.* La mujer tenía una coleta y una placa dorada de paramédico en su bolsillo izquierdo. En un parche en la manga de su uniforme decía: Médica Uno King Mounty. *Exhala. Inhala. Revisa.* El oxígeno estaba haciendo sentir a Kick un poco mareada. Sintió los dedos de la paramédico tanteando la parte interna de su muñeca, entre el hueso y el tendón, buscando el pulso. Su rostro tenía destellos azules y rojos.

La paramédico quitó la máscara de oxígeno de la boca de Kick. Se inclinó hacia ella. Movió los labios. Traía puestos unos aretes de plata pequeños en forma de tortugas.

Kick escuchó las sirenas. Le dolía la cara. No sabía por qué.

—¿Qué? —graznó.

La paramédico acercó más su rostro.

—¿Dónde está Beth? —preguntó la mujer—. ¿Todavía está en la casa?

La mitad del cielo estaba anaranjado. La otra mitad era color carbón.

La paramédico de la coleta le puso de nuevo la máscara de oxígeno.

—Todo va a estar bien —dijo—. Hemos llamado a tu madre.

Kick vomitó. La paramédico le quitó la máscara de oxígeno y ayudó a Kick a recostarse de lado.

Inhala. Exhala. Revisa.

Ahora había un hombre en cuclillas sobre el pasto junto a ella. Una capa de sudor con tizne brillaba en su piel aceitunada, y sus pantalones tenían manchas de pasto en las rodillas. Una placa dorada de detective colgaba de su cuello. Kick lo miró fijo, tratando de enfocarlo. Su cabello negro estaba salpicado de algo blanco.

El detective le sonrió a Kick y luego sacudió la cabeza de Kick; hojuelas blancas le cayeron del pelo.

—Ceniza —dijo él.

Ella observó las hojuelas flotando detrás de él.

El fuego hacía un sonido crepitante, como friendo carne. Incluso a través del patio ella sentía el calor en su rostro. A través de las llamas que tragaban la casa, veía que de todo el segundo piso ya sólo quedaba la estructura, carbonizada hasta los cimientos. El agua de las mangueras se volvía vapor.

—Están dejando que ella se termine de quemar —explicó el detective.

—*¿Ella?*

Él señaló hacia otra parte del patio.

—Ahí es donde aterrizaste —dijo—. El estallido te arrojó a casi diez metros. Yo diría que saliste de ahí sin un segundo que perder.

Tenía sed. Sentía la cabeza rara.

—Bishop te salvó la vida —dijo el detective.

—No —dijo Kick confundida.

–Nos contó todo —dijo el detective—. El *cuerpo*. La habitación escondida. El hecho de que alguien usaba la casa para esconder niños secuestrados.

Kick hizo un ruido evasivo.

–Por desgracia —prosiguió el detective—, toda la evidencia, incluido el cadáver, ahora es carbón. Pero podemos difundir los nombres de quienes vivieron en esta casa como personas de interés. Los medios lo cubrirán. Tal vez nos lleve a alguna parte.

Un pensamiento se formó en el cerebro gelatinoso de Kick y lo aventó a la superficie.

–El perro —dijo.

El detective frunció el entrecejo.

–Bishop... mató... Lassie —no, eso no estaba bien. Le zumbaba la cabeza—. Un collie. Mató a un collie.

–¿Un collie de tres patas? —preguntó el detective.

Kick lo miró vacilante.

–Voltea —dijo el detective.

Kick miró por encima de su hombro. Un collie de tres patas estaba sentado a una orilla del patio, oteando el aire, alerta y definitivamente vivo.

–Los primeros en llegar la encontraron suelta en el patio —dijo el detective—, ladrándole al fuego. Parece que rompió su collar. La gente de enfrente dice que ella vive ahí —señaló con la cabeza a la casa de junto—. Pero no están en casa. Los de Control Animal andan por aquí. No han podido atraparla todavía. Es rápida para estar amputada.

Eso no tenía sentido.

–Tal vez mató a otro collie de tres patas —dijo Kick.

El detective se rascó la nuca y la miró con extrañeza.

–A veces —dijo—, un golpe en la cabeza puede provocar estas cosas.

Ella no se lo había imaginado. Ella no imaginaba perros muertos. Trató de pararse.

–No creo que debas hacer eso —dijo el detective.

Kick se apoyó en el hombro del hombre y masculló tres palabras con los dientes apretados.

–Dónde. Está. Él.

* * *

El detective se fue. La paramédico de coleta había vuelto. Kick, impulsada por la adrenalina, merodeaba por las patrullas y entre las mangueras de los bomberos, buscando el lugar donde el detective le había señalado. Mientras, la paramédico trataba de alcanzarla. Kick veía las camionetas de las noticias con antenas satelitales al otro lado del árbol de lavanda. Pero no había cámaras. Mantenían a la prensa a distancia. Encontró a Bishop sentado en la parte trasera de una ambulancia, sin camisa y bañado por las luces de un camión de bomberos. Kick caminó con decisión hacia él con los calcetines puestos, preguntándose si tan siquiera él se había molestado en ver si ella estaba bien o si sólo la había dejado ahí, inconsciente en el patio. Tuvo el descaro de sonreír cuando la vio, con la mitad de la cara ennegrecida con hollín y sangre en su oreja.

Kick lo abofeteó lo más fuerte que pudo.

La fuerza del golpe hizo caer a Bishop de lado, dejando ver detrás de él una paramédico sorprendida, que en una mano con un guante de látex sostenía un bisturí goteando sangre. Había un kit de sutura abierto junto a ella: una jeringa, un hemostato, fórceps, gasas, sutura y todas las malditas astillas de madera que la paramédico ya había extraído de la espalda de Bishop.

–Oh —dijo Kick.

Bishop hizo una mueca y volvió a sentarse.

Alguien la atrapó por detrás e inmovilizó sus brazos, lo que estuvo bien porque no estaba segura de poder sostenerse por sí misma por mucho más tiempo.

–Estoy bien —dijo Bishop—. Suéltenla.

Kick apenas pudo sostenerse cuando la paramédico de coleta la soltó.

–Llevamos una hora quitándole las astillas —dijo la paramédico. Kick ahora podía ver sus heridas, una docena, muchas de ellas ya limpias y suturadas. Todavía se veían bajo su piel unas cuantas astillas del tamaño de palillos de dientes.

La paramédico de Bishop limpió con una gasa la sangre de la herida que había hecho inesperadamente con el bisturí.

–Lo siento —dijo ella.

–Fue mi culpa —dijo Bishop, mientras observaba a Kick con una mirada que decía lo contrario—. No debí moverme mientras usted tenía el bisturí en mi espalda.

–Cuando quiera apuñalarte, lo sabrás —le dijo Kick.

–Tienes problemas de ira —dijo Bishop—. Lo sabes, ¿verdad? —sus antebrazos tenían rasguños, como si hubiera peleado con un gato y perdido.

La paramédico de coleta todavía estaba rondando a Kick. Demasiado cerca. Atosigándola.

–Sufrió una contusión —le dijo la paramédico a Bishop—. Está alterada.

–Ella siempre es así —dijo Bishop. Se tensaron sus músculos abdominales y la paramédico de la ambulancia echó en la charola una astilla de diez centímetros.

Kick se negó a que la distrajera. Apuntó a Bishop con el dedo acusándolo.

–No mataste al perro —dijo.

La mejilla de Bishop estaba roja por la bofetada. La miró perplejo.

–¿Estás enojada porque no maté a un perro? —preguntó.

Ella vio que las paramédicos intercambiaban miradas, como si pensaran que era necesario sedarla.

–No me gusta que me mientan —dijo Kick para aclarar.

De pronto le llegó un fuerte olor a vómito y tuvo la vaga sensación de que venía de su pelo. No recordaba haber vomitado. Necesitaba bañarse.

–¿Dónde está mi mochila? —le preguntó a Bishop, buscando en el suelo alrededor de él.

Bishop se tomó un momento para responder. Luego, con lo que a Kick le pareció que era un dejo de alegría, miró hacia la casa en llamas.

Volteó a ver los dos pisos de flamas. Meneó la cabeza enfáticamente, negándose a creerlo. Él levantó la mochila después de que ella la dejó caer. Lo recordaba.

–No —insistió. La emoción se le atoró en la garganta. Tenía que tragársela para mantenerse calmada. Miró a Bishop suplicante—. Tú la tenías.

La paramédico detrás de Bishop cosía con un hilo negro a través de su piel como si estuviera cosiendo un pavo de Acción de Gracias. Él apenas lo notaba.

–Seguro la tiré cuando estaba tratando de salvar nuestras vidas —dijo con tranquilidad. Volteó el antebrazo hacia arriba mostrando los arañazos—. Por cierto, gracias por esto.

Kick se miró las manos. Una de sus uñas estaba rota. No recordaba bien los últimos minutos que estuvieron en la casa, pero cualquier cosa que ella hubiera hecho, él se la merecía. Volteó a ver las llamas. Parte de la estructura del segundo piso había colapsado. *Están dejando que ella se termine de quemar*. Para la mañana "ella" estará reducida a tres metros de escombros carbonizados. Kick sentía el calor de las cenizas en los ojos, en las pestañas. Su hermosa Glock. Ninguna pistola podría sobrevivir a este tipo de calor continuo. Estaba perdida.

–¿Estás llorando? —preguntó Bishop, incrédulo—. Porque ese auto carísimo en el que manejamos hasta aquí, ahora es un cascarón de metal calcinado, así que si alguien debería estar llorando, sería yo.

–Es el humo —le gritó Kick. Le tomó un momento entender lo que acababa de decir. ¿El Tesla? Había dejado su cuaderno en el Tesla—. Mi libro de preocupaciones —susurró. Ahora no sabría de qué preocuparse.

–¿En serio? —dijo Bishop.

Kick se limpió la ceniza de los ojos con una cobija. Estaba entrando en el laberinto, dejándose arrastrar por los pensamientos negativos.

–¿Ya me puedo ir? —le preguntó a la paramédico de coleta—. ¿O tengo que hacer alguna declaración antes?

–Ya declaraste —dijo la paramédico con vacilación—. A la detective Alba.

–Bien —dijo Kick, fingiendo recordarlo—. ¿Entonces alguien me puede pedir un taxi?

La paramédico de coleta comenzaba a alarmarse.

–Tu madre está en camino. La llamé. ¿Recuerdas?

Kick tosió y el vómito le irritó la garganta. La paramédico ahora estaba hablando con Bishop; con una mano palpaba un arete de tortuga.

–En una situación como ésta siempre buscamos "Mamá" en los contactos del celular de la persona. Ya se lo expliqué —dijo—. Se le olvida. Es por la contusión.

No su mamá. Cualquiera menos su mamá.

–No —dijo Kick.

–Necesita estar en observación durante la noche —continuó la paramédico. Tal vez los aretes no eran tortugas de mar. Tal vez eran tortugas de tierra. Kick no sabía cuál era la diferencia. El codo de la otra paramédico subía y bajaba al hacer otra sutura en el omóplato de Bishop. Seguramente Kick se veía afligida porque la paramédico de la coleta le dio una palmada reconfortante en el brazo.

–Tu madre estará aquí en una hora —dijo.

–No —dijo otra vez Kick. Sentía el cerebro suave y denso, como un helado.

–Dije que hospital no —dijo Bishop—. No medios. No papeleo.

La paramédico de la coleta miró nerviosa a Kick y se inclinó unos centímetros hacia Bishop.

–¿Usted sabe quién es Beth? —le preguntó.

Kick no sabía por qué la paramédico seguía hablando de Beth. Beth estaba muerta.

–No dejaba de preguntar por ella cuando volvió en sí —continuó la paramédico.

Todo estaba flotando, como si Kick lo presenciara desde la superficie de un estanque con olas.

Bishop se frotó la cara con las manos y suspiró. Sus ojos grises estaban borrosos. La paramédico hizo un nudo a una sutura.

–Mierda —dijo Bishop a nadie en particular. Miró a Kick, analizándola otra vez, como si estuviera tratando de llegar al fondo de su ser. Ella había visto esa mirada en policías y terapeutas. Él levantó la ceja.

–Estás más loca de lo que pensé —dijo.

–Tengo tierra en la boca —fue lo último que Kick recordó decir antes de perder el conocimiento.

10

El techo estaba muy alto, con vigas de madera atravesadas en ángulos extraños. Kick comenzó a incorporarse, pero un par de manos sobre sus hombros se lo impidieron. Bishop estaba parado junto a ella, traía puesta una bata roja.

¿Qué demonios?

–No te asustes —dijo él.

–¿Dónde estoy? —preguntó Kick.

–En mi casa —dijo Bishop.

Ella estaba en una cama. Kick trató de sentarse otra vez.

–En la *recámara de visitas* —aclaró él. Puso de nuevo las manos sobre sus hombros—. Sufriste una contusión. Debo despertarte cada hora para asegurarme de que no hayas muerto. No estás muerta, ¿verdad?

–No.

–Voy a apuntar esta luz a tus ojos —dijo Bishop—. La última vez que hice esto trataste de patearme los dientes, y preferiría que no lo hicieras otra vez porque estoy cansado y mis reflejos están lentos —levantó una linterna de bolsillo y titubeó—. ¿De acuerdo?

–De acuerdo —carraspeó Kick.

Encendió la linterna y Kick hizo una mueca cuando apuntó a cada ojo.

–Tus pupilas se ven bien —dijo, y apagó la luz. Metió la linterna en el bolsillo de su bata, se sentó en una silla junto a la cama y tomó un libro que estaba abierto en el brazo de la silla—. Duérmete —le dijo, con la mirada fija en el libro—. Te veo en unas horas.

* * *

–¿Dónde estoy? —preguntó Kick.

–En mi casa, en una recámara de visitas —dijo Bishop—. Sufriste una contusión y debo despertarte cada tantas horas para asegurarme de que estás lúcida. ¿Estás lúcida, Kick?

–No —respondió.

Bishop le mostró una gruesa pluma plateada.

–Esto es una linterna de bolsillo —dijo—. Voy a encenderla para observar tus ojos con ella. No me vayas a patear.

–Y por qué haría… —Kick hizo una mueca cuando la luz iluminó sus pupilas.

–Bien —dijo Bishop—. Te veo en unas horas.

* * *

Kick abrió los ojos y miró a su alrededor.

–Estás en mi casa —dijo Bishop—. Sufriste una contusión. ¿Cómo te sientes?

–Como si un idiota no dejara de despertarme —dijo Kick.

–Mírame —dijo Bishop. Le mostró la linterna—. Esto es una…

–Ya sé —dijo Kick.

Bishop apuntó la luz a sus pupilas.

–Bien —dijo Bishop y apagó la luz. Se dio la vuelta y se dirigió a la puerta. Kick se sentó y se recargó sobre los codos.

–¿Adónde vas? —preguntó.

–Es de mañana —dijo Bishop mirándola por encima del hombro—. Felicidades, sobreviviste la noche.

Cuando Bishop cerró la puerta, Kick se sentó y aventó las cobijas. Traía puesta una pijama. Era blanca y tenía florecitas amarillas, unos pantalones y una camiseta de manga corta con adornos en el cuello. No era suya. Despertar con la ropa de alguien más en definitiva no era una entrada para su libro de preocupaciones, pero por el momento Kick estaba más interesada en el hecho de que estaba en la casa de alguien más. Se tocó un punto suave en la frente e hizo una mueca de dolor. Recordaba la sensación de calor, despertar en el pasto, rostros, fragmentos. El chichón en su cabeza era del tamaño de una uva. Lo último que recordaba era… Acercó a la nariz un manojo de su cabello y lo olió. No había vómito. Sólo el olor dulce a champú. Se miró las manos. Estaban limpias. No había polvo azul. No estaban sucias. Incluso el remanente de barniz de uñas ya no estaba. Sacudió los dedos. Sentía tiesa la mano derecha.

No recordaba haberse bañado. No recordaba haberse cambiado la ropa.

Pero no podía seguir pensando en eso. Ese curso de pensamientos la llevaba al laberinto de preocupaciones.

Kick deseó tener una estrella ninja, un cuchillo de pescar, lo que fuera.

–¡Ja! —dijo Kick.

Sonaba como lunática, pero a veces provocar reírse le ayudaba a calmarse. La risa disminuye los niveles de cortisol, libera endorfinas y aumenta los niveles de oxígeno en la sangre. Era ciencia.

Lo intentó de nuevo.

–¡Ja!

No estaba funcionando. Sus niveles de cortisol se sentían igual. Saltó de un brinco de la cama, se paró e hizo cien sentadillas.

Sentía que la cabeza le iba a explotar, pero su cerebro estaba mejor. Su ritmo cardiaco se había elevado. Sintió el calor de sus músculos trabajando.

Estaba lista.

Bishop había dicho que estaba en una recámara de visitas. Al mirarla todo tenía sentido. La cama king-size y el diseño clínico parecían el de una habitación de hotel cara. Vio su celular en la mesita de noche y lo agarró. La pantalla estaba oscura y no tenía batería. No vio el cargador. No había teléfono fijo en la recámara.

No había hablado con James desde la noche anterior. Quizás estaría frenético para ese entonces. Tenía que encontrar un teléfono.

Kick se acomodó el celular en la cintura de los pantalones de la pijama y fue hacia la puerta. No estaba cerrada con llave. La abrió y escuchó. Distinguió un sonido parecido al débil graznido de gaviotas.

Al salir encontró un pasillo que se extendía en ambas direcciones. No había señales de Bishop. Los pisos eran de madera, no había tapetes. Kick flexionó muy bien las rodillas, se hundió sobre ellas, y luego giró a la izquierda sobre el pasillo, respirando junto con sus movimientos. Al no tener un arma, el silencio era su mayor ventaja. Ahora le tocaba a Bishop ser sorprendido por *ella*. Pasó por puertas cerradas, enfocándose en mantenerse en el pasillo donde podía ver lo que tenía enfrente. Al dar los pasos primero apoyaba las puntas y luego dejaba caer la planta del pie, así estaría lista para ajustarse si rechinaba la madera.

El pasillo conducía a una habitación iluminada casi del tamaño del gimnasio de una escuela preparatoria y estaba decorado con muebles rústicos. Gran parte de una pared estaba cubierta de vidrio. A través del vidrio Kick vio una costa pedregosa y el agua azul oscuro con gaviotas blancas sobrevolando. La neblina de la mañana cubría la otra orilla en la que había árboles, pequeñas casas y muelles.

Kick reconoció la silueta de un ferry del estado de Washington a la distancia, se veía del tamaño de una caja de zapatos. Cruzando el agua, al norte, se veía la luz débil de la ciudad en el horizonte, y la luz roja en la punta del Space Needle tintineaba solitaria entre la niebla.

Ella estaba en una isla en el Estrecho de Puget.

Kick volteó rápido, segura de haber escuchado un ruido a sus espaldas. Pero estaba sola. El ventanal la hacía sentir como un bicho en un frasco. Apuró sus pasos al rodear el perímetro, buscando un teléfono en algún lugar en medio de toda esa madera reluciente, forros de piel y decoración muy masculina. Había cobijas dobladas sobre el respaldo de todas las sillas. Todo estaba muy bien puesto, como la recámara de visitas. Había flores frescas, en tres ramos tan grandes que parecía que se verían mejor en el lobby de un hotel. Nada estaba fuera de lugar. Kick sintió escalofríos. Tenía tantas oportunidades de encontrar un teléfono fijo ahí como de encontrar una mancha en la alfombra. No veía ningún toque personal. Incluso los cuadros se sentían como fabricados a destajo por un diseñador. Buscó tomas de corriente, con la esperanza de encontrar un cargador, pero no vio nada. Un armario de roble con jaladeras de bronce se veía prometedor, pero revisó todos los cajones y estaban vacíos. No sólo vacíos: limpios, como si cada cajón acabara de ser limpiado por un ama de llaves diligente.

En la habitación no había libros ni revistas, ni vasos a medio tomar en las mesitas, no había portavasos ni manchas en el tapiz y ninguna otra indicación de que el lugar estuviera habitado.

Era como un escenario, todo estaba montado.

La luz cambió, quizá la neblina viró hacia otro lado. Kick puso atención en una serie de fotos enmarcadas que acababa de pasar. Eran tan homogéneas y estaban colgadas tan derechas, todas con marialuisa y bien enmarcadas, que asumió que también eran arte de diseñador. Ni siquiera había observado las imágenes. Pero el brillo del cristal desapareció y se acercó a verlas.

La docena de imágenes en realidad eran ampliaciones de fotos. Kick observó una después de la otra. La mayoría de las fotos parecían ser de dos niños con cabello oscuro: en la playa, posando con un pastel de cumpleaños, en un parque.

Tenían los mismos ojos estrechos y grises, y orejas grandes: eran hermanos. Uno era mayor por un año o dos. Sonreía más que el otro. Las fotografías estaban en orden más o menos cronológico y parecían los hermanos creciendo hasta que tendrían unos ocho y diez años. Luego el chico menor dejó de salir en las fotos. Desapareció. Ya sólo aparecía el chico mayor, solo en las fotos, a los doce, catorce, siguió creciendo.

¿Qué le había sucedido al otro niño?

–El niño está vivo —dijo Bishop detrás de ella. Kick volteó, acercó los codos al torso y plantó los pies, lista para defenderse. Bishop caminó descalzo hacia ella, traía puesta una camiseta negra con cuello de tortuga, su pelo negro estaba mojado después de bañarse y tenía rasguños en los brazos. Kick esperaba que él la cuestionara, pero apenas la miró. Ciertamente no parecía sorprendido de encontrarla fuera de la cama, vestida con una pijama de alguien más, parada en su sala. Agarró un control remoto que estaba una mesa esquinera, lo apuntó hacia el sofá y apretó un botón. Relajó su postura de ataque al ver que una enorme pantalla plana de televisión se elevaba detrás del sofá. Estaba a punto de cuestionarlo *a él* cuando de pronto apareció en la pantalla un logo de King-TV anunciando las noticias de último momento, seguido por una fotografía de Mia Turner. La foto era atravesada por una sola palabra: *Encontrada*.

¿Encontrada?

Kick no comprendía.

–Apareció en una habitación de un motel en Tacoma —dijo Bishop—. Ayer en la tarde una mujer rubia de unos 50 años rentó la habitación. La gente de limpieza encontró a la niña sola en la habitación a la hora del *checkout*, hace como media hora.

En las noticias apareció una toma en vivo de un motel. Se veía feo pero limpio. La marquesina anunciaba canales de HBO gratis y cafeteras dentro de la habitación.

–Parece que no está lastimada —dijo Bishop.

De unos 50 años. Rubia. La descripción encajaba.

–Josie Reed —dijo Kick.

–Se registró bajo el nombre de Elinore Martínez —dijo Bishop.

Kick se meció sobre las puntas de sus pies. El cabello en el cuerpo que había visto en la habitación secreta también era rubio. Adam Rice, Josie Reed, Mia Turner, la explosión de la casa: todos estaban conectados. Si habían salvado a Mia, tal vez también podrían salvar a Adam.

–Tenemos que ir para allá —dijo Kick, y en la tele apareció de nuevo el estudio del noticiero.

–Shh —dijo Bishop. Puso un dedo sobre sus labios y miró hacia el techo. Kick escuchó. Oía el débil ruido de las aspas de un helicóptero.

–Es tu viaje a casa —dijo Bishop.

Tenía muchas agallas al arrastrarla hasta allá, hacer que casi muriera y luego enviarla de regreso. Simplemente él no podía hacerla ir y venir a su antojo.

–¿Y qué sucederá con Adam? —preguntó Kick.

Bishop apagó el televisor y lanzó el control remoto a un lado. Se veía agotado, como si no hubiera dormido nada.

–Desapareció hace cuatro semanas —dijo—. La foto tiene diez días. Tú y yo sabemos cuáles son las posibilidades de encontrarlo.

A él no le importaba para nada. No en realidad. Ella había acertado con respecto a él.

–Claro —dijo—. Nadie dura más de eso.

El ruido del helicóptero era cada vez más fuerte, estaba acercándose.

–Han lavado tu ropa —dijo Bishop—, y está en el cajón superior del vestidor de tu habitación. Quizá deberías cambiarte.

–Disculpen —dijo una voz de mujer, y Kick y Bishop voltearon hacia la puerta al mismo tiempo.

La mujer se apuró para cerrarse la bata roja, pero no lo hizo tan rápido como para que Kick no notara que no traía nada debajo.

–Lo siento —la mujer le sonrió nerviosa a Bishop—. Estaba buscando café.

–Busca en la cocina —dijo Bishop—. Por la puerta a tu izquierda.

–¿Ustedes dos quieren algo? —la mujer se acomodó el pelo rubio detrás de la oreja y miró a Kick, y cuando sus miradas se cruzaron Kick reconoció sus rasgos simplones, incluso sin la coleta. Era más bonita sin uniforme, o tal vez sólo estaba radiante porque acababa de tener sexo.

–No, gracias, yo sólo tomo kava —dijo Kick—. Para la ansiedad.

La rubia desapareció por el pasillo con la bata ondeando detrás de ella.

Kick lanzó una mirada incrédula a Bishop.

–La paramédico.

Bishop encogió un poco los hombros.

Así que, después de todo, él no había pasado toda la noche en la silla de la recámara de visitas. Kick se sintió como una tonta por suponer que lo había hecho.

–Gracias por hacer una pausa en tu noche de pasión cada tantas horas para asegurarte de que aún estaba viva —dijo ella.

Bishop se tocó la frente.

–Deberías ir a que te revisen eso —dijo—. Pero si alguien te pregunta, diles que te caíste. Nunca estuvimos en Renton. Nuestros nombres no aparecen en ninguno de los reportes oficiales.

–¿Por eso me trajiste a tu casa? ¿Para ponernos de acuerdo en qué historia contar?

–Te traje a mi casa porque no parecía que quisieras irte con tu madre. Traje a la paramédico para que me ayudara a cuidarte… y —concedió él—, porque quería tener sexo con ella. Ahora, ve a casa con tu perro.

Bishop caminó hacia la puerta, en dirección al café y a la mujer desnuda que usaba su bata roja.

Kick tenía mil preguntas, tantas que ni siquiera sabía por dónde empezar, y tal vez por eso la que escogió parecía tan al azar.

–¿De quién es la pijama que estoy usando? —preguntó Kick.

Bishop se detuvo, y dándole la espalda a Kick sacudió la cabeza y soltó una risita.

Kick no entendía qué le causaba gracia.

El ventanal vibraba en su marco. Afuera, las ramas se doblaban por el viento y las hojas revoloteaban. Dentro de la habitación, todo estaba quieto. Kick olió el café preparándose.

Bishop la miró por encima del hombro. Todavía sonreía, pero había algo en esa sonrisa que impactó a Kick por ser particularmente triste.

–De mi esposa —dijo él.

11

A veces, Kick podía desaparecerse. Era un truco, como de magia, basado en artilugios y artificios. No hacer contacto visual. Eso invitaba a la gente a mirarte. No sonreír, no fruncir el ceño; eso atraía la atención. Mantén tu rostro quieto. Mantén la cabeza abajo. Nunca inicies una conversación, pero si alguien te habla responde lo más breve posible. Si todos los demás están comiendo, come; si todos los demás están leyendo, lee. Mézclate.

Hacia el final, Mel la llevaba a espectáculos aéreos, a la alberca comunitaria, al centro comercial. Nadie la miraba dos veces. La niña desaparecida más famosa de Estados Unidos pasaba inadvertida.

Eso era todo lo que siempre había querido. Un escondite.

Era más difícil ahora. Sobre todo por el dolor de cabeza. Kick se paró afuera de la terminal de *charters* en el aeropuerto internacional de Portland, recargada contra una pared de ladrillos, lejos de las puertas y los basureros, esperando a James. No hubo kava en el vuelo de regreso, ni siquiera estuvo Barbie Sobrecargo y sus miradas reprobatorias. El brillo del cielo le lastimó los ojos, y el rugido de los aviones volando sobre su cabeza era implacable. Permaneció en la sombra y trató de registrar lo que le rodeaba. Ocho personas deambulaban afuera, la mayoría llevaba maletas de rueditas, quizás esperando a que las recogieran. Todos estaban viendo sus celulares, así que Kick sacó también el suyo, aunque la pantalla estaba negra. *Esconderse a plena vista*, lo llamaba Mel.

No llevaba equipaje. No traía zapatos y ostentaba un traumatismo en la frente, pero hasta ahora a nadie parecía importarle. Ésos eran los beneficios del viaje aéreo privado.

Para cuando James llegó en el auto de Kick a la terminal de chárters en el aeropuerto internacional de Portland eran casi las tres de la tarde. Kick lo divisó dos kilómetros antes de que llegara, avanzando despacio, con la direccional derecha parpadeando sin motivo alguno. Manejó en la forma menos eficiente posible, alternando entre el cuidado paranoico y el riesgo imprudente. Ella salió de la sombra y lo saludó con la mano, y el auto aceleró, viró brusco hacia ella y trepó en la banqueta con una llanta.

James ni siquiera la saludó cuando se subió al asiento del copiloto, así que Kick sabía que estaba molesto. No le gustaba salir de su casa y mucho menos manejar. Él miraba fijo al frente a través del parabrisas sucio, tamborileando con los dedos en el volante. Todavía traía puesta la camiseta de Dr. Who.

—El semáforo está en verde —dijo Kick en voz baja.

James le lanzó una mirada fulminante.

El coche de atrás les tocó el claxon.

—¿Quieres que maneje? —preguntó Kick con optimismo.

—Pensé que estabas muerta —dijo James, moviendo las manos con nerviosismo sobre el volante—. Estuve despierto toda la noche interceptando reportes de la policía, llamando a hospitales —miró rápido el retrovisor.

Ella ya lo había visto así. Pero por lo general no sucedía tan rápido.

—Me están siguiendo de nuevo —dijo James.

—¿James? —preguntó Kick—. ¿Te tomaste la medicina esta mañana?

Otro idiota detrás de ellos tocó el claxon, y James brincó alterado. Kick lanzó la seña con el dedo medio al coche de atrás por encima del hombro.

—No me siento bien —murmuró James.

Kick puso una mano en su mejilla. Estaba sudoroso. Respiraba con dificultad. Sus nudillos al volante se habían puesto blancos.

—Aquí estoy —le dijo Kick. Se atravesó y abrió la ventana del lado de James, y luego con suavidad puso su brazo alrededor de los hombros delgados de su hermano—. La ansiedad es una emoción normal —le recordó—. Estás a salvo. Estás relajado y calmado.

James respiró tembloroso, apretó los ojos y asintió.

—Disfrutas salir de casa —continuó Kick—. Disfrutas los espacios abiertos —habían hecho esto tantas veces que las afirmaciones salían de su boca como si recitara las capitales de los estados—. Dilo —pidió Kick.

–Disfruto salir de casa —dijo James, asintiendo.

Kick le tomó la mano y entrelazó sus dedos con los de él. Las cicatrices en la muñeca de James temblaban con su pulso.

–Tómate un minuto —dijo Kick con dulzura—. Respira hondo —ella respiró profundo algunas veces para mostrarle—. ¿Estás listo?

James asintió otra vez.

–De acuerdo —dijo ella.

Kick le apretó la mano y cerró los ojos, y juntos comenzaron a inhalar con la garganta expandida, la boca abierta y luego gritaron a todo pulmón. Se sentía que el auto vibraba, como si el parabrisas se fuera a romper. La terapia primal o de grito primario nunca le había funcionado a Kick. Supuestamente gritar como loco libera los traumas de la infancia. Más que nada, hizo que a Kick le doliera la garganta. Pero a James le había funcionado de inmediato. Podía gritar como si su vida dependiera de ello.

–¿Señorita? —llamó una voz.

Kick abrió un ojo y apretó la mano de James, y ambos se callaron.

Un policía del aeropuerto estaba agachado a la altura de la ventana.

–¿Se encuentra bien? —le preguntó a Kick.

Ella miró a James. Ya no tenía los dedos aferrados al volante. Su respiración era más lenta. El ataque de pánico había cedido.

Era un policía de verdad, no de la Administración de Seguridad en el Transporte. Tenía una placa plateada del Departamento de Policía de Portland y una Glock en su funda. Quizás era una Glock 17. De retroceso corto, con un cargador de 17 balas. Una respetable 9 mm.

Kick se dejó caer el cabello hacia delante para cubrir la herida en la frente.

–Pensé que había visto una víbora —dijo.

Escuchó a James sofocar una risita.

El policía se asomó y por un momento Kick creyó que la había reconocido. Pero lo llamaron en su walkie-talkie, volteó a verlo y se distrajo.

–Tienen que avanzar, hijo —le ordenó a James.

–Sí, señor —respondió.

James se integró bruscamente al tráfico, lo que provocó que un Taurus gris detrás de ellos casi les chocara. Por instinto Kick se agarró fuerte preparándose para el impacto, pero las defensas pasaron a un centímetro y no se tocaron. Ella percibió el olor a llanta quemada del Taurus.

James ni siquiera se dio cuenta. Kick escuchó el tic-tic de la direccional derecha, todavía encendida.

Se puso el cinturón de seguridad.

—¿Estás seguro de que no quieres que maneje? —le preguntó a su hermano.

—Estoy bien —dijo James y miró el espejo retrovisor.

En este punto Kick no estaba preocupada por James. Estaba preocupada por su trabajo de pintura.

—Todavía está prendida la direccional —dijo Kick.

James puso los ojos en blanco y apagó la direccional, y sin querer activó el parabrisas.

—Encontraron a Mia Turner —dijo.

Kick se acercó para conectar su celular en el cargador del coche.

—Supe de eso —miró en el asiento trasero, un nido de almohadas de peluche y juguetes de perro—. ¿Dónde está Monstruo? —preguntó.

—Le dije que te habían asesinado —dijo James—. Le dije que seguro habías sido asesinada porque habías prometido enviarme un mensaje cada dos horas y no había sabido nada de ti en ocho.

—Te llamé —protestó Kick.

—Hace veinte minutos —dijo James—. Desde el aeropuerto. Porque necesitabas que alguien viniera por ti.

A Kick le ofendió su tono. Ella *había* necesitado que fueran por ella. Pero también le había llamado en el primer momento que pudo para que él supiera que estaba bien.

—Te dije, mi celular está sin batería —dijo Kick—. Y perdí mi cargador cuando estalló la mochila —en realidad sí se sentía mal por preocuparlo—. Lo siento si también tuviste que venir por mí. Mi cartera también explotó, si no hubiera pedido un taxi.

Kick abrió la guantera, buscó entre una docena de navajas de camping y una caja con balas hasta encontrar unos lentes de sol.

James parecía concentrado.

—¿Tu cartera y tu cargador estallaron en tu mochila?

—Mi *mochila* no estalló —dijo Kick. Los lentes no ayudaban: todavía había demasiada luz, como si sus pupilas estuvieran sobredilatadas por un milímetro—. La casa estalló —explicó—. Y resulta que mi mochila estaba dentro.

Para cuando James tomó la carretera interestatal 84, Kick le había contado todo, sin ahorrarse ningún detalle y dándose el gusto de explayarse en algunas escenas bastante vívidas relacionadas con su opinión de John Bishop.

–La casa tenía una habitación secreta —repitió James.

Manejaba a 40 kilómetros por hora en el carril de alta velocidad. Ése era el tipo de cosas que Kick por lo regular mencionaba, pero sabía que esta vez él no lo tomaría bien.

–¿Estás segura?

–Estuve dentro —dijo Kick. No le había dicho todo a James. No le había dicho sobre Beth.

Las balas tintinearon en la caja.

–¿Cómo era? —preguntó James.

Kick escuchaba la voz de Beth en la oscuridad, un eco de su propia voz.

–De cierto modo era lindo —dijo. Sonaba loco. Pero ella sabía que James la entendería. Volteó a verlo—. Excepto por el cadáver y la bomba —añadió.

–¿Por eso tienes ese golpe en la cabeza? —preguntó James.

–¿Se nota? —preguntó Kick—. ¿Está muy feo? —bajó la visera frente a ella y ajustó el espejo.

–Está horrible —dijo James.

Kick escudriñó su reflejo y sonrió. El chichón en su frente se estaba volviendo morado pálido. Su rostro en el espejo se veía desenfocado y luego enfocado otra vez. Kick parpadeó.

Por un momento creyó que era el espejo, que necesitaba ser limpiado o que estaba curvo y no reflejaba bien. Pero cuando volteó a ver a otra parte se dio cuenta de que todas las cosas en su campo visual tenían un halo, como un fantasma de sí mismas.

–Por cierto, tu amigo John Bishop no existe —dijo James—. Lo sabrías si revisaras tus mensajes —le sonrió satisfecho—. Sé cómo encontrar a la gente en línea. El tipo no aparece en ningún sitio de redes de contactos, no tiene cuenta en PayPal, no está en listas de correo masivo, no aparece en ninguno de los sitios de búsqueda de personas, no está en listas de alumnos.

Kick se mostraba dudosa.

–¿Me estás diciendo que nadie llamado John Bishop tiene una cuenta de PayPal?

–Hay medio millón de John Bishops con cuentas de PayPal. Ninguna es suya —James respiró hondo—. Esto implica la búsqueda y procesamiento de agentes automatizados —explicó— y una red neural diseñada a la medida filtra algoritmos, y mi ingenioso *hackeo* de Amazon Compute Cloud. ¿Quieres que siga?

–Lo siento, me perdí —dijo Kick—. ¿Qué estabas diciendo?

–El punto es que en los resultados no apareció nada —dijo James.

Kick estaba rumiando sobre eso cuando vio que James miró dos veces por el retrovisor. Ella volteó justo para ver un Taurus gris deslizarse fuera de su vista detrás de un camión en el carril de junto. Parecía ser el auto al que James se le había cerrado en el aeropuerto.

James respiraba agitadamente. Quitó una mano del volante y se limpió el sudor de su palma en los pantalones.

–No significa que nos esté siguiendo —dijo Kick. James tenía tendencias paranoicas cuando se encontraba en circunstancias extraordinarias. Kick necesitaba que él estuviera centrado, estable, para poder ser ella la loca.

–Ya sé —dijo James. Pero ella notó que miró otra vez al retrovisor.

12

—La casa estaba en Vashon Island —dijo Kick. Estaba sentada con las piernas cruzadas y Monstruo tenía la cabeza recargada en su regazo.

James tecleaba algo y miraba su monitor central.

—No aparece en ninguna escritura de propiedad en Vashon, o en ninguna de las islas alrededor —dijo.

—¿Y el Tesla?

—Ya lo buscamos —dijo James—. No coincide con ningún listado del Departamento Vehicular de Washington. Sólo hay 300 Teslas registrados en Washington, y ninguno de ellos está a su nombre. Mira, el algoritmo de filtro lo habría encontrado —hizo una pausa—. Deberías llamar a Frank.

—No voy a llamar a Frank —dijo Kick. Le dolía la frente. Tomó el frasco de ibuprofeno del escritorio de James, puso unas cuantas píldoras en la mano y se las pasó con un trago de agua natural Mountain Dew—. Pensé que no era posible borrar a alguien de internet.

—No debería serlo —dijo James—. No de esta forma.

Pero si *fuera* posible. Kick sabía que no debía esperanzarse, pero no podía evitarlo. Si John Bishop podía borrar su propia identidad de internet, entonces…

James leyó la expresión de su rostro.

—Las "Películas de Beth" están en una categoría totalmente diferente —dijo—. Están albergadas en sitios de intercambio de archivos. Son intercambiadas entre individuos. Hay millones de copias —encogió los hombros con tristeza—. Si hubiera alguna forma de recuperarlas, la sabría. Ya lo he intentado.

Kick sabía que él había pasado mil horas intentándolo.

–Sí —dijo, sin ocultar la decepción en su voz.

Algo seguía rondando el cerebro de Kick.

–Los niños —dijo.

–¿Qué?

–Tenía fotografías en su casa, de dos niños —dijo Kick entusiasmada—. Creo que uno de ellos era él. Y el otro tal vez era su hermano. Creo que algo le pasó al hermano. De pronto desaparece. Están todas estas fotos de los dos y luego hay unas cuantas de Bishop, y luego él crece y el otro niño ya no está. Tal vez por eso Bishop está tan interesado en niños desaparecidos. Revisa el sitio de internet.

No tuvo que decir qué sitio era. Hubo un tiempo en el que Kick pasaba demasiadas horas navegando en el sitio del Centro Nacional de Niños Desaparecidos y Explotados.

Tal vez Bishop había encontrado una forma de borrarse de internet, pero si tenía un hermano desaparecido su foto estaría en la base de datos.

La página principal era un mar de rostros y datos tristes. *Desaparecido en… Desaparecido desde…*

–¿En qué años? —preguntó James al abrir un campo de búsqueda.

Kick se dio cuenta de que no tenía idea. Las fotos estaban en escenarios genéricos: la playa, un parque. Los niños tenían ropa común y convencional.

–Eran fotos a color —dijo Kick, tratando de recordar—. Pero podría haber sido en cualquier momento en los últimos veinte años —hizo las cuentas y lo reconsideró—. O cuarenta.

–Entonces entre 1970 y hoy —dijo James. Esperó los resultados y suspiró—. Son 2,700 niños. Casi trescientos desaparecidos sólo en Oregon.

–¿Los puedes clasificar? ¿Por género y color de cabello?

–No en este sitio —dijo James—. ¿Sabes qué puedo hacer? —la miró enfáticamente—. *La policía.*

–¿No puedes usar tu algoritmo? —preguntó Kick.

–No —respondió—. Podría crear otro. Sólo dame diez horas y un camión de Mountain Dew.

Kick se masajeó la sien para mitigar el dolor.

–Entonces vamos a buscar entre todos ellos —dijo, tratando de sonar más animada de lo que en realidad estaba.

Había 295 páginas que revisar, con nueve rostros por página. Al principio iban rápido. Kick movía los ojos de cara en cara, buscando una que coincidiera con la imagen que tenía en su mente. La mayoría de las fotos eran escolares. Algunas eran instantáneas. Los bebés viendo hacia arriba desde una silla o desde el regazo de algún adulto. Algunos eran retratos forenses. Esos niños habían sido encontrados, o al menos sus restos. Su identidad era lo que faltaba. Después de treinta páginas todas las caras comenzaron a verse iguales: bebés, adolescentes, niñas, niños, negros, blancos.

–Alto —dijo Kick, sobándose los ojos. Estaba tan cansada que ya veía doble. Distraída, estiró la mano para coger el talismán de alambre de James—. ¿Dónde encontraste esto, por cierto?

James se lo arrebató.

–Yo lo hago —dijo mientras ponía al hombre de alambre en su sitio junto al monitor—. Yo los clasificaré.

–¿Cómo?

James agarró su taza de Cthulhu.

–Con mi cerebro —dio un sorbo a la taza, un clic a su mouse, arrastró una copia de una de las fotos al otro monitor y la bajó en un documento abierto—. Ve a pasear al perro.

Cuando Kick y Monstruo volvieron del paseo, James todavía estaba trabajando en eso. Kick se sentía adormilada y adolorida. Se acurrucó con Monstruo en el sillón y se quedó dormida.

La despertó el sonido de la impresora. Monstruo roncaba con ligereza, tenía la lengua de fuera y una oreja le brincaba en medio de sus sueños.

–¿Cuánto tiempo me quedé dormida? —preguntó Kick mientras se sentaba.

–Dos horas —dijo James—. Mira esto —arrastró su silla a un lado para que pudiera ver las computadoras. Kick parpadeó y sintió que la cabeza le flotaba un poco. Los tres monitores estaban abarrotados con los rostros de niños desaparecidos con cabello oscuro—. Encontré a todos los niños que se ajustan a tu descripción, entre seis y diez años. Hay 190. ¿Ves al niño de las fotos de Bishop?

–Dame un segundo —respondió.

Tomó otra vez el frasco de ibuprofeno. Se tragó una pastilla mientras escudriñaba los rostros en la pantalla, que estaba especialmente brillante. A Kick le impactó lo diferente que todos se veían. Tal vez era el conjunto de similitudes básicas lo que hacía que destacara su singularidad. Kick podía desechar la mayoría de inmediato. El cuello era demasiado largo, la cabeza no tenía la forma correcta, los ojos estaban muy separados, la barbilla era muy puntiaguda. Pero se detenía en algunos rostros. Tenía que esforzarse más para encontrar las diferencias.

–No —dijo Kick—, no lo veo —señaló a uno de los niños, de brazos flacos y cabello lacio, con un gesto forzado en una fotografía de la escuela—. Pero éste se parece —dijo. Ladeó la cabeza y observó a otro niño, también delgado y de pelo negro, con la piel clara y una expresión titubeante—. Y él se parece un poco.

James tenía esa sonrisa de satisfacción de cuando solucionaba algo.

–Mira la impresora —dijo.

Kick se cruzó por encima el escritorio y levantó una pila de papel de la charola de la impresora. Al hojear las páginas aún tibias reconoció a los dos niños que había señalado, así como a otros del monitor de James. Al no estar junto a todos los demás, las diferencias entre ellos se evaporaban. Ninguno correspondía a los de las fotos de Bishop, pero sin duda eran similares. Todos podrían ser hermanos.

–Encontré diez de ellos —dijo James, hablando rápido—. Mira al más reciente, hasta abajo.

A veces James encontraba patrones que nadie más veía. A veces veía patrones que ni siquiera existían. Kick hojeó hasta llegar a la última página.

Se le erizó la piel. El niño que estaba buscando tenía ocho años. Caucásico. Cabello oscuro. Ojos claros. Pero no era el niño en la pared de Bishop. Era una foto de Adam Rice.

Kick llevó el montón de hojas a la mitad de la habitación, se arrodilló y comenzó a extenderlas sobre el suelo en un círculo a su alrededor.

–Imprime el reporte de investigación de Adam Rice —dijo—. Imprime todo lo que tengamos: reportes de los medios, cualquier cosa.

Analizó los rostros de los niños. No sabía qué significaba o qué buscaba. Lo que sobresalía, otra vez, eran las piezas que no encajaban. Mia Turner, Josie Reed. Si el secuestro de Adam Rice tenía algo que ver con todos estos niños, ¿qué tenían éstos que ver con ellos?

–Sincronía —dijo Kick.

–Eventos que revelan un patrón subyacente —dijo James—. ¿Por cuánto tiempo fuiste con la junguiana?

–Sólo una vez —dijo Kick—. Pero me habló mucho de la sincronía. Trataba de hacerme ver las coincidencias que significaban algo en mi vida.

Kick se puso de pie y miró el círculo de imágenes que formó en el suelo.

–Mi papá me compró un cachorro —dijo—. Dejé que el cachorro saliera —volteó a ver a Monstruo, que todavía roncaba en el sillón—. Fui a buscarlo y ahí estaba Mel, y usó lo del cachorro perdido para meterme a su auto. Y todos esos años después, que no podía recordar nada de antes, recordé a Monstruo; lo suficiente como para que Frank me identificara y me llevara a casa. ¿Es una coincidencia significativa que Monstruo estuviera en el centro de mi secuestro y mi rescate? ¿Es una coincidencia significativa que mi papá nos haya abandonado unos meses después de haberme dado al cachorro? ¿O que no pudiera recordar mi nombre pero sí el de mi perro?

–Vemos lo que queremos ver —dijo James—. Se llama predisposición cognitiva. La sincronía tiene potencial en la geometría fractal; de otra forma es una tontería.

–Pero ¿y si tengo razón? —preguntó Kick. Desde hacía un año no había sido involucrada en ningún caso de desaparición infantil. Tal vez por algo Adam Rice había roto su racha. Miró las fotos de los niños desaparecidos—. Tal vez debo salvarlos.

–Eso se llama error de inferencia inductiva —dijo James.

Kick no estaba tan segura.

–He pasado los últimos diez años entrenándome para ser más fuerte y más lista, ofensiva y defensivamente —dijo—. Dos niños son secuestrados a dos horas de aquí. John Bishop aparece. En su casa tiene fotografías que nos envían a una madriguera y volvemos al principio: Adam Rice. Y otros nueve niños que encajan en el mismo perfil.

James se rascó la cabeza.

–Estamos buscando a diez niños con rasgos y comportamiento similares y reconocibles, secuestrados en un periodo de 15 años, de sitios en todas las ciudades del mapa.

Kick notó que James estaba haciendo cuentas, recapitulando.

–Podría sacar otros diez grupos de una muestra de este tamaño —dijo—. Es interesante, pero no nos dice nada. No encontramos al niño de las fotos de Bishop, ¿verdad?

–Está muerto —dijo Kick.

Parecía la respuesta obvia. Si estaba en lo cierto y el hermano de Bishop había sido raptado, entonces la única razón por la que podía haber sido removido de las listas de niños desaparecidos era porque había sido encontrado. Vivo. O muerto. Podría ser inferencia inductiva defectuosa, pero Bishop había perdido a alguien. Kick había visto la mirada muerta de Bishop. De pronto sus pensamientos regresaron a Adam Rice mirando por la ventana en la foto satelital. *Era* Adam Rice, ¿cierto?

–Lo estás haciendo otra vez —dijo James—. Te estás obsesionando.

–Dame una hoja de papel —dijo Kick.

James titubeó, luego tomó un montón de hojas de la charola de la impresora y arrastró la silla para dárselo a Kick.

–No hay suficiente información para concluir nada.

–Voy a necesitar más papel —dijo Kick.

Dos horas más tarde Kick había forrado el departamento de James con notas. Había hecho listas, circulado palabras, dibujado flechas, subrayado y usado mayúsculas: todo lo que sabía sobre Bishop, sobre los niños desaparecidos, todo lo que le habían dicho, lo que habían descubierto. Había escrito algunas cosas a lápiz, otras en tinta, unas más con marcador morado. Todo estaba clasificado por colores, pero cuando James trató de descifrar su metodología, Kick no supo explicarla. Rompió el papel en pedazos para que le alcanzara. Los fragmentos estaban colocados en el piso, pegados en la pared y cubriendo los cojines del sillón. Kick estaba parada observando las imágenes de los niños que había puesto sobre los carteles de viaje de James. En uno decía *¡Visita Italia!*, y tenía la imagen de la torre de Pisa al centro; sobre él Kick pegó una fotografía de Adam Rice.

–Y dices que *yo* soy desordenado —dijo James.

–No está desordenado —dijo Kick—. Sé dónde está todo.

–Recuérdame que un día te platique sobre la teoría del caos —dijo James.

Monstruo levantó la cabeza, bostezó, bajó del sillón y cayó sobre algunas notas que Kick había repartido sobre la alfombra. El pelo del perro flotaba en el aire. Monstruo rodeó las notas, se recostó sobre ellas y cerró los ojos. Kick se balanceó sobre los talones. Todo había sido para nada. Pensó que eso le ayudaría sacar todo de su cabeza. Pero al sentarse en el centro de la ventisca de papel que había creado, nada conectaba. No había sincronía.

–Me voy a la cama —dijo Kick. Eran casi las diez de la noche.

–Puedes dormir en el sillón —dijo James. *Cambia tus pensamientos y cambiarás el mundo* decía el póster que estaba arriba de su escritorio. Y eso que creía que los junguianos eran pura basura.

Kick se frotó la nuca. Le punzaba la cabeza.

–No, gracias —dijo. Fue hacia él y le dio un beso en la mejilla. Su piel siempre sabía un poco agria. Tal vez por tantas medicinas que tomaba.

–No tengas sexo con él —dijo James.

Kick no estaba segura de haber escuchado bien.

–¿Perdón?

–Gente como nosotros sólo arruinan las cosas. Ya sabes la regla.

Kick conocía la regla. Se le había ocurrido a ella misma, después de un encuentro particularmente traumático en su adolescencia: un chico que rompió en llanto por la presión que sentía de darle una "experiencia heterosexual positiva". La mamá del chico era la psiquiatra de Kick.

La regla era: no tengas sexo con nadie que sepa nada de ti. (Y también: no tengas sexo con el hijo de tu psiquiatra, pero eso era más una pauta personal, así que Kick lo expandió para incluir a todos los hijos de psiquiatras.)

–Ni siquiera me gusta —dijo Kick. Pensaba que era un petulante, mentiroso, calenturiento, con una casa que se veía estúpida y una esposa, y además sospechaba que él había permitido que su Glock estallara a propósito.

Ahí estaba otra vez esa sonrisa de satisfacción. James rodó su silla de regreso a la computadora.

–Pero sabías a quién me refería —dijo.

–Eres mi pariente favorito —dijo Kick.

–Bueno, obvio— dijo James.

13

Cuando Kick abrió los ojos a la mañana siguiente, lo primero que vio fue el mapa. Por un segundo creyó que estaba borroso, pero cuando parpadeó lo enfocó y distinguió el límite de cada estado y cada tachuela. Se obligó a levantarse. Aún le dolía la cabeza pero estaba mejor que la noche anterior. Tomó el frasco de ibuprofeno de su mesita de noche. Monstruo salió debajo de las cobijas, se acurrucó boca arriba junto a ella, y Kick le dio su masaje de panza matutino. Cuando ella se levantó, él se quedó en la cama con los ojos medio abiertos, mirándola. Estaba adolorida y sentía los músculos tiesos, hizo estiramientos antes de ir al vestidor. Después de cambiarse para correr, fue al clóset y encontró sus zapatos deportivos en el piso junto a las cajas de cartas. Kick tocó el chichón en su frente y volteó a ver el mapa. Adam Rice, en duplicado, la miraba desde la pared. Kick fue hacia su laptop y la encendió.

Los sitios de noticias estaban en llamas con historias de la milagrosa recuperación de Mia Turner. Kick los revisó, pero no había novedades interesantes desde que leyó las últimas noticias en la noche. En cambio, a pesar de sí misma, dio clic a otra historia: "Mel Riley: a las puertas del infierno".

Kick lo leyó, luego cerró su laptop de un golpe.

Tuvo que sacar a Monstruo de la cama. Debido a la artritis en su espalda, bajarlo de la cama era una superproducción: Kick lo levantaba en sus brazos, él se ponía tieso, luego entraba en pánico y al final ambos gemían cuando ella lo bajaba. Una vez fuera de la cama, Kick se quitaba los pelos de perro de sus pantalones para correr y Monstruo parpadeaba con los ojos lechosos y jadeaba feliz, meneando la cola y azotándola contra el piso.

–No voy a enfrentarla sin ti —dijo Kick.

Monstruo la siguió al baño. Mientras se cepillaba el cabello frente al espejo, notó que su frente se veía casi normal, lo cual le pareció un poco decepcionante, sobre todo porque aún le dolía la cabeza.

–¿Estás listo para nuestro maratón? —le preguntó Kick, deslizando su arnés rojo por el hocico.

Hubo un tiempo en que con tan sólo ver el arnés Monstruo se ponía a dar de saltos por todas partes como una cabra hiperactiva. Corrían 15 kilómetros juntos, y Monstruo sólo se detenía porque ella lo hacía. Ahora caminaban una cuadra hasta el parque y Monstruo se quedaba sentado, amarrado a la pata de una banca, mientras Kick hacía ejercicio.

Ese día tenían el parque para ellos solos. No era tanto un parque, sólo un terreno con pasto y juegos para niños, una fuente y cinco basureros públicos marcados con diferentes categorías de reciclaje. No había bardas, así que la gente que tenía perros iba a otras partes: al monte Tabor, a las veredas en Forest Park o a los parques locales para perros. Las bardas no eran tan importantes para Monstruo. De todas formas Kick siempre lo tenía con la correa cuando salían. A veces su silbido no funcionaba en el mundo exterior, y él estaba tan frágil que le preocupaba que se fuera a lastimar.

El taekwondo requiere concentración, fortaleza y resistencia, pero más que nada requiere la habilidad de soportar verse como un idiota en público. Era lo opuesto a desaparecer. Kick podría haber practicado en casa o en el *dojo*, pero al ir al parque sacaba a Monstruo, y había algo de parecer idiota en público que a Kick le atraía. Desde que fue rescatada, mucha gente desconocida se le quedaba viendo, y le gustaba pensar que algunas de esas personas ahora la observaban porque se veía ridícula y no por los otros motivos.

Se quitó la sudadera, se echó sobre el pasto y realizó levantamientos de piernas hasta que le temblaron los muslos, mientras Monstruo la observaba muy atento con sus ojos grises. Cuando se levantó, se sacudió el pasto de los pantalones, hizo cien sentadillas seguidas de cincuenta elevaciones en la banca, dándole una palmadita a Monstruo cada vez que bajaba. Sentadillas completas, sentadillas de una sola pierna. No eran ejercicios bonitos, y no eran para la gente acomplejada. Pero era necesario practicarlos por si Bishop aparecía de nuevo: Kick usaría un golpe de águila para destrozar su mandíbula puntiaguda.

Kick se concentró en eso mientras adoptaba la postura del jinete: abrió las rodillas, las flexionó y se mantuvo así. Dobló los codos, mantuvo las manos abiertas con las palmas hacia arriba a ambos lados de las caderas, y visualizó dar un golpe de garra de tigre a la tráquea de Bishop. Comenzó a gotearle sudor del cuello. Le ardían los muslos. Dejó que sus ojos se cerraran. *Debo ser una campeona de la libertad y la justicia,* repitió en su mente. *Debo construir un mundo más pacífico.*

–En taekwondo dicen que el codo es la parte más fuerte del cuerpo —dijo una voz de mujer.

Kick abrió los ojos de inmediato pero permaneció quieta, con las piernas flexionadas sobre el pasto como si estuviera haciendo pipí en el bosque.

Su mamá caminó hacia ella, con zapatos deportivos de 300 dólares y ropa de ejercicio totalmente blanca.

–¿Desde cuándo sabes algo de taekwondo? —le preguntó Kick, y se agachó más todavía, aunque sentía que se sonrojaba por el esfuerzo.

–Lo enseñan en el Club Atlético Multnomah —dijo su mamá con frescura. Abrió el cierre de la chamarra blanca que traía puesta—. Después de zumba —aventó la chamarra sobre el respaldo de la banca; debajo traía puesto un top blanco estilo *halter* del tamaño de un corpiño para correr.

Kick estaba decidida a no salir de su posición, aunque su madre estaba ahí parada con la mano en la cintura como esperando un abrazo.

Cualquiera que las estuviera observando creería que eran dos amigas haciendo ejercicio juntas. Paula Lannigan se esforzaba mucho por mantener su figura y gastaba una fortuna en tratamientos láser, levantamientos de rostro, productos para alargar las pestañas y botox. Ella decía que todo eso era para sus apariciones en televisión como portavoz de la Alianza de Personas Desaparecidas. Si un niño desaparecía, CNN no querría que alguien feo hablara al respecto en vivo.

–¿Qué le pasó a tu cabeza? —Paula preguntó al fin.

–Me pegué con algo —gruñó Kick, separando más los pies. Entre más amplia fuera la postura, más fuerte era la base—. ¿Lo trajiste?

Paula ignoró la pregunta deliberadamente, volteó hacia la banca, se agachó y tomó la cara de Monstruo entre sus manos.

–Aquí está mi niño —dijo con voz cursi.

Monstruo la olisqueó y le lamió las manos, y Kick no pudo evitar pensar: *Traidor*. Continuó con su mantra: *Debo ser una campeona de la libertad y la justicia. Debo construir un mundo más pacífico.* Sentía la pelvis y los tendones de las piernas como si hubiera ido a la guerra.

Paula se sentó en la banca.

—Me hiciste quedar como una tonta anoche —dijo y le lanzó una mirada fulminante a Kick—. Me salí de una cena de recaudación de fondos y manejé tres horas para venir a cuidarte cuando me avisaron que estabas herida. Llegué con la prensa. La policía ni siquiera me confirmó si habías estado ahí.

Eso era típico de su mamá, hacer que todo tuviera que ver con ella. A Kick le goteaba el sudor por la cara.

—Me siento mucho mejor, gracias —dijo Kick. Apenas podía dejar salir las palabras de su boca. Monstruo estaba recostado boca arriba y dejaba que Paula le acariciara la panza con la punta del zapato.

—Tienes que emitir una declaración —dijo Paula—. He estado haciendo llamadas todo el día. Tú sabes lo raro que es un rescate de un niño vivo cuando se trata de un secuestro por extraños. La gente quiere conocer tu reacción.

—¿Mi reacción? —dijo Kick. Sus piernas cedieron, pero cayó de forma hermosa. Permaneció recostada en el pasto por un largo rato, encontrando la fuerza en el agotamiento que sentía, con los vasos dilatados, el calor, rendida. Cuando sus piernas dejaron de temblar lo suficiente como para poder controlarlas, se levantó despacio. Su madre la observaba con prudencia desde la banca, como una señora educada que ha criado un chimpancé como mascota pero sabe que es sólo cuestión de tiempo para que éste le arranque la cara a alguien.

Kick se limpió el sudor de la frente con el dorso de la mano.

—Soy partidaria del rescate de niños —dijo—. Ésa es mi reacción.

Su madre le sostuvo la mirada por un momento. Desde que había leído el libro de Elizabeth Smart, actuaba como si tuviera cierta comprensión psicológica del comportamiento de Kick.

—¿No tienes nada más elaborado que eso? —presionó Paula.

Kick se lanzó hacia atrás. Su cuerpo cayó en el pasto y rodó sobre el hombro.

—¿Qué haces? —preguntó Paula con una mirada de horror que a Kick le pareció inmensamente satisfactoria.

–Cayendo —dijo Kick. Se paró y volvió a caer hacia atrás, poniendo todo su peso en la caída. Hizo una mueca de dolor, luego se levantó y lo repitió.

–Detente —dijo Paula.

Kick rodó y se sentó.

–¿Trajiste lo que te pedí?

Paula abrió el cierre de un bolsillo, hasta entonces invisible en la rodilla de su pantalón de ejercicio tipo capri, y sacó un sobre blanco.

–¿Esto es lo que creo que es? —preguntó.

–Me sorprende que no lo hayas abierto —dijo Kick.

Paula abrazó la carta contra su corazón.

–Esto es enfermo, Kathleen. Ya sé que no te importa cómo me sienta, pero si sigues con esto voy a pelear por la tutela sobre ti y tus asuntos y ningún juez del planeta me lo negará —extendió la carta a Kick, y ella se la arrebató.

El calor del cuerpo de su mamá había entibiado el sobre. Kick lo sacudió y lo levantó hacia el cielo, inspeccionando la solapa triangular en busca de signos de haber sido abierto. El sobre parecía intacto, pero ¿quién demonios podía estar seguro con Paula? Volteó el sobre y se asomó a la ventanita de plástico donde estaba escrito su nombre, arriba de la dirección de su mamá. Su madre pensó que había llegado a su casa por error, una confusión burocrática. La verdad era más complicada.

A Kick se le contrajo el estómago cuando sus ojos detectaron el sello médico oficial en el remitente, pero estaba segura de que su mamá no se había dado cuenta.

–Puedo cuidarme a mí misma —dijo Kick. Dobló el sobre a la mitad, luego otra vez a la mitad, y lo metió con cuidado a su bolsillo.

–No puedes cuidarte a ti misma —dijo Paula, y cruzó los brazos—. Ni siquiera puedes cuidar a Monstruo.

Monstruo había logrado rodear la pata de la banca cuatro veces con su correa y miraba a Kick parpadeando. Kick enrojeció.

–No hables de mi perro —dijo.

–¿*Tu* perro? —dijo Paula con una expresión de asombro—. ¿Quién crees que lo cuidó cuando no estabas? ¿Quién lo sacó a pasear, quién lo entrenó para estar en la casa, quién lo llevó al veterinario cuando estaba enfermo? Durmió en mi cama todas las noches por cinco años. Míralo —Monstruo estaba estirado con las patas abiertas sobre el pasto con el hocico abierto y la lengua de fuera—. Tiene casi 16 años. Apenas puede caminar. ¿Quieres ser adulta? Ser adulta implica tomar decisiones difíciles y vivir con ellas.

Kick apretó los dientes. ¿Decisiones difíciles? Ella había tomado decisiones más duras de lo que su madre podría imaginar. Si eso era lo que convertía a alguien en adulto, ella lo era. Y Paula era la adolescente.

–Dormía en una jaula en la habitación de Marnie —dijo Kick.

Paula torció la boca.

–Monstruo dormía en la habitación de Marnie —repitió Kick, disfrutando ver que a su madre le subía el color de las mejillas. Kick lo había sabido todo el tiempo. Su hermana ya se lo había echado en cara lo suficiente—. En su habitación, no contigo.

–Tu padre es alérgico —balbuceó Paula.

El padre de Kick los había abandonado hacía casi diez años. En cierto punto habían tenido que comenzar a referirse a él en pasado.

Kick puso los ojos en blanco y le dio un jaloncito al arnés de Monstruo para que se levantara.

–Me tengo que ir.

Quería hacer una salida airosa, pero le tomó algún tiempo desatorar la correa de Monstruo de la banca.

–Quema la carta —ordenó su madre. Miró enfáticamente a Monstruo—. O voy a tomar control de tus asuntos.

¿Acaso Paula en verdad acababa de amenazarla con aplicar eutanasia a su perro?

–No serías capaz —dijo Kick.

–No me da miedo que me odies, Kit —dijo Paula—. Decidiste odiarme hace mucho.

–No lo entiendes —dijo Kick, jalando a Monstruo más cerca de ella. Sus ojos blancos estaban medio cerrados. Sacudía las orejas. Había sido un cachorro tan dulce. Cuando Mel se apareció de la nada y le dijo que la ayudaría a encontrarlo, Kick estaba tan agradecida que nunca se lo cuestionó—. Ya lo perdí una vez. No lo perderé de nuevo.

–Eso fue hace quince años —dijo Paula—. Hace diez que volviste —trató de poner la mano en el brazo de Kick, pero ella retrocedió—. Una *década* —dijo su madre, como si eso fuera algún tipo de medida de tiempo estándar.

Diez años a la fecha, pero ¿quién estaba contando?

–Tengo que reconocerlo —dijo Kick a su madre—. Pensé que armarías un drama para tomarnos una foto familiar actualizada y falsa.

Paula dio un paso hacia Kick y tomó su cara con la mano.

–Hay telefotos, señorita —dijo. Arregló un mechón de pelo de la frente de Kick e hizo una mueca al ver el chichón—. De todas formas es más halagador así —dijo. Le guiñó el ojo a Kick, dio un paso atrás, levantó su chamarra blanca de la banca y se fue trotando.

Kick volteó despacio y vio por el rabillo del ojo un rápido destello de la parte trasera de una camioneta negra, un reflejo del lente de una cámara.

Paula iba a mitad del parque, se veía como una figura oscilante, alejándose cada vez más. La camioneta negra aceleró y rechinó las llantas en el pavimento. Kick se dejó caer sobre la banca, derrotada. Debió aprovechar cuando Paula se quitó la chamarra. Kick conocía cuatro formas de matar a alguien con una chamarra. Ahora se arrepentía de no haber intentado ninguna.

Monstruo la frotó con el hocico. Kick miró hacia el parque. Su madre ya no estaba. Metió la mano en el bolsillo y sacó el sobre. Ya se veía bastante maltratado, arrugado, con las esquinas dobladas. Lo examinó con una especie de resignación inexpresiva, luego lo abrió despacio y sacó la carta. Habían pasado meses desde que fue al Grupo Médico Tridente a hacerse los análisis. No le dijo a nadie. Ni siquiera a James. Era un simple análisis de sangre, financiado por una organización de los derechos de los presos. Confidencialidad médica total. Tenía todo planeado. Los resultados serían negativos, lo había investigado. Las probabilidades de compatibilidad de un riñón entre personas que no fueran parientes, era de una en cien mil.

Y si ella era compatible, bueno, no significaba que tenía que hacer nada al respecto.

Kick abrió la carta y la leyó. Luego se quedó mirándola por largo rato, sin saber cómo sentirse. Después metió la carta en el sobre.

Enfrente del parque las hojas de los árboles entraban y salían de foco; en un momento eran formas individuales y al momento siguiente eran manchas borrosas.

14

*S*an Diego olía a polvo y sal, y la temperatura era justo la misma adentro que afuera. Beth traía puesto su traje de baño azul nuevo y una toalla anaranjada alrededor del torso. El traje mojado se le pegaba a la piel. Le ardían los ojos por el cloro. Veía todo un poco borroso. Parpadeó.

Había un niño en la cocina del señor Klugman.

Como no había visto a otro niño de cerca en mucho tiempo, pensó que lo estaba imaginando.

Ninguno se movió.

–¿Puedo comer una botana? —preguntó Beth.

El señor Klugman salió del comedor y vio a su padre meciéndose hacia atrás en su silla, mirándola a través de la puerta. Siempre la observaba cuando el señor Klugman estaba cerca.

–Ve abajo —le dijo el señor Klugman al niño.

Habían estado en San Diego dos días. Mel y el señor Klugman iban a la tienda todos los días y volvían a casa con equipo de filmación y disfraces.

–Déjalos jugar —dijo Mel desde el comedor.

El niño miraba a Kick como si lo fuera a morder.

El señor Klugman se encogió de hombros.

Beth quería alguien con quien jugar.

–¿Cómo te llamas? —le preguntó al niño.

Éste miró al señor Klugman antes de responder.

–James —dijo—. Soy James.

–¿Quieres jugar en la alberca? —preguntó Beth.

–No me lo permiten —dijo el niño.

–Ah —dijo Beth y miró con tristeza la alberca en el patio trasero. El padre de Beth se levantó de la silla, cruzó la puerta y se paró junto a ella; Beth se recargó en él.

–¿Por qué no le muestras tu habitación, James? —le preguntó su padre con suavidad.

El niño volteó a ver a su padre, directo a los ojos. Beth escuchaba la sangre agolpándose en las orejas. Luego el niño se dio la vuelta y caminó con dificultad a lo largo de la cocina hacia la puerta abierta que conducía a las escaleras del sótano oscuro. Volteó a verla.

–Ven —dijo.

Beth se separó de Mel y lo siguió.

15

K ick no recordó haber caminado de regreso a casa, y por eso se sorprendió al encontrarse sentada en los escalones a la entrada de su edificio. Monstruo estaba sentado sobre las patas traseras, junto a ella, con la cabeza atenta. Tenía otra vez en la mano el sobre del Grupo Médico Tridente. Se tocó la frente e hizo una mueca de dolor.

—Te dije que fueras a revisarte eso —dijo Bishop.

Kick volteó, desorientada. Estaba recargado en la puerta del edificio. Ella apretó los ojos y luego los abrió. Había dos Bishops, de hecho, superpuestos: uno un poco a la izquierda del otro, ambos con gorras negras de beisbol, jeans negros y camisetas grises. De pronto se empalmaron y se volvieron uno solo. Kick guardó el sobre en uno de los bolsillos de sus pantalones para correr, luego se levantó y sacó las llaves del otro bolsillo para así poder entrar y *googlear* "contusiones".

—Tenemos que hablar —dijo Bishop cuando Kick se acercó a la puerta.

—Cada vez que hablo contigo después me arrepiento —respondió—. Ni siquiera eres una persona real.

Debía concentrarse para caminar erguida, tenía que pensar en poner un pie frente al otro. Monstruo se recargó en su pantorrilla, como para darle balance. Pero cuando llegaron a la puerta, Bishop no se movió. Una cicatriz en su cuello giraba ligeramente hacia arriba en cada lado. Parecía que le sonreía a Kick.

—Muévete —dijo ella.

Bishop se hizo a un lado. Monstruo se apoyó con pesadez contra la pierna de Kick. Si el perro se moviera de pronto, caería. Miró la llave en su mano y se dispuso a insertarla en la cerradura como había hecho mil veces antes. Falló. Trató de nuevo. Monstruo jadeaba. Una vez más empujó la llave contra la cerradura, ahora parecía que la puerta se alejaba de ella y se le cayeron las llaves.

Bishop la tomó del codo cuando sus rodillas cedieron. Sentía que estaba flotando, como si las leyes de gravedad hubieran cambiado. Le tomó algún tiempo orientarse de nuevo. Él no dijo nada, sólo la sostuvo con firmeza, a una distancia prudente, mientras Monstruo daba vueltas olfateando y quejándose.

–Ella está bien, amigo —le dijo Bishop al perro—. Aquí la tengo.

Monstruo lo miró, luego echó las orejas hacia atrás y se sentó entre los pies de ambos.

–Te tengo —dijo Bishop. Las marcas que Kick había dejado en sus antebrazos estaban comenzando a hacer costra.

–Estoy bien —dijo ella—. Sólo necesito un momento.

Practicó su respiración intencional y trató de no mirar fijamente la cicatriz. Sentía el pelo pegajoso por el sudor y su ropa apestaba. Él la seguía sosteniendo. Sus dedos le apretaban la piel, pero no le importaba.

–¿Ves? Soy real —dijo él.

Kick sintió un cosquilleo de nervios en el estómago.

–Me refería a internet —dijo—. James te investigó. Uso una neural... —buscó en su cerebro las palabras correctas—, algo así, hecho a la medida.

–Una red neural filtra-algoritmos —dijo Bishop.

–Exacto. Eso —dijo Kick. Cerró la mano y luego la abrió en medio de los dos—. Puf —dijo, mostrándole la palma vacía—. Nada.

Perdió el equilibrio y él la sostuvo más fuerte.

Por un instante creyó que lo sorprendería mirándola con preocupación, pero de pronto ya no estaba, y no estaba segura de que siquiera hubiera estado ahí.

–¿Cómo lo hiciste? ¿Cómo te borraste? —le preguntó.

–Te lo dije —respondió Bishop—. Tengo muchos amigos.

–¿Pueden ayudarme? —preguntó Kick, y se arrepintió de haber dicho esas palabras al momento en que salieron de su boca. No había querido soltarlas así.

Bishop retrocedió ligeramente, como si se hubiera quemado, y la soltó.

–¿Borrar tu imagen de internet? —preguntó.

Ella sostuvo el aliento.

–No —dijo Bishop con firmeza—. No, Kick. No pueden.

La decepción de Kick tuvo el efecto de sales aromáticas. Atravesó su neblina mental: todo era claro. Devolvió el peso a sus pies.

–Suéltame —dijo.

Bishop quitó las manos, se agachó para recoger las llaves que Kick había tirado y se las entregó en la mano.

–Doble visión —dijo él y cerró su mano sobre la de Kick, con las llaves en su palma. Ella se puso rígida al sentir que él la tocaba, con una armadura en toda la piel—. Pérdida de equilibrio —movía la mano a lo largo de su hombro, con los dedos apenas sobre la piel, sin tocarla en realidad—. Todos los efectos secundarios de una contusión —elevó la mano a la altura de su mejilla, luego le acomodó un mechón de pelo detrás de la oreja—. Éste es el peor de todos.

Kick volteó la cara y se concentró en meter la llave en la cerradura.

–Cogerte a una paramédico no te convierte en uno —dijo Kick y empujó la puerta.

–Ah, otro síntoma clásico —dijo Bishop. La siguió a través de la puerta hasta el lobby—. Irritabilidad.

Kick jaló a Monstruo hacia el elevador, Bishop seguía detrás de ella y se agachó para acariciar a su perro.

–No voy a irme contigo esta vez —dijo—. No sé qué juego estás jugando, pero yo estoy fuera. Eres rico. Estás aburrido. Lo entiendo. Necesitas un pasatiempo. Vendías armas. Ahora te sientes mal por eso. Entonces quieres encontrar a niños perdidos. Como sea. Me duele la cabeza. Y quiero recostarme.

–No puedes, Kick. Lo siento.

Su expresión era impenetrable. Sonó el timbre del elevador y se abrieron las puertas. Kick hizo un ligero movimiento y él bloqueó las puertas con el brazo.

–Mia Turner tenía algo en lo que podrías estar interesada —dijo Bishop.

Kick jaló la correa de Monstruo y retrocedió, alejándose de Bishop. Él no se inmutó para alcanzarla. Mantenía la cabeza baja, con los ojos tapados por la gorra, como alguien acostumbrado a desaparecer, como alguien que tuviera un motivo para no ser notado; Kick reconocía estas tácticas. Miró hacia la cámara de seguridad montada en el techo del lobby. La cámara. Bishop estaba parado de manera que no podría ser identificado en la transmisión del video.

Las puertas del elevador se habían cerrado detrás del brazo de Bishop. Alguien que no quería llamar la atención no se arriesgaría a armar un escándalo. Kick caminó hacia delante y rodeó a Bishop para apretar el botón del elevador. Todavía estaba en el primer piso, así que las puertas se abrieron de inmediato. Él levantó las cejas. Ella se agachó, pasó bajo su brazo y jaló a Monstruo dentro del elevador con ella.

—No puedes dejar pasar esto de largo —dijo Bishop, mientras dejaba caer el brazo.

Monstruo los miraba a ambos de un lado a otro.

—¿Kick? —la llamó justo cuando se cerraron las puertas del elevador.

Bishop logró aventar algo a través del espacio estrecho entre las puertas que se cerraban. Kick lo cachó y cerró el puño. No quería abrir la mano porque sabía lo que era, sabía lo que encontraría en su palma. Ya podía verlo en su mano, la forma moldeándose en su imaginación. Sintió una puñalada de vértigo mientras el elevador subía, subía, subía.

Kick abrió los ojos y aflojó los dedos, revelando una ficha de Scrabble, la letra *E*. El elevador se detuvo y las puertas se abrieron en su piso. Veía la puerta de su departamento a través del pasillo. El de James era idéntico al suyo en el piso de abajo. Él estaba en casa en ese momento y sabría qué hacer. Todo lo que Kick tenía que hacer era presionar el botón del segundo piso, bajar en el elevador y salir cuando se abrieran las puertas. Tenía la mano sobre el botón. Pero su dedo no presionó el piso de James; en cambio, presionó *L*, de lobby. Monstruo jaló la correa, confundido. El elevador comenzó a descender. Las puertas se abrieron.

Bishop estaba parado justo donde se había quedado. Entró al elevador y presionó un piso sin siquiera mirar los botones.

Las puertas se cerraron.

—Lo encontraron en el bolsillo de Mia —dijo.

Insertó una pequeña llave en una cerradura del panel de control del elevador y Kick sintió que éste se detenía de golpe.

Bishop se quitó la gorra y se pasó los dedos por el pelo.

—Deberías considerar instalar una cámara aquí —dijo mirando a su alrededor—. Te sorprenderías de la cantidad de crímenes que suceden en elevadores.

Kick miró fascinada la ficha de madera de 19 × 19 milímetros que tenía en la mano. Casi no pesaba y, sin embargo, sentía que le hacía un hoyo en la mano.

–¿De dónde la sacó? —preguntó.

–Tú primero —dijo Bishop—. ¿Qué significa?

Kick volteó a verlo. Bishop tenía los brazos cruzados y las piernas separadas. El elevador seguía paralizado, una caja en la pared. Con el acceso que Bishop parecía tener en todas partes, ¿y no sabía esto?

–Pensé que conocías a Frank —dijo Kick.

Bishop se rascó la nuca.

–Sí, bueno —dijo y se encogió de hombros—. Creo que Frank me odia —levantó las cejas y le lanzó una sonrisa cómplice—. Pero tú le caes bien. He estado revisando el expediente de tu caso. Todas las 58 cajas. Hay huecos en sus notas. Como si alguien hubiera regresado para arrancar algunas páginas —la sonrisa de Bishop se desvaneció—. Esto es lo que sé, *Kit Lannigan* —deletreó cada sílaba de su viejo nombre—. Sé que saliste de esa granja de Idaho con una ficha de Scrabble en la mano después de haber sido rescatada. Sé que era la letra *K*. Sé que tenías la ficha en tu bolsillo cuando testificaste en contra de Mel. Eso último me lo dijo tu madre. O al menos su libro que, por cierto, me impactó por su narcisismo épico. Asumí que aún tenías la ficha pero, aquí entre nosotros, la busqué en tu departamento ahora, mientras estabas en el parque con tu mamá. No la encontré.

Kick se puso las manos sobre la cara, tratando de bloquear la imagen de qué más habría encontrado: los cientos de cartas de notificaciones de víctimas, sin abrir, en su clóset; las cartas de Frank, reunidas con esmero y escondidas en un cajón.

–¡Ja! —dijo. Cerró los ojos y lo intentó de nuevo—. ¡Ja! —espió a Bishop entre los dedos.

Él levantó una ceja.

Kick miró hacia el techo con los ojos en blanco.

–¡JA!

–¿Eso te está ayudando? —preguntó Bishop.

Kick sentía que el elevador se estaba encogiendo, como si no hubiera suficiente aire.

–Tengo náuseas —dijo.

–Bien —dijo Bishop—. Ése es un buen signo, Kick. *Deberías* sentir náuseas. Eso significa que no estás tan jodida como crees.

Kick lo miró de reojo, asqueada.

–Serías un pésimo terapeuta.

–Dos secuestros —dijo él—. Dos niñas, dos fichas de Scrabble. Es una coincidencia bastante significativa, ¿no crees?

Una coincidencia significativa. Las palabras golpearon a Kick como ligas.

–¿Qué dijiste? —preguntó.

–Dije que eso es una coincidencia bastante significativa —dijo Bishop.

–Eso es un error de inferencia inductiva —dijo Kick.

Bishop la miraba atento, su cuerpo estaba tenso como un arco.

–¿Por qué?

–No es *sincronía* —continuó Kick—. Ni siquiera es una coincidencia —miró a Bishop a los ojos—. Porque todas son mis fichas.

Bishop esperó a que continuara.

Kick sostenía la ficha de Scrabble entre el pulgar y el índice.

–¿Ésta? —dijo—. Es mía.

Bishop frunció el ceño.

–Me guardaba las fichas y las escondía —explicó Kick, cerrando la mano con la ficha para mostrarle—. Las colocaba en las vigas, debajo de la duela, escondidas pero expuestas. Pensaba que si alguien algún día encontraba las habitaciones secretas, hallarían las fichas y sabrían que yo estuve ahí —había sido un ejercicio inútil—. Mel contaba las fichas después de cada juego. Se suponía que debía haber cien, mira: 98 letras y dos en blanco —él nunca había reconocido su acto de rebeldía, ni una sola vez—. Siempre pensaba que se enojaría. Pero nunca lo hizo. Sólo las reemplazaba. La próxima vez que traía la caja para jugar conmigo, todas las letras estaban ahí, como si nada hubiera sucedido.

Kick abrió otra vez la mano y miró el cuadrado de madera en su palma. La letra *E*. En sí misma valía un punto. Pero para palabras más largas, de unas seis o siete fichas, las *E* se volvían esenciales. Mel le había enseñado a no soltar tan rápido las *E*. Incluso si cambiabas las otras seis letras de tu repisa, las *E* siempre debían estar a la mano.

–Sólo las fichas originales estaban hechas de madera de maple de Vermont —dijo Kick. Le mostró la ficha—. Ésta es de roble blanco. Y la letra en esta ficha está tallada y después pintada, en vez de estar sellada —encogió los hombros—. Es una buena copia. Él las manchaba para que se parecieran. Pero se pueden sentir las marcas de la sierra donde no las lijaron bien —movió los dedos sobre la ficha y notó el ligero borde que marcaba el camino de la hoja de la sierra—. Él hizo ésta. Y yo la escondí. Mia Turner la encontró porque la encerraron en una de las habitaciones en las que yo estuve hace quince años.

Bishop levantó los hombros y luego los dejó caer.

–Sólo que ella no la encontró —dijo—. Ella afirma que un niño se la dio. Su descripción coincide con la de Adam Rice.

Kick escuchaba su propia respiración; prácticamente escuchaba sus células dividiéndose.

–¿Así que aún está vivo? —susurró.

–Tal vez —dijo Bishop—. No he hablado con ella, y tiene cinco años, así que no creo que sea un testigo fiable. Pero dice que la movieron al menos a tres casas en el transcurso del día, siempre transportada bajo una sábana en el asiento trasero. No puede describir ninguna de las casas en las que estuvo, sólo dijo que estuvo dentro en un lugar muy oscuro. Pero si está en lo cierto, y basándonos en el marco de tiempo, las tres direcciones deben estar en el área de Seattle.

Kick no lograba enunciar la siguiente pregunta, pero seguro Bishop la leyó en sus ojos.

–Al parecer no fue abusada ni física ni sexualmente —añadió.

Kick exhaló despacio.

–¿Recuerdas haber estado en Seattle? —preguntó Bishop.

Kick no lo sabía. Había estado en muchas casas y la habían mantenido encerrada por largo tiempo. En varios sentidos, todo era borroso. Pero si Adam había encontrado su ficha de Scrabble, donde haya sido que estuviera, Kick ya había estado ahí antes.

–No me acuerdo —dijo—. Pero nos mudábamos mucho. Tal vez estuvimos ahí el primer año, antes de que me dejaran salir.

La verdad era que si Mia Turner no podía decir dónde estaba la casa, ella menos.

La única persona que podría hacer eso era Mel.

–Ah —dijo Kick, comprendiendo al fin. Se sintió tonta por no darse cuenta de lo que Bishop quería obtener de ella cuanto antes. A él no le importaban sus habilidades para violar cerraduras, o su mano que disparaba con firmeza, o su habilidad para hacer sentadillas en un parque hacía casi siete minutos. Lo que más le interesaba a él era lo mismo que le interesaba a todos. Su duradero capital social. No importaba lo que Kick hiciera con su vida, lo que lograra; su obituario comenzaría y terminaría con Mel Riley.

El contorno del sobre en su bolsillo presionaba contra su piel, como una mano sobre el muslo. Kick puso los ojos en blanco y se rio por la ironía de su vida.

–Él tiene un mundo de información que podría ayudarnos —dijo Bishop.

Ayudarnos, notó Kick, como si ahora fueran un equipo. Aclaró la garganta.

–No va a soltar nada de las casas de seguridad —dijo—. Siempre se ha negado a soltar nada. Tú mismo lo dijiste.

Bishop asintió. Revisó su celular. Se frotó la nuca. El aire en el elevador se había vuelto denso. El acero brillaba.

–Tienes razón —dijo él. Volteó hacia el panel, giró la llavecita y presionó el botón del cuarto piso.

El movimiento repentino del elevador la sorprendió. Miraba los números sobre la puerta al ser iluminados uno a uno sobre la cabeza de Bishop. *Segundo piso. Tercer piso.*

Monstruo la miró y lanzó un gemido.

A la mierda.

–¿Puedes hacer que entre a verlo? —preguntó.

–Sí —dijo Bishop y giró hacia ella.

–No lo he visto desde que tenía 12, el día que lo condenaron —las palabras salían disparadas de su boca.

Cuarto piso.

–Lo sé —dijo Bishop.

Kick apretaba la correa de Monstruo tan fuerte que sentía que le cortaba la palma de la mano.

–Quizá no quiera hablar conmigo.

El elevador se detuvo y las puertas se abrieron.

–Él quiere hablar contigo —dijo Bishop.

Monstruo dirigió la nariz hacia la puerta y movió la cola. Sabía dónde estaban, o al menos sabía que estaban en alguna parte. Caminó hacia fuera del elevador y jaló a Kick para que lo siguiera.

–¿Cuándo? —pregunto Kick.

–Traigo un auto.

Kick se detuvo a medio paso. Sintió que se le revolvía el estómago. El mundo le daba vueltas. Seguro Bishop no se refería a hoy; no la obligaría a hacer eso, no en el décimo aniversario.

–Deja al perro con tu hermano —dijo Bishop, y apretó el botón del lobby—. Ponte algo bonito. Te veo abajo. Y, ¿Kick? —dijo, señalando su mano—, necesito la ficha.

Kick no tuvo tiempo de pensar en una respuesta. Le lanzó la ficha. De hecho se la aventó con fuerza. Él la atrapó en medio de las puertas, justo antes de que se cerraran.

16

No mucha gente en la calle de Kick manejaba un Porsche Panamera híbrido, así que no le fue difícil detectar a Bishop. Se metió al coche sin decir palabra y se abrochó el cinturón con una especie de atención cautelosa, como la de los rostros de los técnicos de sillas eléctricas. Mantuvo la bolsa sobre su regazo. De último minuto guardó la carta del Grupo Médico Tridente en el bolsillo interior de su bolsa; no estaba segura de por qué lo había hecho. La bolsa era cuadrada, de piel color rojo cereza del tamaño de un disco de vinil, con arandelas perforadas en un lado en forma de cráneo, lo cual era apropiado para la ocasión. Por lo regular no llevaba bolsa, pero ahora que su mochila había estallado en mil pedazos tenía que improvisar.

–¿Qué sabes sobre su salud? —preguntó Bishop.

Kick buscó en su bolsa y sacó un par de esposas.

–Lo que leí en internet —dijo. Se puso una esposa en cada muñeca.

Bishop miró las esposas sin comentarios y volteó la vista al camino.

–Sé que lleva tres años con diálisis —dijo Kick. Metió las manos esposadas a la bolsa y comenzó a buscar un clip—. Recuerdo que a veces se enfermaba. Tenía infecciones en el riñón. Sus abogados trataron de convencer al juez para que considerara su salud en la sentencia —las puntas de sus dedos tocaron el clip, lo sacó y comenzó a desdoblarlo.

–Bueno, está en la enfermería de la prisión —dijo Bishop. No la estaba mirando—. Parece que se está deteriorando.

Kick presionó los dedos contra la curva del clip forzándolo para que se abriera, hasta que cedió. Cuando pensaba en su padre ahora, se obligaba a pensar en Jerry, no en Mel. Había sido difícil al principio. Tenía pocos recuerdos de antes del secuestro, y Jerry se fue cuatro meses después de que Kick regresara. Pero tenía un recuerdo perfecto de aquellos viejos tiempos y se aferró a él. Era su experiencia relajante, su tranquilo océano azul. La usaba para recordarse que, al menos una vez, había conocido la normalidad.

El patio trasero. El columpio de neumático. Las manos de su papá en la espalda, empujándola cada vez más alto, hacia las nubes.

Dobló y enderezó el clip hacia las muñecas esposadas y con la mano derecha lo guio hasta el orificio de la llave en la base del brazalete izquierdo. Insertó la punta del alambre en el agujero, lo dobló unos 70 grados, primero hacia un lado y luego al otro, hasta que la punta del alambre formó un pequeño círculo. Luego sacó el alambre del agujero y dobló las muñecas en ángulos que las apretaban, movió la punta doblada del alambre dentro del agujero y la enganchó de forma que el extremo del alambre apuntara hacia la cerradura, en un ángulo de 90 grados con respecto al orificio de la llave. Con la mano izquierda dio vuelta al alambre como si fuera una llave, enganchando y levantando así el mecanismo de la cerradura. El brazalete derecho se abrió con un salto.

Kick liberó su mano derecha y de inmediato llevó el alambre al agujero de la llave de la mano izquierda. Le dio vueltas. El mecanismo de la cerradura dentro de la esposa se levantó. El brazalete se abrió. Kick miró el reloj en la pantalla de GPS del Porsche. Le había tomado poco más de dos minutos.

Demasiado. Estaba distraída.

Se volvió a poner las esposas y aventó dentro de su bolsa el clip mutilado.

—Tienes un auto nuevo —le dijo a Bishop mientras, con las manos esposadas, buscaba otro clip en su bolsa.

—Tengo muchos autos —dijo Bishop.

Kick encontró otro clip, deslizó la bolsa de sus rodillas hasta el piso, entre sus pies, y comenzó a desdoblar el alambre en su regazo. El vestido le llegaba a la mitad de los muslos, y sus rodillas estaban pálidas y con costras de raspaduras. El alambre se enderezó, Kick lo enganchó en el agujero del lado derecho, lo sacó y luego lo insertó otra vez en un ángulo de 90 grados, apuntando a la cerradura. Giró. Clic. Se abrió con un salto. El aire que entraba a través de las ventilas en el tablero del coche ondeaba el dobladillo de la falda de Kick. Ahora puso atención en la esposa izquierda. Su mamá le había comprado ese vestido. No era algo que Kick hubiera escogido: el estampado era amarillo claro con pequeñas margaritas. Creía que parecía tapiz de baño. Nunca se lo había puesto. No sabía por qué lo había escogido hoy. Quizá porque no era como ella; pertenecía a una persona completamente distinta. La esposa izquierda se abrió. Miró el reloj. Poco menos de dos minutos.

–No debí decirte eso de que te pusieras algo lindo —dijo Bishop.

Kick se puso otra vez las esposas y echó a la bolsa el clip enderezado.

–No puedes disculparte y luego sentirte mejor —dijo Kick. Se agachó, busco en la bolsa que estaba en el piso y sacó un clip nuevo.

La verdad era que había revuelto todo su clóset tratando de encontrar la ropa perfecta. Algo que a Beth le hubiera gustado. Encontró un clip y lo desdobló.

A Beth le gustaba el amarillo porque era el color favorito de Mel.

–¿Vas a hacer eso todo el camino? —preguntó Bishop.

Les tomó una hora llegar a Salem, la capital de Oregon y sede de la penitenciaria del estado.

Kick metió la punta del alambre en el primer agujero. Sus muñecas estaban irritadas de tanto doblarlas, y le empezaban a salir moretones rojos.

–Me relaja —dijo ella.

17

La penitenciaría estatal de Oregon estaba rodeada de torres con guardias y una pared de ocho metros que terminaba en alambre de púas. Incluso después de una hora para prepararse, la prisión apareció demasiado pronto, y Kick lamentó que no hubiera un accidente múltiple para disminuir la velocidad en la carretera. Al salir de la interestatal 5 habían perdido de vista al Taurus gris que los había estado siguiendo desde que salieron de Portland. Ella sabía que Bishop también lo había advertido: había estado viendo una y otra vez al espejo retrovisor. Pero no había dicho nada, y no había tratado de perderlo.

Echó las esposas en su bolsa justo cuando los saludaron a la entrada de las rejas de la prisión. Parecía que los guardias conocían a Bishop de vista. Él manejó alrededor del complejo de edificios institucionales y encontró un lugar para estacionarse, como si ya hubiera estado ahí antes.

No trató de decirle algunas palabras para prepararla; no le dijo absolutamente nada. Cuando Kick salió del coche lo siguió. Entre más se acercaba a Mel, más en blanco se sentía. Como si estuviera mudando de piel, célula por célula, hasta haber cambiado por completo.

Ella podía hacer eso. Podía disociarse.

Desorden de apego reactivo, así lo llamó uno de sus primeros psiquiatras cuando Paula se quejó de que Kick no estaba mostrando el nivel adecuado de afecto.

La primavera después del rescate de Kick, Paula la envió a internarse por una semana en una clínica en Colorado para una terapia de compresión de renacimiento. Cada día, dos practicantes sujetaban a

Kick, la envolvían y apretaban en sábanas, y luego simulaban las contracciones sentándose sobre ella hasta que pudiera "emerger del canal de parto".

Si no tenía un desorden de apego reactivo antes de eso, en efecto lo tuvo a partir de ese momento.

Años después encontró el reporte de la clínica entre las cosas de su madre. La diagnosticaron con base en los puntos que había obtenido en un conjunto de 12 pruebas, incluyendo "Búsqueda de confort al estar estresado", "Respuesta al confort cuando lo ofrecen" y "Disposición para irse con extraños".

–¿*Kick?* —la llamó Bishop.

Levantó la mirada y encontró frente a ella a una guardia de la prisión con uniforme azul observándola expectante del otro lado del mostrador. Cierta cacofonía hacía eco en todas las superficies: timbres, la estática de los walkie-talkies, pasos. Todo olía a concreto.

–Pregúntale otra vez —le dijo Bishop a la guardia.

–¿Tienes contigo algún arma, cielo? —le preguntó la guardia a Kick. La miró con un aire de aburrimiento profesional. Si es que la reconocía, no lo demostraba.

Kick abrió su bolsa roja y le mostró el cuchillo de supervivencia tipo militar, un paquete de tres cuchillos de lanzamiento, la navaja Leatherman, su espray de gas pimienta en forma de lápiz labial, un estuche con estrellas ninja, las esposas y una pluma con punta de acero que podía servir para romper un vidrio en una emergencia.

–¿Algo más? —preguntó la guardia.

Kick abrió el cierre de uno de los bolsillos internos de la bolsa, metió la mano detrás del sobre del Grupo Médico Tridente, sacó sus chacos y los dejó caer sobre el mostrador con un ruido sordo.

Bishop sonrió a la guardia para disculparse.

–Cuida mucho su seguridad.

La guardia le dio a Kick la llave de un casillero y le dijo que guardara ahí su arsenal. Luego colocó dos chalecos anaranjados sobre el mostrador. Bishop tomó uno y comenzó a ponérselo.

–¿Qué son éstos? —preguntó Kick.

–Póntelo —dijo Bishop—. Si algo sale mal, los guardias sabrán que a ti no te deben disparar.

Kick puso el chaleco anaranjado sobre el vestido.

Una vez que pasaron por el detector de metales, se cerró tras ellos la primera reja de barrotes de metal y les entregaron credenciales de identificación de la prisión que se pusieron en los chalecos.

Kick se desprendió de otra capa de piel.

Bishop le indicó con un gesto que lo siguiera, y Kick se dio cuenta con pesar de que no tendrían escolta.

—Sé a dónde voy —dijo Bishop caminando. Ella lo siguió. Era fácil adaptarse al ritmo de sus pasos al moverse por los corredores de tabique gris. De hecho, a ella le parecía reconfortante. Una extraña forma de rendición. Cuando topaban con una reja de barrotes, Bishop sostenía su credencial a la altura de la cámara de seguridad y la reja se abría.

Kick mantuvo neutral su expresión y la mirada baja, tratando de desaparecer debajo de su pelo. Pero no había forma de pasar inadvertida. Los guardias que pasaban estaban en uniforme; los prisioneros traían puestos overoles anaranjados; ella tenía un chaleco con el número 3 en la espalda. Bishop se detuvo. Estaban afuera de una gran puerta gris con la palabra ENFERMERÍA escrita sobre ella. Del otro lado de la puerta Kick escuchó que alguien lloraba.

Esto en realidad estaba sucediendo.

Se enraizó al suelo. No podía moverse.

—No tienes que hacer esto —dijo Bishop tan quedito que era apenas más que un suspiro—. Sólo dime que no —dijo—. No puedo obligarte a verlo —tocó el hombro de Kick—. Sólo dime que no y nos vamos de aquí ahora mismo.

Kick quitó el brazo.

—¿Qué le sucedió a tu hermano? —le preguntó a Bishop.

Bishop titubeó.

—Los niños en las fotografías de tu casa —lo presionó Kick—. Uno de ellos eres tú —quería sacarlo de balance, y por un momento funcionó—. El otro niño es tu hermano, ¿verdad?

—Sí.

—¿Qué le sucedió?

La miró con cautela.

—¿Qué crees que le pasó, Kick?

—Yo creo que murió —dijo Kick.

El rostro de Bishop no mostró expresión alguna.

—Sí, murió.

–Creo que fue asesinado —añadió Kick—. Pensaba que estaba desaparecido, pero James y yo investigamos y no pudimos encontrarlo. Lo que significa que no está desaparecido. Está muerto —Kick buscó en la mirada de Bishop algún signo de dolor. Si es que le dolía, él no se lo dejó ver. Pero ella sabía que estaba en lo correcto—. Por eso haces esto. Por eso no te importa lo que cueste.

Bishop estaba paralizado.

–Eres muy observadora.

Kick se alejó y fue hacia la puerta.

–Estoy lista —dijo.

18

El piso laminado de la enfermería era color alberca. Brillaba, y sobre él se reflejaban las luces fluorescentes del techo: parecía que en el piso se formaban ondas, como en el agua. Bishop no se detuvo. Le hizo un gesto a alguien con bata de doctor en la estación de enfermeras y luego condujo a Kick a través del lugar, por entre el mar de camas de hospital, a un área dividida por cortinas. Había un televisor encendido en algún lado. Un hombre negro de la edad de su mamá sollozaba en una cama cercana. Kick sintió que el hombre la seguía con la mirada.

Cuando llegaron al área de las cortinas, Bishop se detuvo. Kick estiró la mano y tocó ligeramente la delgada cortina de algodón que la separaba de Mel. Tenía un estampado verde pálido a cuadros, como las pijamas infantiles. Le temblaban los dedos. Miró sus piernas. Nunca se ponía vestidos que dejaran ver sus piernas. Eran demasiado pálidas y estaban llenas de costras y moretones. Calzaba sandalias y se le veían las uñas ennegrecidas de los pies. "Actúa normal", diría Mel. "Por encima de todo, fíngelo hasta que lo logres."

Él estaba justo ahí. Después de todos estos años. Metió la mano entre las cortinas. La tela era ligera. En realidad no pesaba nada. Dio un paso hacia delante e hizo a un lado la tela. Los anillos en el tubo de la cortina tintinearon. Y luego su mano tocó el aire y la cortina cayó detrás de ella.

Le palpitaba el corazón con fuerza. No podía mirar. Se acomodó el cabello frente al hombro derecho. En la forma en que Mel le había dicho que se veía más bonita, y desvió la mirada al suelo, con las emociones atoradas en la garganta. Bishop estaba junto a ella; tal vez lo estuvo todo el tiempo.

Escuchó toser y volteó.

Había perdido peso desde la última vez que Kick lo vio en la corte. El color rubio de su cabello se había desvanecido y ahora era color arena mojada; la melena era una pelusa delgada y suave. Su piel se veía delicada, casi transparente. Mel levantó la cabeza de la almohada con dificultad. Tenía los labios partidos. Se le agrietaron al sonreír.

–Ahí está mi niña —dijo.

La inundaron las emociones. Sintió todo de una vez: la devoción, el miedo. Era tan fácil como abrir un cierre. Había guardado mucho dentro desde hacía tanto tiempo. Había tratado de hacer lo que la gente esperaba de ella. Había sido buena. Siempre había hecho lo que le pedían que hiciera.

Kick gimió y se llevó las manos a la boca sorprendida por el sonido que emitió. Era como ser embestida por una ola por detrás, como una fuerza de la naturaleza que la abrumaba. Se apresuró a sentarse, temblando, en una silla de plástico junto a la cama.

Los dedos de Mel se esforzaban por tocarla, tenía las manos sujetas a correas de piel, con las muñecas amarradas a la cama. Kick acercó sus manos a las suyas y le tomó los dedos. En el momento en que sus manos se tocaron no pudo más y echó a llorar. La piel de Mel estaba grasienta y tibia.

Ella temblaba. Recargó su cabeza y puso la mejilla sobre los nudillos de Mel.

A través de las lágrimas Kick vio a Bishop parado al pie de la cama, con el rostro inexpresivo, observando.

–Gracias, John —escuchó decir a Mel.

Bishop no pestañeó.

–No hay problema —dijo.

19

Kick se mantuvo envolviendo los dedos de Mel con las manos, y recargó la cara sobre su piel manchada.

Bishop estaba erguido como un fusil, con las manos entrelazadas frente a él. Kick sentía su mirada, supervisándola, buscando pistas, catalogando cada reacción, cada palabra.

Conocía la mano de Mel. Incluso hinchada por el edema, conocía sus articulaciones, sus nudillos, la forma de las uñas, el mapa de sus venas. Esa familiaridad era un ancla. Sus lágrimas cayeron sobre la piel de Mel.

–Pensé que estarías enojado conmigo —dijo Kick.

–Nunca —se le quebró la voz. Su mano temblaba bajo el tacto de ella. Kick sabía que él se esforzaba por no llorar—. Quiero que seas feliz —dijo él—. Siempre traté de protegerte. Déjame verte.

Ahora Bishop era una mancha amorfa a través de las lágrimas de Kick.

Por un momento no se pudo mover. Era como un corto circuito, un fusible fundido. No estaba segura de qué era lo que no estaba cooperando, si su cuerpo o su cerebro. Pero estaba congelada.

–Por favor, Beth —dijo Mel.

Ella levantó la vista al sonido de su voz, como si él le hubiera tomado la barbilla y levantado su rostro. Volteó a verlo, mantuvo una mano sobre la suya, temerosa de que si la soltaba sería arrastrada por una corriente invisible y peligrosa.

Él temblaba. Tenía los ojos rojos. Su cuero cabelludo era visible entre su pelo delgado y estaba salpicado de escamas de piel descarapelada.

Recostó la cabeza sobre la almohada, apretó con debilidad la mano de Kick y recorrió su cuerpo con la mirada.

Ella estaba sentada muy quieta, al borde de la silla, sin poder moverse, con la espalda recta, como si posara para una fotografía antigua. El cabello le colgaba como cortina a ambos lados de la cara, y tenía algunos mechones pegados a sus mejillas húmedas. Sus ojos estaban hinchados. Le escurría la nariz. Su vestido amarillo ahora le parecía inapropiado, demasiado claro, demasiado alegre.

Los ojos de Mel continuaron observándola con una especie de asombro y curiosidad. Y Kick cayó en la cuenta de que, mientras Mel había cambiado desde la última vez que lo vio, ella todavía era una niña la última vez que él la había visto. Y ahora ahí estaba, convertida en adulta.

Kick jaló el dobladillo de su falda.

–Sigues siendo mi niña, Beth —dijo Mel.

Bishop tosió y Kick le lanzó una mirada. No había expresión de juicio en su rostro, no había nada. Pero cuando sus miradas se encontraron él desvió los ojos hacia una esquina del techo. Kick observó que ahí estaba montada la cámara de seguridad, dirigida a la cama de Mel. Cuando volvió a ver a Bishop, otra vez estaba en su pose de guardia.

–¿Sabes qué día es hoy? —preguntó Mel.

Tenía los ojos grandes y demacrados llenos de lágrimas.

Ella sabía que no se refería al aniversario de su rescate.

–Es el aniversario de la muerte de Linda —dijo Kick.

Mel asintió. La mano con la que tomaba débilmente la de Kick se sacudía en espasmos. Tragó saliva, retrajo los labios y comenzó a llorar.

–Ella te amó —dijo él.

¿Linda la había amado?

Linda había amado a Mel. Había sido buena con Kick. Había dicho algunas de las cosas que las madres dicen, y había hecho algunas de las cosas que las madres hacen. Le había enseñado a Kick a tocar un poco el piano.

–Es mi culpa —dijo Kick en voz baja. Desvió la mirada, y su pelo cayó como una pared que impidió a Mel ver su rostro.

–No —dijo Mel con firmeza.

Su tono le removió algo a Kick. Ése era el Mel que recordaba: esa voz, siempre tan llena de autoridad y órdenes. Ni ella ni Linda lo cuestionaban nunca.

Entrelazó sus dedos con los suyos y se inclinó hacia delante.

–¿Recuerdas la casa donde vivimos? —preguntó—. ¿En Seattle?

Algo cambió. Un cambio casi imperceptible en la habitación. Ella se dio cuenta de que Mel lo sintió. Lo vio en sus ojos. De pronto desconfió de ella.

Kick miró a Bishop. Él inclinó un poco la cabeza.

–Mel me enseñó a abrir cerraduras —explicó. Sonrió ante la ironía. Todos los entrenamientos, las prácticas de tiro al blanco, los clips y las esposas—. Me secuestró y luego me enseñó mil formas de escapar —Mel apretó sus manos—. Y estabas en lo cierto —dijo Kick y lo miró directo a los ojos. Despacio quitó su mano de entre las de Mel—. Nunca se me ocurrió usar ninguna de esas habilidades para escaparme de ti.

–Confiaba en ti —dijo Mel, con los dedos agarrados a la cama, tratando de alcanzarla—. Eres una buena niña.

–Ayer me encontré con una de las cerraduras que solíamos hacer.

Por el rabillo del ojo Kick notó que Bishop dio un paso hacia ella.

Mel hizo una mueca de dolor.

–Tu madre y yo no podíamos trabajar. No podíamos arriesgarnos. Esas cerraduras nos ayudaban a mantenernos.

Tu madre. Lo decía con tanta facilidad. Los ojos de Kick comenzaron a llenarse de lágrimas, tuvo que voltearse y aclarar su garganta. A veces sentía tantas emociones de golpe que no podía nombrar ninguna. A veces debía ponerlas en una caja, revolverlas y clasificarlas después.

–Una niñita fue secuestrada en Seattle —dijo Kick—, y cuando la encontraron, tenía una de mis fichas de Scrabble.

Vio la sangre agolparse en las sienes de Mel, las venas palpitando como si fueran a explotar a través de su piel frágil.

–Dice que se la dio un niño que fue raptado hace tres semanas —continuó—. Lo tenían en una casa con una habitación secreta, escondido detrás de un clóset, detrás de una de tus cerraduras. Estuve ahí ayer. Conozco tus cerraduras. Pero no era donde me habían escondido a mí. Cuando estás en la oscuridad, con largos periodos sin hacer nada, exploras. Conozco las formas de todas las habitaciones en las que me encerraste. Lo que significa que el niño encontró la ficha en otra habitación secreta, en otra casa —miró a Mel con atención—. ¿Alguna vez estuvimos en Seattle, *papá*?

Los ojos de Mel eran suplicantes, tenía la boca retorcida.

Kick sentía su dolor, como una presencia física, una banda de presión alrededor de su pecho. Tomó otra vez su mano, aquella mano que conocía tan bien como la suya.

–Sé que trataste de ser bueno conmigo. Sé bueno conmigo ahora. En la casa que visité ayer hubo una explosión. Estaba conectada a una bomba. ¿Quieres protegerme? Tengo suerte de estar viva —hizo su cabello a un lado y agachó la cabeza para que Mel pudiera ver el chichón en la frente—. El golpe me dejó inconsciente.

Las mejillas sudorosas de Mel se ruborizaron de pronto.

–¿Quieres tocarlo? —susurró Kick.

Más allá de la división de cortinas el hombre comenzó a gemir de nuevo.

Mel asintió de forma casi imperceptible.

Kick arrastró la silla por el piso azul brillante y recostó su cabeza sobre la cama, enfrente de donde Mel tenía la mano atada, y él la tomó de la mano despacio. Bishop seguía parado en silencio a un metro del pie de la cama. Kick estaba sorprendida de que no la hubiera detenido. Su rostro no expresaba ninguna reacción. Cruzó la mirada con Bishop y lo obligó a ver, mientras los dedos de Mel recorrían su cuero cabelludo. Bishop no parpadeó. Los dedos de Mel encontraron el nacimiento de su pelo, y acarició el borde de su frente. Hizo una pausa cuando tocó el chichón.

Kick hizo un gesto de dolor.

El cuerpo de Bishop se tensó.

–Todavía me duele —le dijo a Mel. Se movió hacia atrás y se retiró de las manos de él. Sus dedos estaban tan enredados con el pelo de Kick que cuando se soltó, él se quedó con unos cuantos cabellos en la mano.

Se sentó, mareada, con las palmas de las manos hacia arriba sobre su regazo. Alguien hablaba con el hombre que gritaba, una voz insistente y tranquilizadora. No podía escuchar las palabras pero el hombre dejó de gritar. Como ya no se escuchaban sus quejidos, aparecieron sonidos más suaves: el pulso electrónico del equipo médico, el murmullo suave de otras conversaciones, el ruido de un televisor encendido que nadie estaba viendo.

–Ya sabes que nunca voy a revelar la ubicación de ninguna casa de seguridad —dijo Mel.

–Sí —dijo Kick, sin poder ocultar la angustia de su voz. Suspiró y se limpió las lágrimas al levantarse—. Lo sé.

Mel retorció las muñecas apresadas con las correas.

–Pero la cerradura —dijo.

Ella se quedó quieta, esperando.

–Le di las especificaciones a alguien —dijo—. Alguien que conocí en línea.

Kick y Bishop intercambiaron una mirada rápida y Kick se sentó de nuevo en la silla.

–¿Por qué? —preguntó.

Mel titubeó.

–Me ayudó con algunas cosas. Nunca supe su nombre. Usábamos *software* encriptado para comunicarnos.

–¿En qué te ayudó, *papi*? —preguntó Kick.

Ella se dio cuenta de que Mel tomó la decisión de otorgarle eso, esa única cosa. Su cuerpo se relajó, como si hubiera cedido a una lucha consigo mismo.

–Era un solucionador. Arreglaba problemas. Asuntos de mudanzas. Identificaciones falsas. Movía dinero de un lado a otro. Se rumoraba que era exmilitar, o una especie de espía retirado. Nadie confiaba en él. Pero cumplía con su trabajo. Una vez me prestó dinero, cuando lo necesitaba. Y unos años antes de que Linda muriera hizo algunas operaciones bancarias para nosotros. Puso las cosas en orden para que tú y Linda estuvieran protegidas si yo faltaba algún día. Fue entonces que le dije cómo fabricar las cerraduras.

Kick miró a Bishop y notó que estaba un poco tenso. Sabía lo que pensaba. Seguro las especificaciones de Mel ya estaban en todo internet. La información era inútil.

–El niño que fue secuestrado —preguntó Mel—. ¿Era de piel clara? ¿De pelo negro? ¿Demasiado pequeño para su edad?

A Kick se le cortó el aliento. Estaba describiendo a Adam Rice.

–Sí —Bishop respondió por ella.

Los ojos amarillentos de Mel voltearon a ver a Bishop, como si hubiera sido parte de la conversación todo el tiempo, y no un espectador pasivo.

–Le gustaba colgarlos de las muñecas —dijo Mel—. A veces subía fotos en los sitios de intercambio de archivos. Los rostros de los niños siempre eran borrosos. El hombre de las fotografías sólo se veía de los hombros para abajo. Era gordo, al menos en ese entonces. Parecía caucásico, pero no estoy seguro. Sólo vi las fotos. Cuando me di cuenta de lo que era capaz corté comunicación con él. Es un sádico. Un hombre sin escrúpulos. Un extraño. No le interesaba la filosofía de la Familia.

La Familia. Mel siempre había usado ese término para describirlos. Como si fueran un grupo de tíos bonachones.

–Usaba a la Familia para adquirir artículos usados —dijo Mel, y Kick comprendió.

–¿Artículos usados? —preguntó Bishop.

–Niños —dijo Kick suavemente.

Nadie se movió.

Bishop la obligaría a decirlo en voz alta.

–La Familia le vendía niños —dijo Kick.

–Algunos niños no se adaptan tan bien como otros —dijo Mel—. Y no hay muchas opciones. Colocarlos en nuevos hogares es una alternativa más amable que la tumba.

Un nuevo hogar. Como un perro de la perrera que no funcionó. Ésa siempre había sido la amenaza cuando iba creciendo: que la entregaran a alguien más, alguien que no fuera tan agradable como Mel y Linda, alguien que pudiera lastimarla mucho más. Ella sabía que eso sucedía. Lo había visto.

–Pero los niños que este hombre compraba de todas formas terminaban en la tumba, ¿no?

Mel asintió.

–Había rumores.

El collage de carteles de niños desaparecidos apareció en la mente de Kick. Todos esos niños delgados y de pelo oscuro. Parecían elfos. Adam Rice, con sus ojos negros y sonrisa vacilante: su rostro era lo que había detonado otra vez a Kick, desencadenó algo que la conminaba a ayudarlo, a hacer algo. Sentía una conexión con él. De alguna forma le parecía familiar. Pensó que era porque le recordaba a ella misma.

Las piezas se iban acomodando como si siempre hubieran estado ahí, justo frente a ella, esperando ser advertidas, pero demasiado cerca como para verlas. Tantas partes de su infancia habían sido empacadas y guardadas en las esquinas más recónditas de su memoria, pero recordaba el día que conoció a James. Tenía pelo negro y una sonrisa precavida. Pobre James, incluso en ese entonces Kick reconoció que las circunstancias de él eran peores que las suyas.

–Él compró a James.

–Bien, Beth —dijo Mel, complacido.

–¿Recuerdas el auto nuevo del señor Klugman? ¿El convertible? Lo compró con el dinero que ganó al vender al niño. Fue directo a la agencia.

Había lastimado a James, y ahora tenía a Adam. Quién sabe a cuántos más niños tenía. Kick tenía que lograr que Mel comprendiera.

–James me encontró —dijo—. Me vio en las noticias y me escribió. Él es mi *familia*. Tenemos que encontrar a ese hombre.

–Desapareció, Beth.

–¿Y qué hay de Klugman? —preguntó Bishop.

–Desapareció —repitió Mel.

–Tiene razón —dijo Kick. Eran expertos en ocultar sus identidades—. Nadie se quedaba en ningún lado más de seis meses; cada tanto tiempo nos mudábamos o nos cambiábamos el apellido.

–Entonces ya terminamos aquí —dijo Bishop.

Mel abrió grandes los ojos.

–Sólo unos minutos más —suplicó.

–Ya tienes lo que querías —murmuró Bishop con severidad.

Kick estaba distraída pensando en James. Se paró temblando.

–¿Recuerdas las vacaciones cuando fuimos al desierto? —le preguntó Mel con repentina urgencia—. Te enseñé a flotar boca arriba en la alberca del hotel. ¿Todavía te gusta nadar?

Kick memorizó la escena. Ésta era la última vez. Nunca lo volvería a ver. Ahora lo sabía.

–Sin importar todo lo demás —dijo Mel mirándola con intensidad—, sigo siendo el que te enseñó a nadar. Así que si quieres acordarte de mí, recuerda eso.

Kick lanzó un suspiro de angustia. Lo odiaba por obligarla a entristecerse por él. Se dio un beso en la palma de la mano y se acercó a Mel para poner el beso en su frente. Su piel se sentía como de plástico, como si ya estuviera medio muerto. Cerró los ojos al sentir la mano de Kick.

–Adiós —dijo ella con la voz temblorosa.

Bishop la sostenía del codo y la alejaba de la cama.

–Muéstrame esa hermosa sonrisa —pidió Mel.

Kick volteó la cabeza. Mel había levantado la cabeza de la almohada. Su mirada era de maniático. Kick sonrió forzadamente.

Mel dejó caer la cabeza sobre la cama.

–Ahí está —dijo, débil—. Ésa es mi Beth.

Bishop abrió la cortina para que Kick saliera.

–Bishop —llamó Mel.

–Sigue caminando —le dijo Bishop a Kick—. Ve directo hasta la puerta y espérame ahí.

Kick atravesó la cortina como si se deslizara entre dos mundos. Al otro lado, había un programa de juegos en la televisión. Un voluntario con overol trapeaba el piso de linóleo que parecía alberca. El viejo hombre negro todavía estaba amarrado a la cama. Movía los labios pero no emitía ningún sonido. Cruzó la mirada con Kick.

–Ese hombre por el que preguntas —resolló Mel del otro lado de la cortina—. Él no es como yo —tosió y Kick escuchó que se esforzaba por recuperar el aliento—. Es peligroso.

Kick observó los labios del viejo, deletreando sílabas misteriosas, aunque Kick ni siquiera estaba segura de que estuviera diciendo palabras. Tal vez profería una maldición.

–Ya le jodiste la vida, Mel —dijo Bishop. Trataba de mantener baja la voz; Kick apenas podía oírlo—. ¿Crees que eres mejor que ese tipo porque no la mataste?

El viejo en la cama desvió la mirada. Cerró los ojos. Kick se dio cuenta de que no maldecía, sino que rezaba.

–Me estoy muriendo, Bishop —dijo Mel.

–No lo suficientemente pronto —respondió Bishop.

Kick escuchó los pasos de Bishop alejarse de la cama de Mel y se apresuró a cruzar la enfermería.

20

Kick había decidido que no le hablaría a Bishop hasta que salieran de la prisión, y tal vez nunca más. Pero en cuanto sonó el timbre y se abrió la puerta de la enfermería, en el corredor de tabiques Bishop la jaló del brazo.

–¿Qué fue eso? —le reclamó. Miró hacia todos lados del pasillo vacío—. *¿Papi?* —se pasó los dedos entre el cabello—. Dios mío, Kick.

Ella apenas podía respirar. El pasillo flotaba a su alrededor. ¿Quién era él para cuestionarla? Había hecho exactamente lo que le había pedido que hiciera.

–Hice lo que querías —dijo—. Y no vi que te apresuraras a intervenir.

–Nos estaba grabando la cámara —dijo Bishop.

Ella no sabía qué significaba eso, por qué era tan importante. No pensaba con claridad.

–No debiste traerme a verlo —dijo—. Tengo una contusión —su piel estaba caliente. Los ojos le ardían. Quería salir de ahí, quitarse el chaleco, salir del edificio, lejos de todo eso. Torció los labios con el rostro en llamas—. No debiste obligarme a venir.

Bishop exhaló y se recargó en la pared.

–Lo sé —se veía el dolor en su mirada—. Lo sé.

No. Kick no iba a permitir que ahora fuera amable con ella. Se alejó de él.

–No me hables —dijo.

–No puedes estar sola aquí dentro —dijo Bishop y se acercó a ella.

Kick levantó una mano.

–Necesito un minuto —dijo. Tenía que recuperar el aliento. Tenía que procesarlo. Si no se controlaba, la ira le detonaría un ataque de ansiedad y entraría al laberinto de la preocupación y… No podía concentrarse. Miró su mano, la que sostuvo la mano de Mel. Todavía sentía sus dedos sobándole el cuero cabelludo. Tenía los ojos calientes y llenos de lágrimas. Puso la frente sobre la pared de tabique y apretó el cráneo en el concreto, apretó el chichón hasta que el dolor comenzó a sacar todo lo demás.

–¡Ja! —dijo.

Se dio la vuelta, observó el techo, las largas filas de focos fluorescentes. Una cámara de seguridad parecía estar dirigida a ellos. Kick abrió los brazos y expandió su pecho, inhaló y llenó sus pulmones.

–¡Ja! ¡Ja! ¡Ja! —dijo Kick a la cámara.

Le había funcionado hacer eso cuando fue al retiro. La había hecho reír. Había hecho reír a todos.

Otra vez estaba sin aliento. Miró a Bishop con impotencia.

Él se quedó parado sin hacer nada.

–Necesito saber cuál es el nivel de tu involucramiento emocional con él —dijo Bishop.

Kick agitó los brazos. ¿Qué esperaba?

–Se llama actuación —dijo—. Crecí actuando en películas, ¿recuerdas? —estaba haciendo lo que se suponía que hiciera—. Estaba siendo quien él esperaba que fuera. Estaba actuando como Beth.

–Él no es tu padre —dijo Bishop.

Kick bajó los brazos. No tenía sentido tratar de hacer que los demás comprendieran. Se limpió las lágrimas sobre el hombro del chaleco anaranjado y trató de tranquilizarse.

–¿Cuánto tiempo le queda? —preguntó.

Bishop suspiró.

–Semanas —dijo.

Kick sintió que se le descomponía la expresión. Bajó la cabeza para que el pelo le cayera a los lados y le cubriera la cara. La clave estaba en no respirar. Si no respiraba podía guardarse todo. Contó hasta diez en la mente y exhaló despacio. *Cambia tus pensamientos y cambiarás el mundo.*

–Cuéntame de James —dijo Bishop.

Kick aclaró la garganta y asintió. Luego levantó la cabeza y se acomodó el pelo detrás de las orejas. *James. ¿Por dónde empezar?* El corredor estaba en absoluto silencio. No sabía qué tan común era eso, estar ahí sin guardias ni prisioneros, y se preguntó si Bishop tenía ese nivel de poder, como para contar con unos minutos de privacidad en una prisión de máxima seguridad. Kick se sentó contra la pared.

–Él no es mi hermano —dijo.

Bishop se acomodó junto a ella contra la pared.

–Sé que no es tu hermano —dijo.

Había demasiado silencio. ¿Cómo una prisión podía ser tan silenciosa?

–Sé que comenzó a prostituirse en paradas de camión a los 12 años y fue condenado por apuñalar de muerte a un hombre en la interestatal 80 cuando tenía 14 —dijo Bishop—. Sé que lo encerraron en un hospital psiquiátrico. Seguía ahí cuando te escribió hace cuatro años. Seguro que para entonces ya significaba algo para ti porque usaste una buena parte del dinero de tu compensación para sacarlo de ahí. Como su historia psiquiátrica indicaba un patrón de abuso infantil, sospeché que habías conocido a James cuando eran niños. Pero no estaba seguro. Hasta ahora.

Kick estaba exhausta. Sentía cada moretón en el cuerpo, cada raspadura y arañazo y cada coyuntura adolorida.

–Tiene cicatrices en las muñecas —dijo Kick—. Siempre pensé que había intentado suicidarse —nunca había sospechado que el origen de las marcas era que había sido amarrado. Si lo hubiera sospechado le habría preguntado, habría forzado la conversación—. En realidad no hablamos de esas cosas —añadió. Era obvio, pero de todas formas lo dijo—: De las cosas malas.

–¿Sabes cómo escapó James? —preguntó Bishop.

–No creo que él *haya escapado* —dijo Kick—. Sólo creo que perdió valor. El tipo Klugman lo vendió a alguien, quien a su vez lo vendió a alguien más —deducía que James había sido parte de al menos tres familias después de estar en San Diego—. Ya estaba usado, nadie lo quería. Así que lo dejaron ir.

–¿Y Klugman? —preguntó Bishop.

–Mel y yo pasamos unas semanas en casa del señor Klugman en San Diego —dijo Kick—. Nunca lo había visto y no lo volví a ver después. Era asqueroso. Y como dijo Mel, desapareció hace mucho. Esa gente sabe cubrir muy bien su rastro.

–No hay registros de James antes de su arresto. Si fue secuestrado bajo otro nombre tal vez estuvo en tribunales sin que nadie ubicara quién era. Pero he analizado la base de datos de niños desaparecidos. He memorizado todos los rostros. No reconozco a James.

Las lágrimas de Kick se habían secado y sentía la piel estirada.

–James nunca fue reportado como desaparecido. Su mamá lo vendió para comprar drogas. No hay ninguna foto suya que memorizar. Su rostro nunca estuvo impreso en un cartón de leche porque nunca nadie lo buscó —levantó la mirada y de nuevo observó el corredor vacío—. ¿Acaso nadie usa este pasillo?

–¿Eso es todo? —preguntó Bishop.

Kick se pasó los dedos por el cabello. Se sentía un poco mejor.

–Vamos a hablar con James —dijo a Bishop.

Comenzaron a caminar. Bishop volteó y dirigió la mirada hacia la cámara de seguridad.

Un instante después el pasillo estaba lleno de gente.

21

El camino a casa estaba tardando una eternidad. De vez en cuando Kick lanzaba miradas furtivas a Bishop. Se frotó las palmas de las manos en sus muslos hasta que le ardieron. Se había lavado las manos antes de salir de la prisión, pero todavía olía a Mel. Su olor se aferró a ella, el hedor a carne cruda, y debajo de él algo más familiar, más como el olor que ella recordaba. Cruzó los brazos y metió las manos debajo de las axilas. Luego le lanzó otra mirada a Bishop. Llevaba una hora recibiendo y enviando mensajes de texto, con el celular sobre el volante y la mirada brincando entre el camino y la pantalla. Kick descruzó los brazos y buscó su celular en la bolsa. James todavía no le respondía. Era evidente que estaba furioso porque Kick no le había respondido los quince mensajes que le envió mientras su celular estaba en el casillero de la prisión. Suspiró, se recostó en el asiento y miró a Bishop.

—Estás rompiendo la ley —dijo.

Bishop seguía tecleando.

—Textear mientras manejas —dijo Kick—. Hay una ley en contra de eso.

La expresión de Bishop seguía inmutable.

—Soy un excelente conductor. ¿Por qué no practicas otro rato con tus esposas?

—Tan sólo habla por el celular, activa el manos libres.

Bishop sonrió secamente.

—No quiero que escuches lo que digo —respondió.

—¿Así que debo morir en un accidente con tal de que guardes tus secretos?

Bishop miró el teléfono.

–De ser necesario, sí.

A Kick no le gustaba ser ignorada. Ella era la que estaba enojada con *él*. Él la había llevado ahí, la había obligado a ver a Mel. Ella era quien tenía la herida en la cabeza.

–No me estás mirando —dijo Kick.

Bishop continuó sin voltear.

–Estoy manejando —dijo.

El teléfono de Kick vibró. Vio si era James. Pero no era él. Miró los sembradíos a ambos lados de la interestatal. De los cultivos se alzaban anuncios espectaculares de torneos de artes marciales mixtas, lucha en jaula y ferias del estado. El teléfono seguía vibrando sobre su regazo.

–Tu celular está sonando —dijo Bishop entre dientes.

–Es mi hermana —explicó Kick. Otra vez le dolía la cabeza, un dolor leve en la nuca—. Me llama todos los años el día del aniversario. Pero en realidad no quiere que conteste.

Todos decían que ella y Marnie eran inseparables de pequeñas, pero Kick no lo podía imaginar. La Marnie que ella recordaba nunca le había caído bien. Nunca había perdonado a Kick por provocar que sus padres se separaran.

Se preguntó cuánto tardaría en desvanecerse de sus manos el olor de Mel. Al principio había extrañado su olor. No le habían permitido llevarse nada de la casa. Ni siquiera había podido conservar su camisón. Todo era evidencia. Lo único que tenía era la ficha de Scrabble. Durante un año se durmió con ella en el puño. Cada mañana la buscaba entre las sábanas.

–Estaba actuando —dijo quedito.

Se apretó los brazos lo más fuerte que pudo. Ya no le ardían las manos. Estaban adormecidas.

–Hay chicles en la guantera —dijo Bishop—. Mastica uno antes de que te desprendas toda la piel —volteó a ver la ventana, luego las manos de Kick y desvió la mirada.

Levantó las manos y las volteó. Sus palmas estaban al rojo vivo.

–Te va a ayudar. La menta todo lo mata.

22

James todavía no respondía los mensajes de Kick, lo que significaba que estaba muy concentrado programando o, más seguro, estaba jugando Skyrim. Sabía que a él no le gustaría eso, que llegara con Bishop y comenzara a hacerle todo tipo de preguntas sobre su pasado. El elevador se detuvo en el segundo piso, Kick y Bishop se bajaron.

–Creo que debería hablar primero con él —dijo Kick, masticando cuatro chicles que formaban una bola en su mejilla.

Bishop tenía la capucha puesta y Kick no podía ver su cara. Él no se detuvo.

–No —respondió.

–Es frágil —le recordó ella.

Bishop inclinó un poco la cabeza para evadir su rostro de la cámara de seguridad y luego la miró.

–Por eso te permito que estés ahí mientras hablo con él.

Kick masticó el chicle. Ya estaba perdiendo el sabor, se volvía más insípido cada vez que lo mascaba. Había dejado el paquete en el coche.

–Tal vez deberíamos llamar a la policía —sugirió.

Bishop se detuvo frente a la puerta de James y tocó.

Kick cruzó los brazos.

–No creo que sepa dónde está el tipo ahora. No es como que estén en contacto.

–¿James? —llamó Bishop a través de la puerta.

Escucharon. Ella no oyó el sonido de sus pasos.

–¿James? —lo llamó Kick con impaciencia—. Abre la puerta.

Comenzó a buscar en su bolsa entre su arsenal de armas.

–Tengo una llave —dijo—. Tal vez esté en la computadora con los audífonos puestos.

Él se había volteado un poco, poniéndose a sus espaldas. Kick sintió que el lenguaje corporal de Bishop había cambiado, como un perro con el pelaje erizado.

–Aquí está —dijo al encontrar la llave. Sólo necesitaban entrar. Bishop se daría cuenta. James estaría sentado frente a su computadora. Comenzó a dar vuelta a la llave en la cerradura.

–No lo hagas —dijo Bishop y puso la manos en su muñeca.

Kick se tragó el chicle, sorprendida. Lo sentía atorado en la garganta. Soltó la llave y bajó la mano.

–Tal vez no es nada —dijo Bishop. Todavía estaba de frente a la puerta y ella no podía ver su expresión, sólo su capucha y la punta de la nariz.

–Hiciste que me tragara el chicle —dijo Kick.

Bishop se quitó la capucha y volteó a verla. Ya no sonreía. La miró fijamente.

–Necesito que hagas algo por mí, ¿de acuerdo? —su voz era tranquila—. Necesito que te quedes aquí mientras yo entro al departamento.

Kick conocía a James. Rara vez respondía cuando alguien tocaba la puerta. Por eso ella tenía llave.

–Tiene los audífonos puestos —dijo Kick.

–Por favor, hazlo —dijo Bishop.

Una ráfaga de miedo atravesó el estómago de Kick. Asintió levemente.

Bishop exhaló despacio, dio vuelta a la llave y empujó la puerta. Llevó el celular hacia su oreja mientras caminó hacia dentro y balbuceó algo. Kick creyó escuchar la palabra "refuerzos".

Bishop dejó la puerta un poco abierta y Kick mantenía la vista en el pedazo de pasillo que podía ver por la abertura. Cada vez que respiraba sentía la presión de la bola de chicle en su garganta. Esperó.

–¿Qué paso? —llamó a Bishop después de un minuto—. ¿Está jugando Minecraft o qué?

Nadie respondió.

–¿James?

Se le estaba cerrando la garganta y el chicle se le atoraba cada vez más.

–¿Bishop?

Empujó la puerta y la abrió. Los reciclables de James estaban desparramados en el piso. Kick buscó el cuchillo de pescar en su bolsa. Hizo un sonido grato cuando Kick le quitó la funda. Empuñó el mango de madera. Era una cuchilla inamovible, de una sola pieza de acero inoxidable. Nunca la había usado, pero el tipo que se la vendió le dijo que podía atravesar costillas y huesos. Traspasó el umbral con el cuchillo a la altura de la cadera, con el pulgar sobre el mango. Escuchó sonidos débiles, movimiento proveniente de la sala. Se detuvo y se acomodó el cuchillo con su pulgar en la base del mango, sosteniéndolo al nivel del hombro como si estuviera a punto de apuñalar a alguien en la regadera. Entonces caminó por el pasillo.

23

P ara cruzar el pasillo Kick tuvo que abrirse paso a través de un campo minado con botellas de agua y latas. No sabía cómo Bishop las había evadido sin hacer ruido.

El departamento olía diferente. Ahí estaba el olor a pizza rancia, a sudor dulzón de James por no bañarse, pero había otro aroma también, encima del otro, algo fresco y metálico.

Al acercarse a la sala creyó escuchar la respiración de alguien.

Kick apretó el cuchillo y se pegó a la pared.

De alguna forma sabía que no debía mirar el piso; quizá por instinto, o porque una parte de ella sabía lo que había y le advirtió que no volteara. En cambio, tenía los ojos fijos en la computadora de James. Casi creía que ahí estaría, agachado sobre su teclado como siempre. Pero la silla azul estaba vacía. En vez de mostrar las codificaciones y juegos, los monitores estaban en modo de ahorro de energía y en ellos aparecían afirmaciones rotándose. Letras blancas grandes sobre una pantalla negra decían: *La ansiedad es una emoción normal que puedo controlar.*

Escuchó a Bishop decir:

–Kick.

Pero se negó a mirarlo. Se negó a voltear hacia abajo. No quería ver. No quería que fuera real. Así que neciamente Kick mantuvo los ojos fijos en los monitores. Las afirmaciones del protector de pantalla se desplazaban de derecha a izquierda. *Tengo cosas buenas. Merezco ser feliz.* Kick sintió una capa de sudor entre su mano y el mango del cuchillo. *Me siento en calma.* Las letras giraban y luego desaparecían.

Escuchó la voz de James dentro de su cabeza. *Me siento seguro en el exterior. Disfruto conocer nuevas personas.*

–Todavía está vivo —dijo Bishop.

Kick gimió con alivio y miró al suelo. James estaba recostado boca arriba, rodeado de hojas y notas llenas de sangre. Kick sintió una puñalada de dolor en el pecho. Había tanta sangre. No sabía que una persona pudiera sangrar tanto. Todo el vientre de James estaba rojo, su camiseta amarilla ya no lo era, había un charco de sangre a su alrededor. Bishop estaba arrodillado junto a él y la sangre le mojaba los jeans, con las manos ensangrentadas presionaba el abdomen de James.

El dolor en el pecho de Kick se agitó y creció. Le costaba trabajo respirar.

Cambia tus pensamientos y cambiarás el mundo.

No había pagado la cuenta de luz de James. Estaba en su mochila y estalló junto con ella. Ni siquiera le había dicho. No sabía por qué le parecía importante en ese momento, pero lo era.

–Kick, necesito que me escuches —dijo Bishop.

Una de sus manos estaba sobre James, presionaba con los dedos una herida sangrante.

–Muy pronto llegará mucha gente —dijo Bishop—. Tienes que dejar el cuchillo. Necesito que te sientes en esa silla —hizo un ademán con la cabeza señalando a la silla del escritorio de James—. Y necesito que no contamines la escena del crimen. No toques nada.

Uno de los zapatos de James estaba desamarrado. Su rostro estaba tan pálido.

Bishop estaba equivocado. No podía estar vivo.

¿Qué harían ella y Monstruo sin su James?

Se intensificó el dolor en el pecho.

Monstruo.

Se puso los dedos en la boca y trató de chiflar, pero estaba demasiado seca y sólo logró emitir un graznido de pánico.

–Mi perro —dijo. Miro alrededor, frenética. Seguro estaba ahí. Escondido. Dio un paso hacia atrás y sintió que un pedazo de papel se le pegaba a la suela de la sandalia. Se lo sacudió y vio que tenía sangre. Dio otro paso hacia atrás, alejándose.

–No —dijo Bishop—. Debemos esperar a los refuerzos. No he revisado el departamento. No es seguro.

Bishop tenía sangre embarrada en la frente, como si se hubiera tocado la cara con la mano cubierta de sangre.

–Quédate aquí conmigo —dijo. Sus ojos grises la miraban de forma intensa y ella sabía que lo decía en serio, que era importante que hiciera lo que le pidiera—. No puedo dejar a James en este momento.

No importaba. No había nada que pudiera decir. Estaba sucediendo otra vez. Monstruo estaba perdido. Era culpa de Kick. Ella tenía que encontrarlo. Esta vez lo haría.

Salió a tropezones de la sala hacia el pasillo.

–Mierda —escuchó decir a Bishop en voz baja.

Esta vez ni siquiera trató de evadir las botellas vacías. No le importó hacer ruido. La habitación de James al fondo del pasillo estaba cerrada. Kick sintió un chispazo de esperanza. James había metido a Monstruo a la habitación y había cerrado la puerta. Monstruo estaba tan ciego y sordo que no había ladrado; no había hecho ni un ruido. Estaba a salvo.

–Háblame, Kick —la llamó Bishop.

–Estoy en el pasillo. Pero está bien. Creo que James encerró a Monstruo en su habitación —por supuesto que James había protegido a Monstruo. Él también lo quería. Kick tenía el cuchillo a un lado, pateaba botellas de agua para abrirse camino. Pobre perro, quizá llevaba horas ahí—. Ya casi llego a la habitación —dijo con entusiasmo—. Voy a abrir la puerta.

–¡No la toques con la mano! —gritó Bishop—. Busca un trapo limpio o usa…

Kick no escuchó el resto. Ya había dado vuelta al picaporte y abierto la puerta, lista para recibir a Monstruo entre sus brazos.

El sonido salió de su estómago, un gemido devastador desde las entrañas que le provocó mareo y le debilitó las piernas. Se puso de rodillas; el cuchillo se le cayó de las manos y retumbó en el piso.

Bishop la llamó gritando su nombre. Kick trató de respirar entre sollozos para responder.

–¿Encontraste al perro? —preguntó Bishop.

Las lágrimas escurrían por el cuello de Kick. Logró jalar aire y gritó:

–Ajá.

Le temblaban los hombros. Sollozaba tan hondo que no salía ningún sonido, tan fuerte que le dolía el cuerpo.

Monstruo estaba recostado al pie de la cama. Kick gateó hasta él. Sus ojos congelados estaban medio abiertos.

–Niño bonito —suspiró Kick, acariciando el pelaje del hocico. Le escurría sangre de la boca y la oreja. Miró su panza, donde había sido cortado, las entrañas estaban desparramadas en el suelo. Entonces Kick se inclinó y puso su cabeza contra la de su perro, inspirándolo en cada inhalación. Todavía estaba caliente. Ya lo había perdido una vez. Y luego se habían reencontrado. Pero esta vez lo había perdido para siempre. Había muerto solo, sin tener cerca a ninguna de las personas que lo amaban.

Kick levantó la cabeza, atragantándose con el llanto, y deslizó los brazos bajo su perro muerto. Cuando lo levantó Monstruo rodó hacia su pecho, con la cabeza colgando por encima de su brazo. Su peso era distinto, más denso, como si fuera su perro y no. Se puso de pie con dificultad. Sentía que la sangre de Monstruo mojaba la tela de su vestido, manchándola. Su placa sonaba a cada paso que daba y lo llevó por el pasillo hasta la sala.

Bishop estaba inclinado sobre James y había empezado a darle resucitación cardiopulmonar. Kick llegó con Monstruo en brazos hasta donde estaban, pero Bishop la detuvo con una mirada fulminante.

–¡Deja al perro en el piso! —le ordenó—. Es evidencia. Maldición, Kick, estás contaminando la escena del crimen.

La garganta de Kick estaba llena de mucosidad. No podía respirar. Eso no era evidencia. Era Monstruo.

–Suelta al maldito perro —gruñó Bishop—. Ahora.

Kick enterró el rostro en el pelaje de Monstruo, cayó de rodillas y lo rodó suavemente de sus brazos hasta el piso. Ahora se veía muerto, su cuerpo tieso cayó al suelo. Kick le acomodó las patas para que se vieran más naturales, como si estuviera durmiendo. Rozó algo con la mano. Era el talismán de alambre de James. Había sido aplastado, lo habían pisado. Kick lo alcanzó. Bishop ya no le prestaba atención; estaba enfocado en James, con los brazos estirados y bombeando su pecho. Kick miró fijo y con los ojos muy abiertos al hombre de alambre.

James.

Las manos de Bishop estaban cubiertas de sangre, su rostro estaba tenso y concentrado mientras comprimía el pecho de James una y otra vez. Kick gateó hacia el otro lado del cuerpo de James. Volteó a ver a su alrededor tratando de ayudar en algo. La sudadera de Bishop estaba hecha

bolas sobre el abdomen de James, empapada en sangre. Kick la presionó.
Puso las manos igual que Bishop, con las palmas juntas y los dedos de la
mano de arriba abrazando a la mano de abajo. Alrededor del dedo tenía
envuelto al pequeño hombre de alambre, como un anillo. Sentía el bombeo de cada compresión del pecho bajo su mano. Casi sentía que le latía
el corazón a James.

24

*L*a habitación de James estaba vacía. No le hubiera parecido extraño, excepto porque él nunca salía a ninguna parte. Kick salió de la habitación, cruzó el sótano del señor Klugman y subió corriendo las escaleras hacia la cocina. No vio a nadie. Corrió a la ventana trasera y miró hacia el patio, pero la alberca estaba vacía. Sintió una pequeña fracción de pánico cosquillearle en la garganta, como una araña trepando hacia su lengua. Corrió por la casa, el comedor, la sala. ¿Todos se habían ido? ¿La habían dejado sola?

Casi se ponía a llorar cuando escuchó voces provenientes del garaje. Se sintió tan aliviada que estuvo a punto de abrir la puerta sin tocar. Se detuvo y tocó la puerta, escuchó la voz de su padre llamándola. Cuando abrió ahí estaban, su padre y el señor Klugman. La puerta del garaje estaba abierta. El brillante sol de San Antonio se derramaba hacia dentro. Era tan cálido, no parecía que estuvieran afuera.

–Es Miss América —dijo el señor Klugman, y el rostro de Beth resplandeció.

–Pensé que te habías ido —dijo.

–El señor Klugman se compró un coche nuevo —dijo su padre.

El coche era rojo brillante, color cereza.

–¿Dónde está James? —preguntó Beth.

–Se ha ido —dijo su padre.

Beth sabía que lo mejor era no hacer más preguntas.

25

J ames ya no estaba. Se lo habían llevado en una camilla.

Kick no sabía quiénes eran esas personas. Pero la dejaban sola, dando pasos a su alrededor en el piso. Había jalado a Monstruo y lo tenía sobre su regazo, sosteniéndolo entre sus brazos. Su cuerpo estaba pesado. Kick tenía el vestido cubierto con pelo de perro y sangre y algo parecido a la sangre pero más pegajoso. El piso donde había estado James estaba rojo. Huellas de sangre dejaban rastros sobre los papeles esparcidos por el piso. Kick reconoció la marca de las suelas de sus propias sandalias.

El hombre de alambre de James estaba arruinado. No sabía cómo arreglarlo. Torció alrededor de su dedo el anillo que había hecho con él. James estaría furioso.

¿Dónde estaba? Recordó que Bishop se hizo a un lado y se sentó para dejar a los paramédicos hacerse cargo de las compresiones, observando cómo subían a James en una camilla. Alguien le quitó a Kick la sudadera que tenía en la mano y la puso en una bolsa de plástico.

Y luego James ya no estaba.

Los paramédicos ya no estaban.

Kick alisó el pelo de la frente de Monstruo.

Bishop todavía estaba ahí. Hablaba con uno de los hombres armados.

Agentes del FBI. Eso eran. Todos llevaban Glocks. Como los que habían ido por Beth. Sólo Kick era Beth. Kick era Beth esa noche en la granja. Todavía escuchaba la voz de Frank dentro de su cabeza.

–*Una vez tuve un perro —dijo ella, recordando.*

Frank estaba inmóvil.

–¿Cómo se llamaba? —preguntó.

Alguien gritaba.

–¿La llevaste a verlo? —dijo una voz con tono de incredulidad—. ¿Qué demonios te pasa?

Era Frank.

Su voz: ahora, aquí, en esa habitación. De verdad. Kick se estiró para ubicarlo.

Pero la voz que escuchó era de Bishop. Estaba hablando con alguien que acababa de llegar.

–No trabajo para ti, Frank —decía Bishop—. No tenía que llamarte. Pude haberme ido si quería.

Kick enredó los dedos en el pelaje de Monstruo, no entendía muy bien qué era real y qué no.

Observó que Frank apuntó con un dedo a la cara de Bishop.

–Ni siquiera eres tan imbécil como para eso —dijo Frank.

Un póster en la pared mostraba una foto de unas huellas sobre arena blanca en una playa. *¡Las vacaciones de tus sueños, hoy!*, prometía.

–Es él —le dijo Bishop a Frank—. James fue una de sus víctimas. ¿Esto? Es él. Hay un video de la conversación grabado por la cámara de seguridad de la prisión. Ya sabes a quién pedirle una copia.

La cabeza de Monstruo estaba muy pesada.

–Es una niña —dijo Frank, volteando a ver en dirección a Kick preocupado.

–Ya no —dijo Bishop.

Entonces Frank se acercó a ella, caminando con cuidado alrededor del plástico amarillo que marcaba la evidencia, y se detuvo para encontrar un lugar donde poner el pie.

–No la toques —le dijo Bishop—. Su ropa no ha sido procesada. Y no quiere soltar al perro.

Monstruo se veía en paz. Kick le había cerrado los ojos. Mientras no lo viera, podría jurar que estaba dormido. James estaba dormido. Podrían dormir juntos.

Frank estaba parado junto a Kick, y ella levantó la cabeza para mirarlo. Sus cejas rojizas todavía estaban salpicadas de pelos rubios.

–¿En verdad estás aquí? —preguntó Kick. Quería estirar la mano y tocarlo, ver si era de humo. Era más bajo de como lo recordaba. Sus ojos eran más pequeños. Viéndolo ahora, se daba cuenta de que ni siquiera era tan viejo. Ella era la vieja. Tan vieja como el universo.

Frank se puso en cuclillas.

—Aparezco cuando me necesites. Es nuestro trato.

Kick movió los dedos sobre la cabeza de Monstruo, sintiendo su cráneo, su realidad.

—Mató a mi perro —murmuró.

Frank torció la boca.

—Lo sé —volteó a ver por encima del hombro por un segundo y cuando regresó la mirada sus ojos estaban rojos—. Pero ahora es tiempo de irnos.

—No quiero dejarlo solo —dijo Kick. Sentía el pánico de Beth en su pecho. A Beth nunca le había caído bien Frank. Beth había querido matarlo de un disparo—. No me alejes de él —suplicó.

Frank se talló los ojos con el pulgar.

—Cuando te encontré ni siquiera podías decirme tu nombre, ¿recuerdas? —preguntó Frank. Alzó los hombros y los dejó caer—. Pero me dijiste el nombre de tu perro; recordaste el nombre de Monstruo. Y así supe quién eras. Él te ayudo a volver a casa —Frank tenía la chamarra abierta y Kick vio que traía enfundada una Glock 27 con municiones .45 Smith & Wesson, lo suficientemente cerca como para arrebatársela—. Y ha sido un gran perro, ¿verdad?

Kick miró a Monstruo. Ésta sería la última vez que lo vería, su pelaje gris, sus orejas peludas, su nariz rasposa.

Ay, Monstruo, no.

Frank estiró la mano y acarició el cuello de Monstruo. Carraspeó.

—Ya no está caliente, ¿verdad?

Kick se tragó las lágrimas, tosió y negó con la cabeza. Ya no estaba caliente.

—Es hora de irnos —dijo Frank otra vez.

Podía hacerlo; tenía que hacerlo. Frank la ayudó a mover el cuerpo de Monstruo para levantarse. Él se puso de pie y le ofreció la mano a Kick.

—Vamos.

Se fue con él. Tal vez porque eso era lo que había hecho años atrás en la granja, cuando la había guiado para salir del sótano de Mel, afuera de la madriguera, hacia el mundo. Tal vez sólo estaba cansada. La sangre en su vestido amarillo se estaba endureciendo y la tela le raspaba la piel al moverse.

Frank apuntó al suelo, a la ventisca de papeles y sangre.

–Con mucho cuidado.

Kick trató de pisar donde él le indicaba. Alrededor de la taza de Cthulhu de James, que estaba rota en el piso. Pelos de perro salían flotando de su vestido al moverse. Una docena de personas se apretujaban alrededor del perímetro de la sala tomando fotos, escribiendo en pequeñas libretas de notas, yendo y viniendo. Una Glock 22, una Glock 23, una Glock 27.

–¿Dónde está James? —preguntó. Apenas se escuchaba su voz.

–Voy a llevarte con él —dijo Frank—. Sólo tenemos que revisarte primero.

La condujo hacia donde Bishop estaba parado sobre un recuadro de plástico y la puso junto a él. El sonido del plástico arrugándose bajo sus sandalias le daba escalofríos.

Se disparó el flash de una cámara.

Una mujer se paró frente a Kick. Tenía guantes azules de látex, un rompevientos negro del FBI y un rostro amigable y pecoso. No llevaba pistola. Le lanzó a Kick una sonrisa reconfortante.

–Soy Mina —dijo—. Diminutivo de Benjamina —sonrió con satisfacción—. Mis papás esperaban tener un niño —tenía una mirada amable, y Kick se concentró en sus ojos—. Sólo voy a echar un vistazo, para asegurarme de que no tengas algún cabello o fibras que sean útiles en la investigación.

Kick asintió.

Frank tenía las manos sobre las caderas y observaba la habitación, emitiendo un silbido suave.

–¿Registraron el lugar? —preguntó.

El piso estaba cubierto de notas. Hojas impresas cubrían las paredes. El tablero de tiro al blanco de James todavía estaba en el piso, donde se había caído. Kick sintió una punzada de culpa por no haberlo vuelto a colgar.

–Sé cómo piensa ella —dijo Bishop—. Imprime todo y lo observa.

¿Cómo sabía la forma en que pensaba? No la conocía para nada.

–Bueno, nos tomará toda la noche procesarlo —dijo Mina. Giró el dedo y Kick, siempre obediente, se dio la vuelta. El collage que había hecho la noche anterior ondeaba sobre la pared de enfrente. Todos los niños desaparecidos, sus notas, y detrás de eso una serie de destinos exóticos: *¡Conoce Italia! ¡Crucero en las Maldivas! ¡Visita Israel!*

Bishop también se dio la vuelta, de forma que ambos estaban uno al lado de otro, mirando la pared.

En medio de los dos, al nivel de los ojos, estaba la fotografía de Adam Rice sobre la Torre de Pisa. Alrededor de Adam, circulando su imagen, había diez fotos de otros niños caucásicos de cabello oscuro tomadas del sitio de internet del Centro Nacional de Niños Desaparecidos y Explotados. Los ojos de Kick se posaron de imagen en imagen.

—Lograste resolver bastante —dijo Bishop e inclinó la cabeza hacia la pared.

—James encontró el patrón —dijo Kick. Su voz sonaba muy bajita y lejana—. Es bueno con los patrones.

Pero ella no. No lo había visto, y lo tenía justo enfrente. El colorido, la complexión delgada. Si hubiera tomado una fotografía de James el día que se conocieron, la habría puesto directo en la pared junto con los niños desaparecidos.

—La persona que estuvo aquí —dijo—. Es él. El hombre del que habló Mel.

—¿Viste las muñecas de James? —preguntó Bishop.

Kick sintió una oleada de frío instalarse en su piel. Apretó los dedos para sentir que el talismán de alambre aún estaba ahí.

—Marcas de ataduras recientes —dijo Bishop.

La actividad detrás de ellos se convirtió en ruido de fondo. Estaban sólo Kick y Bishop y la pared y la sangre de James.

—¿Por qué? —preguntó ella. Después de todo este tiempo, ¿por qué regresaría por James?

—Quítate la camisa —le dijo Frank a Bishop, y Kick volvió de pronto a la realidad del departamento, la policía, los investigadores de la escena del crimen, todos husmeando entre las cosas de James.

—Con permiso —le dijo Bishop a Kick. Se dio la vuelta, se quitó la camisa por encima de la cabeza y la echó a una bolsa de plástico. Kick se sorprendió al ver que todavía tenía las puntadas negras repartidas en la espalda, la piel aún inflamada; le sorprendió darse cuenta de que sólo había pasado un día desde que la paramédico le había cosido las heridas.

Frank le extendió un paquete de toallitas Huggies a Bishop.

–Límpiate —le dijo.

Mina retiró algo del hombro de Kick, y ella volvió a mirar hacia los rostros de los niños desaparecidos. El sonido mojado de las toallitas al ser extraídas del paquete enfatizaba la conversación que tenía lugar detrás de ella, y olía el distintivo aroma a talco. Volteó a ver abajo de la pared las notas que había escrito en pedazos de papel. Estaban resaltadas y circuladas en morado: *Extraficante de armas. Pero no le gustan las pistolas. Excelente conductor. Jet privado. ¿Cómo obtuvo la cicatriz en el cuello? Isla. Adúltero. Esposa. Idiota titulado.*

Algo cayó sobre la cubierta de plástico a sus pies y volteó para ver una de las toallitas usadas, manchada de sangre, desechada junto al talón de Bishop. Recorrió su cuerpo con la mirada. Los músculos de los largos brazos de Bishop se tensaron mientras se limpiaba la sangre de las manos.

–Estás lista —dijo Mina. Todavía aturdida, Kick volteó hacia la habitación. Mina estaba guardando sus instrumentos—. Vamos a necesitar el vestido —le dijo a Frank.

Kick miró la parte de enfrente del vestido, la sangre, el pelo de Monstruo, los últimos rastros de su perro.

–No —dijo ella, suplicando—. Frank, por favor.

Frank tosió y se volteó a un lado.

–Todo en el vestido es del perro —dijo Bishop—. La sangre en sus manos es de la víctima. Y querrán sus zapatos —Bishop sacó otra toallita del paquete y comenzó a quitarse la sangre de las uñas.

–Sí, de acuerdo —dijo Frank.

Kick los dejó hacer lo que quisieran con ella, la colocaron para tomar todo tipo de fotografías. Alguien le desató las sandalias y se las quitó, dejándola descalza sobre la cubierta de plástico.

Al fin terminó. Frank tomó su mano llena de sangre y con cuidado comenzó a limpiarla con una toallita. Se sentía mojada y fría. Pasó la toallita sobre el anillo del hombre de alambre.

–Detente —le dijo Kick.

Frank la miró sorprendido. Kick le quitó la toallita.

–Yo puedo hacerlo —dijo y comenzó a limpiarse la palma de la mano—. Quiero mi bolsa. Está en el pasillo. Adentro están mis chacos y mis estrellas ninja —Frank asintió levemente. Pero lo que ella en realidad necesitaba era información, y Frank no podía ayudarla con eso. Sólo había una persona que podía—. Necesito un minuto —dijo y le lanzó una mirada a Bishop—. Con él.

Frank se tensó.

–Te va a mentir —dijo Frank—. Lo conozco. Y te va a mentir.

–*Tú* me mentiste —le recordó Kick.

Frank hizo una mueca.

Bishop estaba inmóvil, mirándolos.

Frank miró el techo y luego a Bishop. Sus orejas pecosas estaban rosadas.

–Pisa con cuidado, amigo —le dijo a Bishop—. No me importa para quién trabajes —volteó hacia Kick—. Voy a hacer una llamada. Me tomará unos cuatro minutos. Recogeremos tu bolsa de salida.

Frank salió, sacó su celular y dio la vuelta hacia el pasillo. Kick escuchó el sonido de una botella de plástico rebotando en el piso, y luego a Frank maldiciendo. Mina tomaba huellas de la superficie del escritorio de James. Los monitores habían sido apagados, y un técnico estaba empacando todo el equipo de computación en cajas de evidencia.

–Esto no tuvo nada que ver contigo —le dijo Bishop en voz baja.

Kick le lanzó una mirada penetrante.

–No sabes de lo que estás hablando.

–Tuvo un amorío con tu madre —dijo Bishop—. No tuvo nada que ver contigo.

El pulso de Kick latía fuerte en sus sienes.

–A Frank no lo han ascendido en casi una década —continuó Bishop—. Así que, lo que sea que sucedió entre ellos, supongo que el FBI lo sabe.

–Tú no sabes nada —ladró Kick y empuñó la mano—. Crees que lo sabes pero no es así.

–Está bien —dijo Bishop.

Kick tomó una toallita del paquete y comenzó a frotar con furia la sangre en la palma de su mano.

–Estás en deuda conmigo —le dijo a Bishop. Lo miró a los ojos—. Eres una especie de policía.

Bishop sacó otra toallita del paquete.

–Solía ser una especie de policía. Ahora trabajo en seguridad privada.

–Tú dijiste que eras traficante de armas —dijo Kick.

–Lo era —dijo Bishop, limpiándose entre los dedos—. Parte de mis responsabilidades con mi jefe era ser la imagen pública de su operación. Ahora trabajo en proyectos especiales.

–¿Para quién trabajas? —preguntó Kick.

–Para un hombre llamado Devlin —sacó otra toallita y se la ofreció.

–¿Devlin? —preguntó Kick—. ¿Sólo tiene un nombre?

–David Decker Devlin —dijo Bishop—. Pero a *él* tampoco lo vas a encontrar en internet.

Kick no sabía si creerle o no. Aventó la toallita que estaba usando y tomó la nueva que Bishop le dio.

–¿Por qué está tan interesado en encontrar niños desaparecidos?

Los ojos de Bishop eran impenetrables.

–A él le interesa mantenerme contento. Hago mucho trabajo para él. Esto es sólo una pequeña parte.

–Bishop no es ni siquiera tu nombre real, ¿verdad? —dijo Kick.

Sonrió débilmente.

–Viste mi licencia de conducir.

Frank regresó y caminó hacia ellos con algo bajo el brazo.

–Voy a encontrar a quien sea que haya hecho esto —susurró Bishop.

Yo también, pensó Kick.

Frank le lanzó a Bishop algo envuelto en una bolsa de plástico de polietileno.

–Mina quiere que te quites los pantalones —dijo—. Puedes ponerte esto. Supongo que tu jefe querrá que supervises cómo se procesa la escena del crimen, ¿verdad?

–Él apreciará tu cooperación, como siempre —dijo Bishop—. Le dio a Kick las toallitas y la bolsa de polietileno, que tenía una etiqueta que decía *Overoles Tyvek*, y comenzó a desabotonarse los jeans.

Frank lo miró exasperado.

–Dios mío —dijo.

Bishop estaba parado sin camisa y con los pantalones abiertos y bajo las caderas. Un camino de vello negro se dibujaba desde el ombligo hasta el inicio de la ropa interior negra. Encogió los hombros y preguntó a Frank.

–¿Qué?

–Voy a llevar a la niña al hospital a ver al chico —dijo Frank.

El hospital.

El paquete de toallitas y los overoles Tyvek se le cayeron a Kick de las manos.

James estaba vivo.

–Todavía no está fuera de peligro —añadió rápido Frank—. Perdió mucha sangre —Kick lo siguió, impactada, mientras la conducía hacia fuera de la cubierta de plástico—. Le aplicaron una transfusión en emergencias y acaba de entrar a cirugía —le lanzó una mirada recelosa a Bishop—. Pero al parecer nuestro amigo no es tan mal médico.

–Deberías poner un guardia en su habitación —le dijo Bishop. Se había quitado los pantalones y los estaba metiendo en una bolsa de plástico.

–Proteger a la única persona que puede identificar a un asesino de niños —respondió Frank—. Nunca se me hubiera ocurrido.

Kick miró su mano, al talismán de alambre de James, y luego observó el lugar en el piso donde lo había encontrado, donde yacía Monstruo.

–¿También quieres los calzones? —le preguntó Bishop a Frank.

Monstruo no parecía estar dormido. De alguna forma, ahora se veía demasiado plano, como si una parte sustancial de él se hubiera desinflado. Junto a él, en el piso, había un marcador de evidencia amarillo con el número 24 pintado con negro. Eso era ahora: evidencia. Otro riesgo biológico de la escena del crimen.

–¿Qué va a pasar con mi perro? —le preguntó Kick a Frank.

Frank respiró hondo y parecía tener un repentino dolor de cabeza. Nunca había sido bueno para darle las malas noticias.

Kick miró a Bishop, quien tenía una pierna metida en una especie de traje de papel blanco con cierre.

–¿Qué va a pasar con mi perro? —insistió Kick.

Bishop hizo una pausa con los pantalones a las rodillas, y volteó a ver a Frank.

–Hay protocolos —dijo Frank tocándose la oreja. Ni siquiera podía mirarla—. Para desechar de la escena del crimen… evidencia biológica.

–Te refieres —dijo Kick aturdida— a que será incinerado con una bola de desechos biológicos.

Desechado y quemado. Descartado. Eso lo hacía peor. Hacía que su fracaso en protegerlo fuera más rotundo.

–Yo me ocuparé de eso —dijo Bishop.

–¿Qué? —preguntó Kick, sin saber si había escuchado bien.

Bishop ya tenía el traje puesto y estaba subiendo el cierre, sin mirarla siquiera.

–Yo me voy a encargar de tu perro —dijo. Se ajustó los puños de las mangas de papel blanco—. Yo lo voy a enterrar. Cuando hayamos terminado.

Y a pesar de todas sus mentiras, Kick le creyó.

26

La sala de espera del hospital estaba fría y el vestido amarillo se sentía harapiento y frágil. Un par de pantuflas de hospital hacían poco para calentar sus pies descalzos. Kick tomó un pelo de Monstruo de la tela con estampado de margaritas y lo colocó con cuidado sobre un montoncito que estaba haciendo en el tapiz del sillón junto a ella. Todo parecía más ruidoso, más brillante: estaba sumamente consciente del sistema de ventilación del hospital soplando aire sobre su piel, el incesante zumbido de las lámparas fluorescentes sobre su cabeza. La estática del sistema de altavoces era ensordecedora. Los colores se veían diferentes; incluso el soso tono terracota de los muebles se veía eléctrico. Pero el color que destacaba en la habitación era el rojo del vestido de Kick. Era el rojo más intenso que hubiera visto. Despegó otro pelo de Monstruo de la tela llena de sangre endurecida y la puso con las otras.

Escuchó los pasos de Frank en el pasillo, y luego la puerta se abrió y entró con dos tazas de café. Kick tenía la cabeza agachada y su pelo formaba una pantalla alrededor de su cara, y él no vio los ojos de Kick para darse cuenta de que ella lo miraba. Por un instante vio su verdadero rostro, deteriorado y demacrado, con rastros de tristeza y cansancio. Pero cuando puso la taza de café frente a ella momentos después, sus facciones se habían transformado y mostraban una preocupación amable.

Qué extraño que estuviera él ahí, ahora, por eso.

Los psiquiatras siempre le preguntaban por Frank. Kick había cometido el error de contarle al junguiano sobre las tarjetas de Navidad. Desde entonces, no le había dicho ni una palabra a ningún terapeuta acerca de él.

Miró el café que Frank había colocado frente a ella. No tomaba café nunca, pero no había forma de que Frank lo supiera. La única versión que él tenía de ella era de cuando tenía 12 años.

–Todavía está en cirugía —dijo Frank. Se tomó su tiempo para quitarse la chamarra y colocarla doblada sobre una silla cercana. Su abdomen blando le colgaba por encima del cinturón. Las axilas de su camisa blanca estaban manchadas de sudor. Se arremangó la camisa y se estiró, y luego se sentó despacio a su lado. Cuando lo hizo, Kick sintió que el sillón se deslizó un poco hacia atrás. Él no dijo nada. A ella no le importó. Habían pasado nueve años. Y Frank nunca había sido bueno para entablar pláticas triviales. La única persona con la que lo había visto tener conversaciones vibrantes era su madre. Ya llevaban tres horas en el hospital y Kick no había dicho ni una palabra en todo ese tiempo, así que quizás él estaba acostumbrado al silencio. Frank miró pensativo la tapa de su café y de nuevo su expresión fue de abatimiento. Lanzó un suspiro hondo. Kick lo escudriñaba a través de su pelo y se dio cuenta de que no estaba triste en absoluto; simplemente las líneas de su rostro se habían marcado así.

Frank la sorprendió viéndolo y se le iluminaron los ojos. Tomó su chamarra y sacó una barra de chocolate de su bolsillo. Se la ofreció.

–Toma, come esto —dijo. Frunció el ceño—. ¿Todavía te gustan los Snickers?

Frank había hecho eso durante el juicio: le compraba dulces para animarla.

–Me compraste un chocolate —dijo Kick con escepticismo. Era un gesto tan extraño que no sabía qué pensar al respecto.

Frank se encogió de hombros.

–¿Qué? ¿Ya eres demasiado grande para comer chocolate?

De hecho, se estaba muriendo de hambre. Tomó el chocolate, abrió la envoltura y lo mordió. Por un instante se sintió mejor.

Frank le quitó la tapa de plástico a su café y le sopló, complacido consigo mismo.

Kick se comió la mitad del chocolate, tragando cada bocado después de masticarlo sólo un par de veces. Sentía las láminas de chocolate en los rincones de su boca.

–¿Te llegan mis tarjetas? —le preguntó Frank.

Kick dejó de masticar a medio bocado.

Frank se dio cuenta de que no era el momento, que no estaba lista, porque se replegó ligeramente en el sillón.

–Está bien —dijo, rascándose el cuello—. Olvídalo.

Ella siguió masticando, pero tenía la saliva espesa por el chocolate y sentía la boca pegajosa. Dejó el resto sobre la mesa.

–¿Sabes cuál es su verdadero nombre? —preguntó Kick.

Frank le sopló otra vez a su café.

–Nop —dijo.

Permanecieron sentados en silencio por un rato, Frank soplándole a su café y rascándose la barba, luego dando pequeños sorbos de la taza y de nuevo soplando; Kick seguía retirando del vestido los pelos de su perro muerto y los ponía en el montoncito sobre el sillón.

–¿Y ahora el FBI permite que ciudadanos privados intervengan en las investigaciones? —preguntó Kick.

Frank respiró hondo y tomó un trago de su café, a pesar de que todavía humeaba y parecía quemarle. Luego colocó la taza sobre su rodilla y la sostuvo ahí.

–El tipo para el que trabaja —dijo Frank—, ese tipo derroca gobiernos —levantó un poco las cejas—. Gana guerras, Kick. Si nuestro gobierno tiene un interés especial en el resultado de una revolución, y siempre lo tiene, el jefe de Bishop recibe una llamada. Consigue las armas. Se mancha las manos de sangre. Sin sesiones del Congreso. Estados Unidos se hace de la vista gorda. Nuestros intereses internacionales están protegidos —se rio entre dientes y meneó la cabeza—. ¿A un tipo como él? Le das todo lo que quiera.

Kick notó que Frank no mencionó el nombre de Devlin, así que ella tampoco lo hizo.

–Pensé que el jefe de Bishop estaba retirado —dijo.

–Tipos como él no se retiran.

–¿Y qué hago yo? —preguntó Kick vacilante—. ¿Me voy a casa y pretendo que nada de esto sucedió?

–No quiero que vuelvas a casa, chiquilla —dijo Frank. No hasta que tengamos claro qué sucede.

Kick vio que Frank echaba un vistazo a su reloj.

–Pero tengo que volver a trabajar —anunció y se puso de pie. Tomó la chamarra de la silla. No estaba mirando a Kick, y a ella le pareció que se estaba esforzando para no verla.

Entonces supo lo que había hecho. Todo tenía sentido. Incluso cuando era niña había notado que era un sentimental.

–La llamaste, ¿verdad? —dijo Kick.

Se veía avergonzado, descubierto. Kick no entendía cómo había sido capaz de tener un amorío con su mamá a lo largo de un año. Él se quebraba ante la mínima presión.

–La llamé.

Kick respiró temblorosa y su mirada se posó sobre el montoncito de pelo de perro que había hecho. En realidad no era tanto pelo ahora que estaba todo junto.

Frank se rascó la nuca.

–Es tu madre —dijo.

Paula había hecho una carrera con eso.

–Lamento que no pueda quedarme —dijo Frank al ponerse la chamarra—. Ellos me avisarán sobre James.

Kick vio a través de él. Siempre lo había hecho.

–Sólo estás tratando de escaparte antes de que ella llegue.

Frank titubeó.

–Ya sé que piensas que soy un cobarde —dijo.

Kick deseó no haberlo dicho. Estaban atados, ella y Frank. Comprendían algo el uno del otro.

–Tú me salvaste —dijo ella.

Frank le sonrió con amargura.

–Y luego destrocé a tu familia —respondió. Bajó la mirada y se dirigió hacia la puerta—. Soy un verdadero caballero.

Kick recogió todo el pelo de perro y lo puso en la palma de su mano.

–Bueno, es verdad —dijo en voz baja para sí misma.

Escuchó abrirse la puerta y levantó la vista. Frank estaba parado frente a su mamá. Kick creía que ya había tenido su cuota de intensidad emocional de ese día, un punto en el que el universo dice *Suficiente*. Frank se sobresaltó y dio un brinco hacia atrás, y casi pareció cómicamente aterrado. Paula Lannigan pasó a su lado como si nada con el celular pegado a la oreja, con una blusa de satén dorada y brillante y unos pantalones verdes. Traía el cabello rubio levantado en un elaborado peinado. Estaba maquillada por completo. Kick se preguntó con tristeza si su mamá se había detenido a dar una entrevista de camino al hospital.

Paula bajó el celular.

–Hola, Frank —dijo por encima del hombro.

–Hola, Paula —balbuceó Frank. Hizo un ademán nervioso con las manos indicando la mesa—. Hay café para ti. Dos de Splenda.

Paula asintió distraída y luego se acercó a Kick, se sentó junto a ella y le pasó un brazo por encima de los hombros.

Kick tuvo una vaga noción de Frank diciendo adiós y yéndose. Su madre le apretó los hombros. Kick no podía mirarla. El vestido parecía tapiz de baño, pero era caro. Los regalos de su madre siempre eran caros.

En cambio, Kick fijó la vista en su regazo. Había pelo de perro en el dobladillo; lo retiró y lo puso en el montoncito. El brazo de su madre seguía alrededor de sus hombros, como una presión estable y paciente.

Olía a Eternity de Calvin Klein. Había olido así desde siempre.

Kick sabía lo que su madre diría: que debió dormir a Monstruo meses atrás, que había sido egoísta. Y Kick sabía que tenía razón, porque si lo hubiera hecho entonces habría estado ahí y su perro no habría muerto solo.

Su madre le dio una extraña palmadita en el hombro.

–Le diste una buena vida —dijo.

Kick trató de recordar y era la primera vez que su madre decía lo correcto.

Kick soltó un pequeño gemido. Después las compuertas se abrieron. Su madre la abrazó, Kick se aferró a ella y lloró.

27

—Pasé la noche en casa de mi mamá —le dijo Kick a James.

Estaba vestida con la ropa de su madre, tenía la cabeza nublada por las medicinas de su madre: Ambien, para ayudarla a dormir la noche anterior; Klonopin, para la ansiedad en la mañana. Debido a las pastillas Kick se sentía somnolienta y sedienta, pero las tomó sin protestar. Quería adormecer sus sentidos.

–Si pudieras abrir los ojos te reirías —continuó—, te reirías.

Los jeans oscuros de diseñador de su madre le quedaban largos por unos centímetros, y el suéter gris con cuello holgado y pliegues y caída asimétrica se veía provocador en el clóset de su madre, pero en Kick parecía que tenía la camisa al revés. El único par de zapatos de su madre que más o menos le quedó eran unas sandalias rosa eléctrico con tiras plateadas y lentejuelas encima.

–Te morirías de la risa.

La cabeza de James estaba recostada sobre una almohada y su boca estaba abierta, con un tubo transparente que había sido insertado en su garganta y que estaba sujeto a su boca con cinta quirúrgica. El otro extremo del tubo conducía a un respirador artificial. El silbido de cada respiración forzada tenía una cualidad mecánica, cada respiración duraba justo lo mismo, con intervalos exactamente iguales. Sus hombros delgados estaban desnudos. Tenía demasiadas vendas como para tener puesta una bata; tenían que cambiar los vendajes y limpiar los catéteres. Había tubos drenando su abdomen; un catéter enviaba fluido a una bolsa que estaba debajo de su cama. Sus brazos delgados tenían varias canalizaciones y estaban envueltos en más cinta quirúrgica. Unas vendas cubrían las marcas de ataduras en sus muñecas.

No estaba dormido, ni siquiera inconsciente; estaba sedado, lo que era peor. No se movía ni pestañeaba. Su pecho y su barbilla se movían al compás de la máquina. Si no fuera por eso parecería un cadáver.

Kick lo observó durante un rato, luego sacó las esposas de su bolsa que estaba debajo de la silla y se esposó la muñeca al barandal lateral de la cama de James. Era una actividad, una forma de mantenerse centrada, como jugar solitario. Kick podía hacerlo estando dormida. Pero algo salió mal. Estiró el clip e hizo una curva en un extremo, pero no se enganchaba al agujero de la llave. Lo sacudió pero no sirvió de nada. Frustrada, comenzó de nuevo, esta vez hizo la curva en el otro extremo. La esposa de metal tintineaba al golpearse contra el barandal mientras trataba de insertar el clip en la cerradura. Kick comenzó a sudar. El pecho de James se expandía y se contraía. La respiración de Kick era el doble de rápida. Miró hacia la puerta e intentó pensar cómo le explicaría lo sucedido a la enfermera.

—Esto no es divertido —le dijo a James.

El clip saltó de la mano de Kick y cayó debajo de la cama.

Kick recargó la frente contra el borde del colchón y trató de centrarse.

Se abrió la puerta. Se asomó, esperando ver a una enfermera. En cambio, Bishop entró caminando. Inclinó la cabeza a un lado y la miró con curiosidad. Kick trató de parecer casual. Levantó la mano esposada a la cama y lo saludó.

—Hola —le dijo.

—Hola —dijo Bishop. Se dirigió hacia la terminal de cómputo que estaba enfrente de la cama y tecleó algo. Kick observó que los reportes médicos de James aparecieron en la pantalla y Bishop comenzó a pasar las páginas.

—Aquí las cosas parecen estar en patrón de espera —dijo mientras leía en la pantalla. Fijó la atención en James. El rostro de Bishop no expresaba nada, pero miró a James por un minuto completo. Luego se agachó, recogió el clip del piso y se lo dio a Kick sin decir nada.

Kick comenzó a tratar de abrir las esposas otra vez.

—Pasé la noche en casa de mi mamá —dijo.

—Eso explica tu ropa —dijo Bishop—. ¿Y por qué hueles a Eternity?

Kick miró su blusa con vergüenza.

–Me dio pastillas —dijo—. Mi cabeza está un poco confusa.

¿Eternity? ¿Cómo conocía el perfume de su mamá? Se dio cuenta de que él no había tenido problema en obtener una muda de ropa limpia. Jeans negros, camiseta gris y saco negro. Tal vez guardaba un conjunto libre de manchas de sangre en cada ciudad, por si acaso. Kick hizo un gesto de impotencia con las esposas.

–¿Me puedes echar una mano?

Bishop miró las esposas.

–No sé cómo abrir una cerradura.

–¿En serio?

–No tengo idea —dijo Bishop.

–¿Y por qué estás aquí? —preguntó Kick mientras miraba a través de la cerradura, tratando de ver lo que estaba haciendo—. Él no puede responder preguntas.

–Puedo ingresar a su expediente médico desde mi celular —dijo Bishop—. Quería ver cómo estabas tú.

Ella percibía que Bishop la miraba y sintió tibia la nuca.

–¿Encontraste algo útil en el departamento?

–Todavía es posible que en el laboratorio encuentren algo —dijo él.

Ella sabía que eso significaba que no habían encontrado nada. Lo supo desde el momento en que Bishop entró por la puerta, porque sólo podía estar ahí por una razón. Kick sacudió el clip.

–Quieres que hable otra vez con Mel —dijo.

El respirador artificial silbaba. El pecho de James se elevaba y bajaba.

–No —dijo Bishop.

Kick levantó la mirada, tenía el clip en la mano.

–James no puede ayudar. Mel conoce a todos en ese mundo. Si él no tiene información que darnos, nos dirá cómo encontrar a alguien que sí la tenga. Puedo manejar esto. Quiero hablar con él. Quiero… —Kick se detuvo antes de decirlo.

–Mel entró en coma esta mañana —dijo Bishop en voz baja.

Le tembló la mano a Kick y el clip hizo ruido al golpear contra las esposas.

–Ah —dijo ella. Colocó el clip sobre la cobija blanca de James.

A diferencia del suave ritmo del respirador, de pronto Kick respiraba demasiado rápido y corto.

Fijó la atención en el clip. Hizo que fuera su mundo entero. No trató de reír ni de gritar ni de decirse a sí misma afirmaciones. No quería sentir.

–Necesito hacerte unas preguntas —dijo Bishop.

Ella no respondió.

–¿En qué año estuviste en San Diego? —preguntó.

Kick estaba consciente de su mano esposada y colgando; del talismán de alambre de James, todavía envuelto alrededor de su dedo; del clip en la cobija blanca.

–No lo sé.

El respirador artificial zumbaba.

–James tenía nueve —dijo—. Así que yo tenía siete —levantó el clip y lo volvió a meter en la cerradura.

–¿Por cuánto tiempo estuviste ahí?

–Unas cuantas semanas —dijo Kick—. Era verano.

–Siempre es verano en San Diego —dijo Bishop.

–No —dijo Kick con firmeza—. Era julio. Recuerdo los fuegos artificiales del 4 de julio. Podía escucharlos.

La respiración de James era estable como el tic-tac de un reloj. Cada inhalación iba en su contra. Cada día que James estaba conectado al respirador artificial aumentaba la probabilidad de que no despertara.

–¿Puedes encontrar la casa? —preguntó Bishop.

Kick lo miró desconcertada.

–¿En San Diego? —preguntó—. Klugman desapareció. Quizá para estos momentos ya cambió su nombre diez veces. Incluso si lo hallaras, vendió a James a este tipo hace catorce años. No podrá ayudarte a encontrarlo.

–¿Puedes encontrar la casa? —repitió Bishop en calma.

Kick atoró el clip en la cerradura. James ni siquiera parecía él mismo. Se veía como una concha, como si hubiera mudado de piel.

Ella podía quedarse ahí sentada, con la ropa de su mamá, escuchando una máquina contar los minutos para la muerte de su hermano, o podía descubrir quién había hecho eso. Kick sintió que el clip se enganchaba y giró el alambre 90 grados. La cerradura hizo clic y el brazalete se abrió.

Se recargó en la silla y suspiró. El efecto de las pastillas se estaba desvaneciendo y su cerebro volvía a estar alerta.

–Ese jet no es tuyo, ¿verdad? —le preguntó a Bishop.

–No —dijo él—. Pero a veces lo uso. Es uno de mis beneficios corporativos.

Kick tenía condiciones.

–Quiero una pistola —dijo.

Bishop sonrió.

–¿Eso es un "sí"? —le preguntó a Kick.

–Es un "tal vez" —pensó que así tendría algo que hacer; la sacaría de esa habitación. La idea de una vida sin Monstruo o James la aterrorizaba más de lo que pudiera admitir frente a nadie—. Tal vez podría encontrar la casa.

Bishop buscó debajo de la chamarra, a la altura de la espalda baja, sacó una 9 mm semiautomática y se la dio a Kick.

Ella volteó la pistola en sus manos, el corazón le latía con fuerza. La estructura de polímero, el acabado negro, el gatillo de acero forjado, la corredera recubierta con Tenifer, biselada al frente para enfundarla con mayor facilidad. Conocía esa pistola. Era su Glock.

–Tú dijiste…

–Mentí —dijo Bishop.

28

—¿**Y**a no tenemos autos elegantes? —preguntó Kick, mientras observaba decepcionada el insulso interior del Chevy Impala que Bishop había rentado en el aeropuerto de San Diego.

–Los autos elegantes llaman la atención —dijo Bishop.

–Pero este auto es azul eléctrico —dijo Kick.

–Es color topacio, y era el único modelo grande que tenían disponible —dijo Bishop—. Además, tiene una cajuela grande.

Kick dejó el tema. No quería saber por qué Bishop consideraba que una cajuela grande fuera un plus. Ciertamente no la necesitaban para guardar su equipaje. Bishop llevaba una maleta de mano y una bolsa de lona; Kick traía su bolsa roja y una bolsa de compras de Target, donde se habían detenido para que ella comprara provisiones de camino al aeropuerto. Podrían haberlas guardado todas en la cajuela de un Miata.

Kick se había cambiado la camisa de su madre y traía puesta una camiseta negra con estoperoles en las mangas que había escogido en Target. La camisa gris quizás era más apropiada para el clima de San Diego, pero Kick se sentía mejor con la camiseta negra. Quería que todas sus prendas tuvieran estoperoles. Se sentía como si tuviera puesta una armadura.

–¿Nada todavía? —preguntó Bishop.

Llevaban manejando más de dos horas. Cada tanto Kick observaba un pedazo del océano Pacífico al final de una calle. El termómetro del coche decía que afuera estaban a 28ºC: ni siquiera lo habían notado porque Bishop tenía el aire acondicionado al tope.

–No —dijo Kick. Bishop había entrado desde su celular a la red del hospital, y le permitió a Kick ver el expediente digital de James en tiempo real conforme se actualizaba. Kick bajó la mirada para revisarlo.

–Mira hacia el frente —dijo Bishop.

–La luz hace que me duela la cabeza —dijo Kick. No era cierto, pero Bishop comenzaba a molestarla—. Tuve una contusión, ¿recuerdas?

–Estás bien —dijo Bishop—. Si fueras a tener una hemorragia intracraneal ya habría sucedido.

Genial.

Kick suspiró y miró por la ventana. Pero no había nada que ver. Nada le parecía familiar y, sin embargo, cada cuadra era igual a la anterior. Condominios con rejas, casas estilo rústico de adobe, césped bien cortado.

–¿Siquiera ese lugar en la isla es tu casa? —preguntó Kick.

–Técnicamente le pertenece a mi jefe —dijo Bishop—. Me deja vivir ahí cuando estoy trabajando en el área —se detuvieron en un semáforo—. Casi no estoy ahí.

Kick estaba cansada de mirar por la ventana. Centró su atención en el interior del coche.

–¿Y qué con tu esposa? —preguntó con un ademán indicando la mano desnuda que Bishop tenía al volante—. ¿Le importa que no uses un anillo de bodas?

–Abre los ojos —dijo Bishop.

Kick cruzó los brazos y volvió a mirar por la ventana.

–Era de color claro y de una planta —recitó de memoria—. Tenía una alberca y estaba cerca del mar.

Dos niños estaban jugando basquetbol en la entrada de una casa que tenía techo de arcilla roja y dos palmeras en el patio frontal.

–Había una escuela —dijo Kick. Ahora lo recordaba—. Una escuela primaria. Escuchaba a los niños en el recreo. No me permitían salir. Pero podía escucharlos —se giró para ver de arriba abajo la calle por donde iban—. ¿Te has dado cuenta de que la mitad de estas casas está a la venta?

–¿Pública o privada? —preguntó Bishop.

–¿Eh? —dijo Kick.

–La escuela —dijo impaciente Bishop—. ¿Era pública o privada?

Kick vio un pedazo de mar otra vez, un trozo de azul al final de una calle. Tenía el presentimiento de que eso era lo más cerca que estaría del mar.

–¿Suenan diferente? —preguntó Kick.

–Dijiste que era julio —dijo Bishop—. Tal vez era una escuela pública. Aquí abren todo el año.

Todos los coches que pasaban y las casas eran demasiado elegantes.

–Cuéntame de la alberca —dijo Bishop.

–No sé —dijo Kick con impotencia—. Había una —no sabía qué quería Bishop de ella. Sus recuerdos estaban fragmentados, como una serie de videos en el orden incorrecto—. Yo estaba en el jardín trasero. Tenía una cerca de madera. Y había una enredadera creciendo sobre ella. Con flores rosa fuerte.

–Buganvilias —dijo Bishop—. ¿Quién le daba mantenimiento a la alberca?

Ella no sabía.

–Era una niña. Estuvimos ahí sólo dos semanas —respondió.

–¿Qué había detrás de la cerca? —preguntó Bishop.

–No me permitían aproximarme a la cerca.

–¿Viste aviones sobrevolando? ¿Había trenes? ¿Se escuchaban bocinas de barcos?

Kick observó su anillo del hombre de alambre y sintió una punzada de culpa por no estar con James.

–No lo recuerdo.

–¿Cómo sabes que estabas cerca del mar?

Ella quería que Bishop la dejara en paz.

–Lo escuchaba. Oía el rugir de las olas.

Bishop se orilló y bajó la ventana de Kick desde los controles de la puerta del conductor.

–Escucha —dijo él.

Kick escuchó. Hizo que Bishop se callara por un minuto al menos. Concentró toda su atención en el exterior. Practicó estar en el momento presente. No sabía qué demonios se suponía que escuchara. Veía una rebanada de mar entre dos edificios de condominios. Olía el agua salada. Pero no escuchaba las olas. No sabía qué provecho estaban sacando de eso. No oía el mar en absoluto. De pronto lo comprendió: si no escuchaba el mar ahora, no podría haberlo escuchado en ese entonces.

–No era el mar —dijo Kick.

–Era una autopista —dijo Bishop.

Eso iba bien. Era un gran avance. ¿Entonces por qué Bishop no se veía más entusiasmado?

–¿Eso no ayuda? —preguntó Kick.

Bishop se recargó en la cabecera.

–En San Diego hay más casas cerca de la autopista que cerca del mar.

Kick buscó algo en su mente, cualquier detalle que pudiera ayudar, sin importar qué tan fortuito fuera. No encontró nada. Sólo un pequeño hecho, que tal vez era estúpido mencionar siquiera, pero lo dijo de todas formas.

–El sótano tenía goteras —murmuró—. Las casas siempre tenían un sótano —dijo.

Ya se lo había mencionado, en Seattle. Estaba dado por hecho. Miró por la ventana. Un niño de cinco años en un monopatín Razor pasó a toda velocidad por la banqueta, seguido por su padre.

–Esto es San Diego —dijo Bishop.

–¿Y?

A juzgar por los letreros de "se vende" por toda la calle, nadie quería vivir ahí.

Bishop se frotó las sienes como si él tuviera la contusión.

–¿Sabes por qué la gente construye sótanos?

–¿Para almacenar? —adivinó Kick.

–Para dar estabilidad a sus casas —dijo Bishop—. La tierra, cuando está saturada, se expande, y provoca que se desplace lo que está construido arriba. Por eso las normas de construcción exigen que los cimientos se construyan por debajo de la línea de congelamiento —hizo un ademán con la barba apuntando hacia fuera—. Aquí no hay línea de congelamiento. La línea de congelamiento es como de medio metro hacia abajo. No se necesita un sótano. Aquí no los exigen por ley. Ningún constructor va a gastar cantidades enormes de dinero para hacer un sótano, a menos que lo exija la ley.

Kick comenzaba a sentirse un poco a la defensiva.

–La casa tenía sótano —insistió—. Una bodega o lo que sea. El señor Klugman lo había terminado parcialmente.

Ella lo tenía tan claro como cualquier parte de la casa. Recordaba el olor a encerrado y que cuando pasaba los dedos por la pared de concreto se le llenaban de polvo.

Siempre recordaría ese sótano.

El niño en monopatín se cayó. Kick no vio cuando sucedió. Estaba a una cuadra, una figura pequeña y distante. Su padre corrió hacia él y lo cargó. Kick sintió una puñalada de amargura. No sabía por qué había asumido que ese hombre era el papá del niño. En realidad el hombre podía ser cualquier persona.

—Hicimos la primera película aquí —dijo ella—. El señor Klugman la filmó. Por eso nos estábamos quedando ahí. Mel usó el dinero que ganó para comprar su propio equipo.

Miró a Bishop, para ver cómo reaccionaba. Ya estaba sacando su celular y marcando un número. Levantó el dedo para indicarle que guardara silencio. Kick vio que Bishop observaba el letrero de "se vende" del otro lado de la acera. El letrero tenía una fotografía de la agente de bienes raíces, Stacy Smith, *Principal Especialista en Bungalows de San Diego*. En la foto la mujer aparecía con una cabellera oscura, una sonrisa radiante y un número 01-800.

—Hola, Stacy —dijo Bishop con tono suave al teléfono—. Habla Phil Marlowe —le guiñó el ojo a Kick—. Bárbara me recomendó que te llamara. Mi esposa y yo queremos comprar una casa el próximo año, pero ahora estamos de paso en la ciudad y quería aprovechar la oportunidad para conocer el área y tomar una decisión rápida cuando llegue el momento. Bueno, mi esposa es del este y está empecinada en que tengamos un sótano. Ya sé. Ya se lo expliqué, pero insiste. Queremos un área con algo de privacidad, un pequeño espacio entre las casas. Un jardín cercado. Tal vez con alberca. También tenemos un hijo que va en tercero, así que buscamos una propiedad con una primaria a la que pueda ir caminando. Y yo voy a trabajar en Irvine, así que necesitaré estar cerca de la autopista. ¿Me puedes dar algunas ideas? Gracias. Ella está revisando. Sí, aquí estoy. Excelente. Okey. Léelo otra vez. Okey. Lo tengo. Bueno, vamos a echarle un vistazo. Muchas gracias. Estaremos en contacto.

Bishop volteó a ver a Kick.

—Dice que en 19 años como agente de bienes raíces no ha vendido una casa con sótano. Pero hay dos vecindarios más viejos que deberíamos considerar. Dice que la mayoría de las casas tiene al menos sótanos parciales. No salen mucho a la venta. La mayoría son propiedades que se rentan. Le preocupa que nuestro hijo vaya a la escuela en esa zona porque no hay banquetas.

29

El vecindario a donde los mandó la agente de bienes raíces estaba a 15 kilómetros del mar y junto a una maraña de cruces de carreteras interestatales. Casi todas las casas eran de una planta e iban del estilo rústico de adobe al estilo de refugio contra bombas de ladrillos grises. Muchas de las casas estaban en ruinas pero se situaban en terrenos grandes y tenían jardines cercados.

Bishop siguió las indicaciones para llegar a la escuela primaria y comenzó a rodear el vecindario desde ahí.

Kick había bajado otra vez la ventana, esperando que el barullo del patio de la escuela le detonara algún recuerdo, pero era domingo y estaba cerrada.

La calle se convirtió en una curva. Kick escuchaba el pulso irregular del tráfico de la interestatal a lo lejos, y pájaros. Escudriñó con la mirada las casas que iban pasando. En realidad no esperaba reconocer la casa por la fachada. No sabía qué era lo que estaba esperando: tal vez un reconocimiento psíquico, como si fuera a ver el aura de algo.

Pero supo que ése era el lugar al instante en que lo vio.

Era una construcción sin distintivos, tan sólo un rectángulo de una planta con paredes grises y cortinas blancas. Habían añadido un patio cubierto al frente, y tenía dos sillas pintadas en color verde agua, una al lado de la otra. El jardín en realidad era arena. Ahora lo recordaba. Había rocas acomodadas aquí y allá, con unas cuantas palmeras escuálidas, como si la casa estuviera en medio del desierto Mojave. Lo había visto desde una ventana, una caja de arena en la que nunca podía jugar. En medio de este árido paisaje una bandera estadunidense ondeaba en un asta clavada en la arena. El asta tenía el doble de altura que la casa.

–Ahí —dijo Kick.

Bishop no la cuestionó. Orilló el auto y salieron. Sobre la casa flotaban nubes blancas en el cielo azul del mediodía. Una pared de arbustos de cinco metros separaba la propiedad de una casa vecina al oeste, y del lado este colindaba con un lote vacío lleno de maleza.

Detrás de la casa, Kick vio la escuela a la distancia.

Caminaron hacia la puerta principal. El camino había sido repavimentado y había dos nombres escritos en el concreto: *Stella y Eliza*. Un tercer nombre apareció a unos pasos: *Abuelo Bob*.

–Puedo abrir la cerradura —dijo Kick observando la cerradura barata de pasador, al parecer una de marca Schlage.

–¿La bandera estaba ahí antes? —preguntó Bishop.

–No me acuerdo —dijo Kick.

Bishop se abotonó el saco y le sonrió.

–Asta en el patio. Nombres de nietos en el camino de entrada. Emblema de la marina en el correo. ¿Qué te dice todo esto?

Kick no entendía a dónde quería llegar.

–¿Que quienes viven aquí son viejos y patriotas?

–Exacto —dijo Bishop—. Entonces, ¿por qué no tratamos de tocar primero? —se sacudió el polvo del hombro, se acercó a la puerta y tocó.

Ni siquiera se habían puesto de acuerdo en qué historia contarían. No estaban preparados. Pero Kick no tuvo tiempo de protestar. La puerta se abrió y apareció un hombre que parecía abuelo con una sonrisa de buen vecino, aunque cautelosa. La gorra de beisbol que traía puesta anunciaba que era un veterano del ejército de Estados Unidos.

–Buen día, señor —dijo Bishop con amabilidad—. Estamos investigando sobre un niño secuestrado, y es posible que un hombre que tal vez tenga información sobre el caso viviera aquí hace unos 14 años. ¿Le importaría si pasamos?

Kick miró a Bishop de reojo. No esperaba que fuera a decir la verdad.

El hombre en la puerta lo escudriñó con una mirada aguda. Kick calculó que tendría unos 75 años, y todavía tenía los hombros anchos y estaba fuerte. La camiseta y los jeans que llevaba puestos estaban cubiertos con varias capas y colores de pintura.

El hombre se acomodó la gorra.

–Será mejor que entren —dijo y abrió la puerta.

Kick trató de ocultar su asombro. El tipo los iba a dejar entrar por una especie de deber cívico. Ni siquiera les había pedido una identificación. *Viejo y patriota.*

–Después de ti —dijo Bishop y le dio un empujoncito.

Kick entró.

–Mi nombre es Collingsworth —le dijo el hombre a Bishop—. Ayudaré en todo lo que pueda.

Kick caminó hacia la sala. Tenía el estómago hecho un nudo por la expectativa. Desde que habían orillado el auto junto a la casa, sus recuerdos se aclararon y veía más detalles. Recordaba la chimenea de gas en la pared de la sala y los libreros empotrados donde Klugman guardaba los libros que ella no debía leer. La alfombra color café y cómo ésta olía a gato, aunque Klugman no tenía uno.

Pero cuando entró a la sala, todo estaba mal.

No era como debería ser. No había chimenea de gas, ni tapete café ni libreros. La habitación ni siquiera tenía la forma correcta.

Ésta no era la casa que recordaba.

Volteó hacia Bishop.

–Esto está mal —dijo Kick.

–Hemos realizado muchos cambios a la casa —dijo Collingsworth, casi disculpándose.

La pared detrás de él estaba adornada con fotografías familiares. Una foto de dos niñas pequeñas colgaba de un marco decorado con las palabras *El mejor abuelo del mundo.*

–¿Cuándo la compró? —preguntó Bishop.

–Hará diez años este noviembre —dijo Collingsworth—. Se la compré al banco. Antes era propiedad de una compañía de administración de propiedades, pero se fue a pique.

Eso encajaba en el marco de tiempo.

Kick fue a la cocina, escudriñando cada moldura. Los muebles estaban acomodados diferente y habían instalado varios electrodomésticos nuevos y relucientes. Recordaba un antiguo refrigerador con una puerta pesada y que necesitaba ayuda para abrirla. Recordaba papel tapiz con flores —rosa pálido y amarillo. Se acercó a la ventana de la cocina y miró hacia fuera, pero era un jardín diferente. Sólo había pasto.

–No hay alberca —le dijo a Bishop.

–Lo primero que hice fue taparla —dijo Collingsworth detrás de ella—. Tenía fugas. Me hubiera costado cinco mil dólares repararla. Y a Estelle le preocupaban los nietos. Era mi esposa, que descanse en paz.

–¿Y el sótano? —preguntó Bishop.

Kick se giró.

Collingsworth hizo un ademán hacia una puerta cerrada en una esquina de la cocina.

Kick sentía el corazón en la garganta mientras bajaban por las escaleras del sótano. En cada escalón iba recordando: el sonido de la madera al crujir bajo sus pies, cómo el centro de cada escalón tenía una parte gastada en la pintura gris. La madera debajo de la pintura estaba pulida por mil pisadas. Brillaba.

–Sabe, es muy inusual encontrar un sótano en San Diego —le dijo Collingsworth a Bishop—. Fue una de las razones por las que compramos este lugar. Estela era del este…

Kick terminó de bajar las escaleras y llegó al sótano. Sabía que no debía albergar esperanzas, pero las escaleras le eran tan familiares que se permitió tener la breve fantasía de que tal vez ése era el lugar.

Pero se encontró con que había una nueva pared de yeso, iluminación y alfombra, y dudó. Los escalones del sótano eran los escalones del sótano. Todos crujían. Todos tenían la pintura desgastada. Ahora que estaba en el sótano no era como lo recordaba. No tenía punto de referencia para orientarse. Miró a Bishop con desesperación.

–Date un minuto —dijo Bishop.

Collingsworth frunció el cejo.

–Entonces, no creerán que hay alguien enterrado aquí abajo, ¿verdad? —preguntó.

Bishop no respondió. Algo había captado su atención. Volteó a ver a Collingsworth.

–¿Usted mismo hace buena parte de este trabajo, señor Collingsworth? —preguntó.

Collingsworth miró hacia un lado avergonzado.

–Sí.

–Así que no ha tramitado permisos para hacerlo —dijo Bishop despacio.

–Yo, eh…

–Está bien —dijo Bishop. Le lanzó una sonrisa tranquilizadora—. No trabajamos para el gobierno de la ciudad.

Kick estaba mirando por todo el sótano, tratando de descubrir qué era lo que Bishop había visto.

Entonces lo detectó. Las otras paredes eran de yeso, pero ésta estaba cubierta con madera de pino, como una pared rústica de alguna habitación de grabación setentera. Kick caminó hacia ella.

–Ésa no es una pared de soporte —le dijo Bishop a Collingsworth—. ¿Estaba aquí cuando compró la casa?

Kick sabía que la respuesta era negativa antes de que Collingsworth contestara. La pared estaba fuera de lugar. La geometría no concordaba.

–¿Sabe qué hay del otro lado de la pared? —preguntó Bishop.

–¿Tierra? —adivinó Collingsworth—. Es un medio sótano. Es muy poco común por aquí. Si tienes la suerte suficiente como para tener un sótano, lo tomas como esté.

Kick analizó la habitación otra vez y trató de superponer sus recuerdos sobre ese espacio bien iluminado, limpio y bien construido. El piso de concreto, las telarañas, la vieja sábana que el señor Klugman había colgado para funcionar como pantalla de fondo para la filmación. La pared de pino estaba en el lugar correcto.

–¿Antes de comprar la casa, pidió que la inspeccionaran? —preguntó Bishop.

–Era una ganga —dijo Collingsworth—. Ni siquiera tuve que pedir un préstamo.

Kick puso la mejilla contra la pared y la presionó contra la madera de pino hasta que sintió que las vetas se habían impreso en su piel. Luego la golpeó —*rasurarse y cortarse el pelo*— y trató de escuchar un clic mecánico.

–¿Exactamente qué creen que hay del otro lado? —preguntó Collingsworth.

–La celda en la que el hombre que vivía aquí encerraba a los niños —dijo Kick.

Collingsworth se sonrojó y dio un paso atrás. Bishop suspiró y meneó la cabeza.

A ella no le importaba.

Movió la cara a lo largo de las tablas de pino, luego se detuvo y golpeó de nuevo. No sabía si la habitación aún estaba ahí, si el mecanismo de la cerradura funcionaría después de todos esos años, si llegaría a escuchar el clic a través de la madera de pino. Pero por primera vez desde que habían entrado a esa casa, estaba segura de que ése era el lugar. Se le erizó la piel. Sintió la boca caliente. Movió la mejilla y golpeó otra vez. Tenía que concentrarse, escuchar lo mejor que pudiera.

Alguien le tocó el hombro y se dio la vuelta. Collingsworth estaba parado atrás de ella con un mazo. La puerta de un clóset de herramientas estaba abierta detrás de él.

–Hazte a un lado —dijo él. Levantó el mazo.

–Yo era un Seabee* en la marina. Tengo nietos. Si hay algún tipo de celda aquí detrás, vamos a encontrarla.

Kick se quitó de en medio y Collingsworth dio un golpe con el mazo al centro de la pared de pino. La madera se astilló y el mazo se quedó atorado por un minuto antes de que Collingsworth lo pudiera sacar. Se le notaban los músculos debajo de la piel flácida de los brazos. Esta vez el polvo de la pared de yeso llenó el aire y pedazos completos se precipitaron hacia la alfombra.

Kick sintió el sabor a yeso. Dio unos pasos hacia atrás, se cubrió la boca con la mano y cerró los ojos.

Escuchó a Collingsworth dar otro mazazo a la pared, y luego otro y la madera se rompió cada vez más. Kick sintió que el polvo invadía el aire.

Collingsworth comenzó a toser. Kick abrió un poco un ojo. El hombre estaba cubierto por una capa fina de polvo blanco como si estuviera lleno de harina. A sus pies había astillas y trozos de yeso. Volvió a levantar el mazo pero sus pulmones se colapsaron antes de que pudiera dar el golpe. Escupió en el piso, hizo una mueca de determinación, trató de nuevo y comenzó a respirar con dificultad. Kick estaba segura de que iba a tener un ataque cardiaco. Se preguntaba con angustia si ella y Bishop tendrían la culpa.

Bishop ya se estaba quitando el saco. Lo acomodó en el respaldo de un sillón y se acercó a Collingsworth con una sonrisa amable.

–¿Puedo? —preguntó, señalando el mazo—. Siempre he querido usar una de estas cosas.

---

* Seabee: batallones de la Armada de Estados Unidos especializados en obras de ingeniería civil y de construcción. *(N. de la T.)*

Kick tenía la boca tapada y respiraba a través de los dedos. El polvo se iba acumulando como nieve sobre la camiseta gris de Bishop.

Collingsworth le dio el mazo y salió de la nube de polvo. Bishop lo levantó y lo sostuvo como un bateador esperando una bola, sonrió feliz y golpeó la pared.

Unos minutos después Bishop, sudoroso y radiante como niño, ya había abierto un agujero de metro y medio en la pared.

—Eso fue divertido —dijo. Se levantó la camiseta y se limpió un poco del yeso pulverizado que tenía en la cara.

Kick trató de ver a través del agujero, pero estaba demasiado oscuro y la nube de polvo era muy densa.

—¿Hay una habitación? —preguntó ella.

—Sí, hay una habitación —dijo Bishop y levantó el mazo, lo sostuvo hacia delante con el brazo extendido y lo introdujo por el agujero hacia la oscuridad, hasta la axila.

A Kick le ardían los ojos por el polvo. Más y más trozos de yeso y astillas de madera ensuciaban la alfombra.

—¿Necesita una linterna? —le preguntó Collingsworth a Bishop.

Ambos tenían polvo blanco en el pelo y las pestañas.

—Es justo lo que necesito —dijo Bishop.

Collingsworth fue al clóset de herramientas y dejó tras de sí un rastro de huellas. Volvió con una variedad de lámparas industriales y linternas.

—Es zona de terremotos —dijo a manera de explicación, y le entregó a Bishop una linterna led de campismo.

Bishop prendió la linterna y apuntó hacia la oscuridad.

—Ay, Dios mío —murmuró Kick, sintiendo que se le erizaban los vellos de la nuca. Bishop se inclinó hacia delante y movió la linterna, pero Kick se quedó petrificada, tratando de absorber lo que estaba viendo.

En el suelo de concreto había un colchón podrido rodeado de pilas de libros amarillentos y carteles enmohecidos despegados a medias de las paredes; había un escusado sin cubierta en una esquina y latas de refresco desperdigadas por todo el piso, cubiertas de polvo. Aparte de los efectos del tiempo, la habitación estaba preservada justo igual a como era cuando habían encerrado ahí a James.

—¿Esto es lo que recuerdas? —le preguntó Bishop.

—Es exactamente como lo recuerdo —dijo Kick despacio. Estaba aturdida, como si estuviera soñando—. No creo que nadie haya estado aquí desde James.

–Sostén esto —dijo Bishop y le dio a Kick la linterna. Se dio la vuelta y se alejó unos pasos, marcándole a alguien en su celular.

Collingsworth se acercó al agujero, observó con solemnidad la habitación y se quitó la gorra.

–Soy yo —dijo Bishop al teléfono—. Necesito que verifiques un nombre y una dirección. Registros de arrendamientos. Registros de impuestos. Lo que sea que encuentres —hizo una pausa—. Klugman... No sé cómo se deletrea. Investígalo... No sé su primer nombre. Hace catorce años estaba en esta dirección —dictó la dirección.

Los carteles tenían tanto moho que Kick no podía saber de qué eran; no lo recordaba.

–Voy a echar un vistazo —dijo Bishop. Se había puesto unos guantes de látex y le quitó la linterna a Kick, luego entró a través de la pared abierta.

–Voy contigo —dijo ella con rapidez.

–Es una escena de crimen —dijo Bishop, mirándola a través del agujero y con el rostro iluminado por la linterna—. Recuérdalo: ya pasamos por esto.

–Su madre lo vendió —dijo Kick—. No fue secuestrado —Bishop ya se había dado la vuelta y estaba caminando hacia una esquina de la habitación; su cuerpo le estorbaba a Kick para ver lo que la linterna alumbraba—. Sin una víctima que lo haya denunciado, el estatuto de abuso sexual infantil prescribe a los diez años —continuó Kick—. Vas a necesitar que James despierte y presente un reporte policiaco, y eso nunca va a pasar. Aunque despierte, nunca accedería a ir a juicio porque eso implicaría lidiar con gente. Así que, asumiendo que te las arregles para encontrar a Klugman algún día, lo cual es poco probable, te convendría más procesarlo por tráfico de personas. O podrías encerrar al maldito por pornografía infantil. Y entonces no vas a necesitar la habitación —ella no quería testificar, pero lo haría por James—. Simplemente me necesitas.

Apareció de nuevo la linterna y Bishop con ella.

–Felicidades por tu título en leyes —dijo.

–Tengo un interés especial en este campo de estudio —dijo Kick.

Bishop le estiró la mano para ayudarla a cruzar por la parte baja del agujero en la pared. Kick ignoró el gesto y trepó sola hacia el otro lado.

El piso de la habitación era de concreto. De inmediato sintió que el aire estaba más frío. Olía a rancio y a humedad. Iluminó frente a sus pies con la linterna y caminó junto al colchón y hacia los carteles en la pared. Incluso estando cerca y con la luz directa de la linterna, no podía descifrar las imágenes. El moho se había apoderado de todo.

–¿Sabes qué son? —preguntó Bishop y se paró junto a ella.

La luz de su linterna combinada con la de Kick, alumbraron la pared lo suficiente para ver que en una de las imágenes de los carteles aparecía un pedazo de una almena de piedra. Era un castillo, ahora podía ver la forma, uno de esos castillos antiguos que los turistas visitaban en lugares como Baviera.

–Son carteles de viajes —dijo Kick. ¿Cuántas horas había pasado James encerrado en su habitación y soñando con tierras lejanas?—. Lugares que quería visitar.

–¿Qué es esto? —preguntó Bishop. Apuntó la linterna a la zona donde la esquina del póster se había despegado, y Kick vio una pieza de papel atorada ahí. Bishop estiró la mano con guante de látex y sacó una postal.

Hasta cierto punto había sido protegida de la entropía de la habitación, pero cuando la levantaron para iluminarla vieron que la imagen del frente había sido consumida casi por completo por el moho. Bishop la volteó. La parte de atrás estaba en blanco excepto por un logo: *Motel Rosa del Desierto*. De pronto Kick lo reconoció. Volteó a todos lados en busca de algo con que limpiar la postal.

–Quítate la camiseta —dijo.

–¿Disculpa? —dijo Bishop.

–Tu camiseta ya está sucia —dijo Kick. De ninguna manera se quitaría ella la suya—. La mía no.

Bishop titubeó, luego puso la lámpara en el piso y se quitó la camiseta.

–¿Y ahora qué? —preguntó.

–Limpia la parte de enfrente de la postal —dijo Kick y levantó la lámpara.

Bishop colocó la postal contra la pared y talló el moho con su camiseta. Kick volteó el rostro al ver que esporas diminutas se levantaban en el aire y flotaban en la luz.

–Es lo mejor que puedo hacer —dijo Bishop.

Kick se acercó a la postal. El moho había manchado el póster y formaba una pasta gris delgada y espesa. Pero Kick veía el fantasma de una imagen debajo. El patio de un motel con alberca y decorado al estilo de los años cincuenta, rodeado por un desierto. Un letrero de neón al frente decía *Motel Rosa del Desierto*.

Ella lo conocía. Había estado ahí.

—Este lugar —dijo Kick—. Fuimos ahí en unas vacaciones. Me dejaron jugar en la alberca. Estar afuera. Linda nos alcanzó ahí, pero Mel y yo estuvimos varios días ahí, solos —la alberca del Rosa del Desierto: ahí fue donde Mel le enseñó a flotar boca arriba en la alberca. Él lo había mencionado en la enfermería—. Ayer —dijo Kick—. Creo que él mencionó estas vacaciones. Me dijo que lo recordara. Yo pensé que había sido después de San Diego. Pero tuvo que ser antes. Creo que aquí fue donde Mel conoció a Klugman.

Bishop pasó un dedo debajo del póster con moho en el que habían encontrado la postal y un segundo después un trozo de papel se desprendió de la parte trasera y Bishop lo atrapó con la mano. Lo limpió con su camiseta y luego lo colocó sobre la pared frente a ella.

—¿Él es Klugman? —le preguntó.

Era sorprendente lo bien conservada que estaba la fotografía. James aparecía igual a la primera vez en que Kick lo vio, un niño de nueve años, desgarbado, con un mal corte de pelo y ropa demasiado chica. En esta fotografía aparecía sonriendo. Un hombre tenía el brazo alrededor de los hombros de James. Tenía la cabeza volteada y no se le veía el rostro, su anonimato estaba protegido excepto por un lado que dejaba ver la quijada, la oreja y la patilla. Estaban parados uno al lado del otro en la parte poco profunda de una alberca. James, con su pecho desnudo delgado y hundido, se veía enclenque junto al cuerpo peludo con forma de barril de Klugman. Pero estaba afuera, en la alberca del jardín. No siempre lo habían tenido encerrado en la oscuridad.

Kick desvió la mirada.

—Es él —dijo. No necesitaba ver su cara; reconocía su forma, su torso y sus extremidades, su cabeza cuadrada.

Bishop guardó en su bolsillo la postal y la foto, y siguieron buscando, despegando con cuidado los carteles de la pared, pero no encontraron más pistas escondidas. Kick hojeó los libros de ciencia ficción de James. Bishop revisó los bolsillos de un montón de ropa que se estaba pudriendo. Voltearon el colchón.

Ahí fue donde estaba la pequeña figura, tan diminuta que la primera vez que Kick la vio con la luz de su linterna pensó que era una tuerca vieja. Fue sólo cuando la levantó que vio que era un pequeño hombre hecho de alambre, un gemelo del talismán que traía puesto en el dedo. Tal vez James había encontrado los restos de alambre en su habitación o los había robado del sótano.

–¿Qué es eso? —preguntó Bishop.

–Un juguete —dijo Kick. No podía quedárselo. Sería como robar algo de una tumba. Colocó al hombrecito sobre el polvo.

Cuando treparon de regreso por el agujero, Collingsworth los estaba esperando, con la gorra todavía en sus manos.

–No sabía que existía esto —dijo con voz temblorosa—. Todo este tiempo, no lo sabía —todavía estaba cubierto de escombros y sus pestañas estaban llenas de yeso.

Bishop volteó a ver a Kick.

–El niño que vivía aquí —le dijo a Collingsworth— logró escapar.

No era exactamente una mentira, tan sólo no era la verdad completa. Pero Bishop se la vendió. Collingsworth se mostró aliviado.

Bishop usó su camiseta para limpiarse el sudor del pecho y el yeso de los brazos y la cabeza, y luego la aventó hacia el agujero en la pared.

–Gracias por su tiempo, señor Collingsworth —dijo y se puso el saco con el torso desnudo.

Collingsworth parecía confundido. Dirigió la mirada hacia la mazmorra del otro lado de la habitación de grabación.

–¿Qué quieren que haga con todo eso? —preguntó.

Bishop sacó una chequera del bolsillo de su saco y escribió algo sobre ella.

–Entiérrelo —dijo. Desprendió el cheque y se lo entregó a Collingsworth, quien miró ansioso la cantidad—. Construya una habitación de juegos para sus nietos.

Collingsworth le dirigió a Kick una mirada interrogante.

–No repare en gastos —dijo ella.

–Además, vea el lado positivo —añadió Bishop, dándole una palmada en la espalda—. Acaba de duplicar los metros cuadrados de su sótano.

30

Resultó que el letrero de neón era lo más glamoroso del Motel Rosa del Desierto. El sol no se había puesto del todo cuando Kick y Bishop se orillaron y estacionaron el auto. Las faldas de las montañas eran montículos distantes en el horizonte, y la puesta del sol había coloreado el cielo de violeta oscuro. El motel estaba a 25 kilómetros del pueblo más cercano y estaba rodeado por un desierto deshabitado. Cuando se estacionaron y salieron del coche, Kick juró haber escuchado un coyote aullando. La temperatura a la sombra era de 32°C.

Siguió a Bishop hasta el lobby. Había un mostrador de un lado al otro de la estancia; un sofá de vinil color tierra y en forma de escuadra constituía el área para sentarse al centro del lobby. Un conjunto de puertas de vidrio conducía hacia la alberca; las puertas de vidrio en la pared opuesta llevaban a un restaurante que, según el letrero escrito a mano en la puerta, estaba *Abierto casi todas las mañanas*. El piso del lobby era de mosaicos de cerámica. Kick recordaba haberse resbalado en él una vez que estaba descalza con los pies mojados acabando de salir de la alberca. Aparte de eso, nada en el lobby se le hacía particularmente familiar.

Parecía que el único miembro del personal del hotel era la recepcionista dedicada a registrar a los huéspedes. La mujer estaba absorta en una revista de chismes, en una posición que exponía de manera muy efectiva el escote en V de su blusa. Su cabello espeso y negro caía en ondas a la altura de los hombros y su piel color caramelo era perfecta. Levantó la mirada con ojos vidriosos, pero brillaron en el instante en que vio a Bishop. Batió sus pestañas postizas.

–¿Puedo ayudarlo? —preguntó.

Bishop sonrió. Kick prácticamente podía escuchar la sangre subiendo hasta su entrepierna. Bishop la miró de reojo como diciendo *Yo me encargo de esto.*

Kick se quedó unos pasos atrás mientras él se acercó caminando con estilo y colocó la fotografía de James y Klugman sobre el mostrador frente a la recepcionista. La mujer se inclinó arqueando un poco la espalda, de manera que su blusa se apretó en las zonas adecuadas. Los ojos de Bishop se posaron sobre sus senos y sonrió apreciándolos.

Kick se preguntó si podría esperar en el auto.

—¿Has visto a este hombre alguna vez? —le preguntó Bishop. Su voz sonaba diferente, como si estuviera haciendo una audición para ser conductor en un programa de radio nocturno.

La recepcionista levantó la vista de la foto.

—No es tan guapo como tú —dijo.

—No, no lo es —asintió Bishop.

La recepcionista se sonrojó y Bishop cambió de posición para que sus antebrazos y codos estuvieran sobre el mostrador.

—Voy a caminar un poco —dijo Kick.

—Espera —dijo Bishop. Puso su mano sobre el mostrador, deslizó la revista y se la ofreció a Kick—. Llévate algo para leer —dijo y le dio un golpecito con el dedo a la revista, indicándole a Kick que la viera.

Ella lo pensó dos veces.

Su propia imagen estaba en toda la portada; en el parque, en la postura del jinete, junto a su madre y Monstruo. Un encabezado en amarillo brillante anunciaba la historia de portada: *Diez años de libertad. ¡Madre de niña secuestrada, Paula Lannigan, en exclusiva!*

Kick volteó la revista una y otra vez y la tomó.

—Eso es mío —protestó la recepcionista.

Bishop se paró en medio de las dos, y Kick vio que acariciaba el brazo desnudo de la recepcionista.

—¿Cómo te llamas? —le preguntó.

—Carla —respondió con la mirada fija en él otra vez.

—Yo soy John —dijo él.

Kick se alejó con la revista hacia la puerta corrediza de vidrio.

Notó que Bishop inclinó la cabeza hacia la recepcionista y reacomodó la fotografía sobre el mostrador para que la mujer estuviera por completo en su órbita.

–¿Lo reconoces, Carla? —preguntó.

–Sólo puedo ver su oreja —dijo ella.

–¿Y esa oreja te parece familiar? —preguntó, y Kick se cuestionó si la mujer percibía el tono de impaciencia en la voz de Bishop.

Al parecer no.

–¿Haces ejercicio? —le preguntó la recepcionista—. Yo sí. Sólo estoy trabajando aquí por el verano. Soy actriz. En Los Ángeles. ¿Tú qué haces?

Kick se acercó a la puerta.

–Soy un agente de *castings* —dijo Bishop con toda naturalidad.

La recepcionista soltó una risita nerviosa. Kick tenía una mano sobre la puerta de vidrio y la otra en la manija de plástico. La puerta estaba atorada y Kick la sacudió tratando de acomodarla para que se deslizara sobre su riel.

–¿Muchos de los empleados aquí son eventuales? —preguntó Bishop.

Kick volteó a verlo. Estaba concentrado por completo en la mujer, le acariciaba los antebrazos con la punta de los dedos. Jódete. Kick abrió la puerta con fuerza, salió y la azotó tras de sí. Diez por ciento de la humedad en su cuerpo se evaporó de inmediato al salir al aire caliente del desierto. Se le partieron los labios en un segundo. El calor seco provocó que le vibrara la piel, como la corriente eléctrica suave que se genera al poner la lengua en una batería.

Y de pronto algo raro sucedió: Kick se relajó. Tal vez era la alberca. Estaba iluminada desde abajo y brillaba en el ocaso como una aguamarina. Incluso Kick, a quien no le gustaban las albercas desde que era niña, se sintió atraída hacia ella.

El patio en sí mismo no tenía nada de especial. El motel de dos pisos de bloques de concreto rodeaba el patio por tres lados y la alberca en forma de riñón estaba al centro. La alberca estaba vacía, el patio abandonado. La mayoría de las ventanas de las habitaciones estaban cerradas y a oscuras. Una tira rosa de hule espuma de algún niño flotaba abandonada en el extremo poco profundo de la alberca.

Kick se sentó en una silla de playa blanca de plástico, aventó la revista a un lado y se quitó las sandalias de su madre. El concreto bajo sus pies todavía estaba caliente. Revisó en el celular las últimas actualizaciones del expediente médico de James y luego se sentó a observar la superficie cambiante del agua, cómo la más mínima brisa creaba ondas que influían en la manera en que se movía la luz azul.

Fue esa luz azul la que devolvió la atención de Kick hacia la revista. Iluminó la portada, reflejando un rostro pálido en un recuadro en una esquina. Kick se estiró para tomar la revista y aguzó la mirada. Había estado demasiado distraída viendo su propia foto y por eso no lo había notado. En la esquina superior derecha aparecía una foto de Adam Rice. *¿El nuevo rostro de los niños desaparecidos?*, se leía junto a la imagen.

Kick abrió la revista y la hojeó, pasando las imágenes que su madre había vendido y las citas de las declaraciones que su madre había dado, y los anuncios del libro de su madre, hasta que encontró la media página donde aparecía la historia sobre Adam. Era un refrito de lo que ella ya sabía. Incluso las fotografías eran recicladas de otros artículos. La imagen principal era la que había colgado en la pared de su habitación: la madre de Adam en la conferencia de prensa, aferrada al elefante de peluche de su hijo. El artículo tenía una declaración más, era del trabajador que había visto a Adam jugando en el patio antes de ser raptado. "Me fijé en él por el chango", decía la declaración del trabajador. "Parecía que lo quería, como un animal de peluche que tienen mis hijos."

Una mariposa blanca se posó sobre la superficie de la alberca y de inmediato se empezó a ahogar.

Kick enrolló la revista y la guardó en su bolsa, luego abrió el cierre del bolsillo interior y sacó el sobre del Grupo Médico Tridente. Lo desdobló y se le quedó viendo; su apariencia era tan oficial, con el sello médico y el timbre de la bandera estadunidense. El nombre de Kick y la dirección de su madre eran visibles a través de la ventanilla de plástico. No había sido una confusión. Ella había dado la dirección de su madre a propósito porque James siempre revisaba su correo, y sabía que si interceptaba la carta nunca se la habría dado.

Extrajo despacio la carta del sobre. La alberca se reflejaba en el papel blanco y plasmaba ondas de luz azul.

Ver el reporte en blanco y negro de alguna manera lo volvía real.

A ella no le gustaba nadar. Ni siquiera le gustaba tomar baños. No le gustaba estar en el agua. Era uno de sus detonantes.

No sabía por qué.

Este lugar… apenas lo recordaba. Pero se acordaba de la alberca. Incluso cuando era niña había apreciado su color, ese perfecto azul Caribe.

Escuchó el sonido de plástico deslizándose contra el concreto, y levantó la mirada para ver a Bishop arrastrar una silla y ponerla junto a la suya. Kick dobló rápido la carta del Grupo Médico Tridente y la guardó en su bolsa. Él se sentó, aventó a los pies de Kick la bolsa de Target con sus cosas, y luego puso la llave de una habitación sobre su regazo.

Ella tomó la llave. Vio que no era de tarjeta. Era una llave de verdad. Estaba unida a una cadena de plástico rojo brillante que tenía impreso el número 18.

–Tienen muchos empleados eventuales —dijo Bishop. La cadena en la llave de su habitación tenía impreso el número 6—. Pero Carla dice que algunos empleados del restaurante llevan aquí casi veinte años. Les mostraremos la fotografía por la mañana.

–¿Carla? —dijo Kick, mirándolo de reojo.

–Creo que le gusto —dijo Bishop.

Kick observó la superficie de la alberca. Ya no veía la mariposa.

–¿Vamos a pasar aquí la noche para que puedas tener sexo con la recepcionista del hotel? —le preguntó—. No es que me importe —aña-dió rápido—. Sólo me lo pregunto, para que cuando las chinches me co-man viva al menos sepa que fue al servicio de un objetivo mayor.

–Nos vamos a quedar porque es tarde —dijo Bishop—, y todos los empleados antiguos estarán aquí por la mañana —se levantó, se rascó la nuca y desvió la mirada—. Y así podré tener sexo con la recepcionista del hotel.

–Buenas noches —dijo Kick, acomodándose de nuevo en la silla.

–Buenas noches —dijo Bishop.

Kick percibió que él se alejaba, notó un cambio en la luz donde ha-bía estado su sombra.

–¿Bishop? —lo llamó. Ella miraba hacia el frente, a la alberca. No po-día verlo pero sabía que aún estaba ahí—. ¿Recuerdas que Mel dijo que el señor Klugman se gastó el dinero que ganó con James en un auto nue-vo? Recuerdo ese día. Recuerdo que busqué a James. Encontré a Mel y al señor Klugman en el garaje con el auto. Me dijeron que James ya no estaba. ¿Y sabes qué hice? —era la primera vez que lo decía en voz alta—. Me fui a nadar.

Sentía el nudo en la garganta como una mano alrededor del cuello. A James no lo dejaban salir a la alberca, así que cuando jugaban lo hacían dentro. Ahora que James no estaba, ella podía hacer lo que quisiera. Jugó en la alberca de Klugman toda la tarde, feliz porque James ya no estaba.

–Eras una niña; no entendías qué significaba.

Kick se inclinó hacia delante, distraída. El borde de la alberca del motel estaba decorado con mosaicos de cerámica. Lo había recordado mal. Las dos albercas, la de Klugman y la del Rosa del Desierto, se habían fundido en su memoria.

–Estaba equivocada sobre la fotografía —dijo—. Pensé que había sido tomada en el jardín de Klugman —levantó el dedo donde tenía el talismán de alambre, y apuntó al extremo poco profundo de la alberca del Motel Rosa del Desierto, donde el borde estaba salpicado de mosaicos blanco y negro—. Fue aquí.

31

*—L*a clave para flotar boca arriba es relajarse —dijo su padre. Beth se inclinó de nuevo sobre su mano y dejó que su palma la sostuviera sobre la superficie del agua. El cielo era del mismo color que la alberca, y su cuerpo vibraba con entusiasmo por la atención de Mel—. Sólo mantente calmada y relajada. Y haz lo que yo te diga —dijo su padre.

No estaban solos en la alberca, había otros adultos: el hombre gordo con el traje de baño negro, piernas pálidas y tatuajes de flechas, y su esposa, a quien no le gustaba que la salpicaran y que estaba sentada en la orilla con las piernas dentro de agua. El encargado de limpiar la alberca, que siempre la saludaba, estaba removiendo las hojas muertas de la palmera con una red exclusiva para ese fin.

La voz de su padre siempre la calmaba, y ella sabía que si tan sólo hacía lo que él decía, él la mantendría a salvo.

–Muy despacio inclina tu cabeza hacia atrás hasta que tus orejas estén bajo el agua —dijo él, guiando su frente hacia atrás con la mano—. Bien. Ahora levanta la barba —le daba miedo. El agua parecía estar tan cerca de sus ojos—. Más. Apúntala hacia el cielo —ella la levantó un poco más. Sentía que todo su cuerpo flotaba. El agua le llegaba a la mitad de la mejilla—. Mantén tu cabeza centrada, los brazos a unos centímetros de tu costado. Mantén las palmas arriba. Ahora arquea tu espalda y saca un poquito el pecho del agua —movió una mano y la colocó arriba del vientre de ella—. Ahora levanta el estómago hasta que toque mi mano —ella sacó el vientre hasta que tocó la palma de él—. Eres tan buena niña, Beth. Ahora dobla las rodillas *y abre un poco las piernas —hizo lo que pidió, y él retiró las manos y se alejó; por un momento ella se sintió aterrorizada, sola, con el agua por encima de su cabeza.*

De pronto, la emoción por su logro la invadió y gritó de felicidad. Estaba flotando.

–Escucha a tu cuerpo —le dijo su padre desde la orilla de la alberca—. Lo estás logrando.

32

Kick tocó la puerta de la habitación de Bishop. Después de un minuto la puerta se abrió unos centímetros y él se asomó con la cadena puesta.

–Quiero que hablemos —dijo Kick. Había venido directo desde su habitación y estaba descalza, vestida con lo que había comprado en Target para dormir: una camiseta negra sin mangas y unos shorts de pijama tipo bóxer.

Bishop le cerró la puerta en la cara. Ella esperó. Vio que varios insectos chocaban contra la caja de luz que estaba arriba en la pared. Todas las habitaciones estaban acondicionadas con una cadena sobre una cerradura estándar de perilla, ambas fáciles de violar. Kick sólo hubiera necesitado un clip y una liga. Ni siquiera había cerrado su habitación con llave, ¿para qué molestarse?

Kick escuchó caer la cadena.

–Son las dos de la mañana —dijo Bishop. Estaba parado en la entrada, con unos jeans negros que se notaba se acababa de poner, y sin camisa ni zapatos. Parecía que los rasguños que le había dejado en los brazos habían sido dibujados con una pluma roja por una mano temblorosa. De su mano colgaba una botella de plástico con jugo.

Kick se asomó a la habitación. Se veía idéntica a la suya. Alfombra verde. El mismo estampado psicodélico de hojas tropicales en la colcha. La cama estaba tendida.

–¿Estás solo? —preguntó Kick.

Bishop miró por encima del hombro hacia la habitación de hotel, a todas luces vacía.

–Ah, sí —dijo.

Kick se sintió aliviada. Sólo por Bishop. Porque quizás había evitado contraer una ETS, y el autocontrol no era exactamente su estilo.

–Pensé que la recepcionista estaría aquí —dijo, pasando junto a Bishop hacia el interior de la habitación. El aire acondicionado funcionaba mejor que el de ella, y cruzó los brazos, se le puso la piel de gallina por el frío artificial. Olía a moho y a humo de cigarro impregnado. En la pared detrás de la cama estaba colgada una imagen de un coyote aullando a la luna. Su maleta aún estaba hecha, junto a la pared.

–¿O es que ya vino y se fue? —preguntó Kick.

Bishop cerró la puerta, tomó un trago del jugo y se limpió la boca con la mano.

–Ya sabes, al contrario de lo que piensa la gente, puedo pasar una noche sin tener sexo.

Kick resopló.

Bishop volteó la silla de su escritorio y se sentó, y Kick pudo ver las puntadas que todavía tenía en la espalda. Su laptop estaba conectada detrás de él en la superficie de madera laminada que servía como escritorio. Kick adivinó que estaba sentado frente a su computadora cuando tocó. La laptop estaba cerrada, pero encendida.

Además de la silla del escritorio, las otras opciones para sentarse eran la cama y un sillón de lectura con tela anaranjada y manchada.

En la habitación contigua alguien escuchaba una estación de radio en español.

Kick no sabía dónde sentarse. La alfombra estaba pegajosa bajo sus pies. Caminó hacia Bishop, le quitó la botella de jugo y bebió. Era jugo de naranja, dulce y con pulpa. Observó la etiqueta. Recién exprimido. No había forma de que lo hubiera comprado en las máquinas de la alberca, lo que significaba que, en algún momento más temprano de esa noche, había hecho el recorrido de veinte minutos al pueblo sin ella.

Le devolvió la botella y él le dio un trago.

–¿Querías hablar de algo en particular? —preguntó él, escudriñándola—. ¿O sólo querías contagiarme tu insomnio?

No parecía darse cuenta de que ella estaba casi desnuda.

–¿Con cuántas mujeres has tenido sexo? —preguntó Kick. La pregunta sonaba tan extraña tanto en su cabeza como al decirla en voz alta.

–Con más que tú —dijo Bishop. La miraba fijo con sus ojos grises—.

Digo, no sé, estoy asumiendo —sonrió para sí mismo mientras tomaba otro trago de jugo—. No sé qué es lo que te gusta a ti.

Kick lo observó con detenimiento. La cicatriz en su cuello era hermosa, gruesa como estambre.

Había pensado decirle sobre el Grupo Médico Tridente, sobre los resultados de los análisis, y que quizás él la convencería de no hacer lo que pensaba. Pero no era por eso que estaba ahí. Tenía la nuca hirviendo.

En la estación de radio en español comenzó a tocar un grupo de mariachi.

Bishop recargó la botella en su pierna y miró a Kick a la expectativa.

Kick titubeó, luego le quitó el jugo de la mano y se lo terminó de un trago.

–Sírvete —dijo Bishop con ironía.

Mareada, Kick aventó la botella vacía en la alfombra, se limpió la boca, trepó al regazo de Bishop y se sentó a horcajadas sobre él.

Ella estaba asombrada por lo sorprendido que parecía Bishop. Los músculos en su pecho se tensaron y por reflejo levantó los brazos de la silla. Kick pensó que tal vez la paramédico y la sobrecargo fueron más sutiles. En ese momento, Bishop pudo haberla detenido en seco con algún argumento implacable, pero no lo hizo. Recargó las manos en los brazos de la silla y se quedó inmóvil. Eso confundió a Kick. No sabía lo que él quería. Pensó que quería sexo todo el tiempo. No podía mirarlo a los ojos, le preocupaba verlo horrorizado o algo así. En cambio, dividió el total entre las partes: el ángulo de su quijada, la cicatriz sonriente a través de su cuello, los vellos negros en su pecho, los músculos duros en sus brazos con arañazos. Ahora todo el cuerpo de Kick vibraba de calor. Entrelazó los dedos sobre la nuca de Bishop y jaló su boca hacia la de ella. Sus lenguas se tocaron. Sabían a jugo de naranja. Ella movió su lengua alrededor de la boca de él, explorándolo. Él la besó pero con cautela, y aún no la había tocado.

Después de que Kick planteó lo que deseaba, no estaba segura de qué era lo que él quería que hiciera; una parte de ella quería que Bishop le echara un discurso paternal, le diera una palmadita en la cabeza y la mandara a dormir.

Pero algo había cambiado, se sentía invadida por un deseo físico casi desesperado que hacía que todos sus demás planes fueran difusos. Con los dedos en la nuca de Bishop tocó el hilo de nailon con el que estaba suturada una herida.

Kick se meció hacia delante sobre su regazo. Sintió que su abdomen se contrajo, lo escuchó inhalar y exhalar, y él recorrió los muslos de Kick con las manos hasta llegar a la espalda baja. Un pulso de placer irradiaba a lo largo de las piernas de Kick mientras jalaba a Bishop hacia ella; él introdujo la lengua más profundo en su boca y metió las manos debajo de su camiseta. Separó su boca de la de ella para quitarle la camiseta y Kick se dio cuenta de que estaba sin aliento. Esperaba que él le preguntara lo típico: si estaba "segura", o "lista" o "bien".

Sabía lo que respondería. Pero nunca se lo preguntó. Bishop la cargó y la llevó a la cama, y después de eso ya no conversaron más.

33

Kick buscó sus calzones con el pie en la oscuridad, logró encontrarlos, los jaló a la cama y se los puso. El aire acondicionado estaba a tope y enfriaba su piel sudorosa. Bishop estaba dormido en la cama, una silueta inmóvil, respirando como una cabra tranquilizada. Kick encontró sus shorts revueltos entre las sábanas y se los puso. El reloj digital en la mesita de noche decía que eran las 5:15 a.m. Se bajó despacio de la cama. Su camiseta estaba sobre la alfombra en algún lugar cerca del escritorio. Se arrastró por la habitación, la encontró en el piso, se la puso y le quitó el seguro a la puerta.

Kick se manejaba bien en la oscuridad. Era sigilosa. Eso era lo que estaba pensando cuando de pronto tuvo la sensación de ser observada.

–¿Adónde vas? —preguntó Bishop en voz baja.

Kick se detuvo con la mano en la perilla. Él sonaba despierto por completo. Lo que tal vez significaba que lo había estado todo el tiempo.

Se sintió tonta por estar buscando a tientas su ropa en la oscuridad, escabulléndose como una adolescente.

–A mi habitación —dijo por encima del hombro. Quería irse de ahí. Abrió la puerta y estaba a la mitad del umbral cuando Bishop encendió la luz de la lámpara junto a la cama y le dijo:

–Espera.

Si tan sólo hubiera sido más rápida. Kick se detuvo y volvió a entrar a la habitación. El tirante de su camiseta se le deslizó por el hombro y Kick se lo acomodó. Bishop estaba apoyado sobre los codos en la cama, sin hacer ningún esfuerzo por cubrirse.

Inspiró profundo para hablar.

Kick lo interrumpió. Odiaba esta parte.

–No te disculpes —dijo dramáticamente—. Todo mundo se disculpa después —si tan sólo la dejara irse todo estaría bien, pero estaba a punto de portarse como un boy scout con ella—. Por una sola vez —dijo Kick, levantando las manos exasperada— me gustaría ser capaz de tener sexo casual como todo mundo.

–Te iba a decir que quiero que mañana nos vayamos a las diez —dijo Bishop.

Kick jugueteó con un mechón de pelo, nerviosa.

–Ah —dijo. Aclaró la garganta—. Okey. Estaré lista —lanzó una mirada furtiva hacia Bishop a través de su melena mientras salía. Él ya estaba recostado y estiró la mano para apagar la luz.

–Duerme un poco —le dijo Bishop cuando Kick cerró la puerta.

Kick se apresuró, sonriendo para sí misma, y cruzó el patio de cemento hacia su habitación. Todavía estaba oscuro pero el horizonte comenzaba a pintarse de rojo y ya había pocas estrellas en el cielo. Esto era una revelación: sexo sin psicodrama. ¿Así es como la gente lo hacía? ¿Sólo tenían sexo y no tenían que hablar de ello con terapeutas?

Kick se paró sobre una manguera flexible que estaba desenrollada en el piso y colgaba de la orilla de la alberca. Se detuvo e hizo un inventario de sus alrededores. Dos habitaciones, ambas en el segundo piso, tenían las luces encendidas. Las sillas blancas de plástico habían sido apiladas por la noche junto a las máquinas de refrescos. Kick se sintió atraída hacia la luz azul de la alberca y se paró en la orilla, deshaciéndose los nudos del pelo con los dedos.

Estaba sorprendida de lo refrescante que se veía, y recordó esa sensación de liviandad al estar en el agua. De pronto sintió un deseo imperioso de meterse. Estuvo a punto de soltar unas risitas de emoción por la idea. Era una locura. No le gustaba nadar. No tenía traje de baño. La última vez que había estado en una alberca tuvo un ataque de ansiedad masivo.

Pero el deseo fue tan inesperado y fuerte que se preguntó si debía aprovecharlo. Podría meterse con lo que traía puesto.

La alberca estaba en calma. La tira de hule espuma ya no estaba. El extremo de la manguera se balanceaba despacio bajo el agua en la parte honda. Metió el dedo gordo de un pie al agua: estaba fría y sintió escalofríos en la pierna. Las ondas azules se reflejaban en su pálida pantorrilla con cicatrices, lo que la hacía parecer líquida. Su cuerpo estaba desapareciendo. Convirtiéndose en agua.

—La alberca está cerrada —dijo una voz de hombre.

Kick brincó y sacó el pie de la alberca salpicando un poco. Pensó que estaba sola. Se esforzó para voltear. El patio estaba vacío. El silencio era tal que podía escuchar la vibración de las máquinas expendedoras. Pero ahora estaba atenta y notaba cosas que antes no había visto. Había una red para limpiar la alberca abandonada en el piso. La puerta del cobertizo de lámina galvanizada estaba entreabierta. La red le evocó algo que le erizó la piel.

Un hombre de estatura baja y fornido, de mediana edad, salió del cobertizo. Kick pensó que estaba teniendo visiones. Lo miró boquiabierta, sin poder hablar. No podía ser él. Su madre tenía razón: ella estaba loca, era una maldita loca de atar. Pero esa silueta, ella conocía su forma.

Era Klugman.

Kick lo supo incluso sin ver su cara. El hombre al que estaba viendo en ese momento, el hombre que estaba limpiando la alberca del Motel Rosa del Desierto, era Klugman. Conocía la inclinación de sus hombros y la forma en que sus brazos se doblaban en los codos, sus muslos en forma de tronco. Eso era lo que mejor recordaba: la silueta de Klugman detrás de la luz brillante de la cámara de video.

Pero no podía ser Klugman.

Cien billones de células nerviosas le gritaban a Kick que corriera. Su corazón latía tan fuerte que ya ni siquiera lo sentía.

Pero el miedo era una habilidad. Y Kick lo había practicado.

La creciente luz del amanecer pintó de rosa el uniforme blanco de limpieza de Klugman. Tenía la cabellera tupida y mal cortada. Él levantó la mirada y sonrió, sus dientes brillaron.

—Bonita mañana, ¿verdad? —dijo. Caminó hacia delante y su rostro entró a foco, las mejillas suaves y los labios casi sin color.

Era bajo de estatura. Tal vez 1.70 metros. Kick lo recordaba como un gigante. Veía a todos más altos en ese entonces. Pero ahora Kick y Klugman medían lo mismo. Ahora podía verlo directo a los ojos.

—La alberca abre a las siete —dijo.

No la reconoció.

Ella *estaba* loca. No era él. Ese hombre ni siquiera la conocía. Y aun así... la forma de su cuerpo, ella la conocía. Sabía que era él.

–Sé quién eres —dijo Kick.

Klugman acercó la oreja.

–¿Qué?

–Me quedé contigo en San Diego. Sé lo que le hiciste a James. Sé lo que me hiciste a mí. Lo recuerdo. Lo recuerdo todo.

Su rostro se iluminó y lentamente apareció una sonrisa. Kick sintió una acidez que le subía por la garganta.

–Miss América —dijo, chupándose el labio superior—. Ya me acordé de ti.

¿Qué se suponía que dijera él? Kick no lo sabía. Pero esperaba que dijera algo, que se disculpara o se justificara, o que negara todo: algo. Kick no supo cuánto tiempo estuvieron ahí parados. Sintió como si fueran cinco vidas enteras. Al fin, Klugman se rascó la nuca.

–Mira —dijo él—, me dio gusto verte, pero la alberca no se limpiará sola.

Ella lo miró con incertidumbre mientras él se alejaba por el patio. *¿Eso fue todo?*

–¿No tienes nada que decirme? —preguntó Kick.

Klugman la miró por encima del hombro. Su rostro era una sombra.

–¿Como qué? —dijo.

El miedo de Kick se transformó en furia, que era mucho más satisfactoria. El miedo venía con dos opciones: pelear o huir. La furia ofrecía más gamas de posibilidades. Podría haber ido a su habitación por la Glock, volver y dispararle en un órgano no vital. Podría haberlo atravesado con los cuchillos de lanzamiento o rociarlo con gas pimienta o ir y llamar a Bishop, o incluso buscar a la policía. Kick quería usar sus propias manos.

Kick envolvió el pulgar con su índice y dedo medio, entre los dos primeros nudillos, y apretó fuerte el puño.

Klugman había sacado del cobertizo una cubeta blanca de plástico con tapa y estaba caminando despacio de vuelta a la alberca, refunfuñando a cada paso.

Podía noquearlo de un golpe. Si apuntaba a la garganta él lo notaría, y en automático alineó el puño a la altura de la barbilla. Podía golpearlo en la barriga para que no pudiera respirar. Podía apuntar a su hígado, por un lado, después a sus costillas, por el otro. Podía patearlo en la ingle. Pero no quería sólo lastimarlo. Quería hacerlo sangrar.

Klugman colocó la cubeta en el piso y se frotó la espalda baja.

–¿Quieres echarme una mano? —le preguntó a Kick.

Ella levantó el puño junto a su cara, inclinó un poco la muñeca hacia abajo para alinear sus primeros dos nudillos con el antebrazo, y revisó que sus brazos estuvieran al nivel de los hombros. Luego bajó la barbilla y le lanzó un golpe.

Sus nudillos hicieron contacto arriba de la quijada de Klugman y se clavaron. Sintió la carne de su cara y el hueso duro debajo mientras su puño le volteaba la cabeza hacia un lado. Empujó las caderas con el golpe y continuó. De la nariz de Klugman salió disparado un chorro de sangre en forma de arco y cayó en el concreto. Él levantó las manos y las puso en su cara. Kick retrocedió el puño, lista para golpear de nuevo, balanceándose sobre las puntas de los pies. Pensó que él gritaría y que tendría que volver a golpearlo, pero el hombre se puso de rodillas, lloriqueando.

Kick se paró junto a él, todo su cuerpo vibraba. Cada célula de su cuerpo rebosaba de alegría.

–¿Me recuerdas ahora? —dijo.

34

Kick tocó suave en la puerta de Bishop.

–¡Bishop! —susurró con voz ronca.

La puerta se abrió de inmediato. Kick le dio a Klugman un fuerte empujón y entró a la habitación detrás de él. Klugman se tambaleaba hacia delante, apretando contra su cara una toalla empapada en sangre. Kick se sentía inmensamente orgullosa de sí misma, como gato dejando caer un pájaro muerto en las escaleras.

Bishop cerró la puerta después de que entraron y ahora estaba recargado en ella, desnudo, la viva imagen de la despreocupación.

–¿Ésta no es otra maniobra para tener sexo conmigo? —preguntó.

–Es él —dijo Kick. Movió un brazo frente a Klugman, que estaba acurrucado contra la pared afuera del baño.

Bishop le lanzó una mirada a Klugman al dirigirse hacia la mesita de noche.

–Me alegra que no hayas atacado a un extraño —le dijo a Kick, y agarró el control remoto del televisor.

–Él es quien limpia la alberca en el motel —dijo Kick. Y entonces comprendió por qué se le erizó la piel al ver la red para limpiar la alberca.

–Me rompió la maldita nariz —dijo Klugman; su voz se escuchaba ahogada por la toalla.

Bishop apuntó el control remoto hacia Klugman.

–Tú —le dijo—. No hables.

Klugman bajó la cabeza.

Bishop dirigió el control remoto al televisor de treinta años de antigüedad que estaba frente a la cama. Pasó algunos canales y luego lo dejó en un infomercial. En la pantalla una mujer estaba hablando sobre cómo perdió 45 kilos ejercitándose sólo diez minutos al día en el aparato casero de ejercicio Total Gym.

–No quiero ver televisión —dijo Kick.

Bishop sacó una bolsa de lona debajo de la cama.

–¿Estás segura? —preguntó—. Es un gran producto.

Colocó la bolsa de lona sobre el colchón y abrió el cierre. Kick no podía ver qué había dentro, pero presentía que no era el Total Gym. Tampoco era ropa, porque Bishop no se vistió.

–¿Le rompiste la nariz? —preguntó Bishop casualmente.

A juzgar por la hinchazón, la copiosa cantidad de sangre fluyendo de las fosas nasales de Klugman y el tono de sus lloriqueos, Kick no tenía duda de que le había roto la nariz.

–Creo que sí —respondió.

–Mala idea —dijo Bishop. Estaba inclinado sobre la bolsa, revisando lo que había dentro, y las cosas sonaban al revolverlas. Hacía que se le dificultara a Kick concentrarse.

–Lo estaba sometiendo —dijo Kick.

–Lo sé —dijo Bishop. Se levantó y se paró frente a ella, desnudo—. Pero hace que la siguiente parte sea más difícil.

–¿La siguiente parte? —Kick desvió la mirada, exasperada—. Sí sabes que estás desnudo, ¿verdad?

–Duermo desnudo —dijo Bishop—. Así siempre estoy listo cuando las damas llegan a la mitad de la noche "para hablar".

–Bueno, me gustaría que te pusieras unos pantalones —dijo Kick.

–Lo haré —dijo Bishop. Sonrió para sí mismo mientras sacaba un par de esposas y un rollo de cinta de aislar de la bolsa. Klugman ya estaba recargado contra la pared—. En un minuto.

35

Kick sabía lo que era estar asustada. James había estado asustado, cada noche en ese sótano, cuando las ratas salían de las tuberías por el escusado del baño. Kick había vivido aterrorizada en la oscuridad durante meses, antes de que le permitieran conocer el resto de la casa. Su infancia había estado dominada por el miedo a Mel; miedo de ser alejada de él. Así que no estaba particularmente preocupada cuando Bishop puso a Klugman contra el suelo, lo esposó a la esquina de la base metálica de la cama, le puso cinta sobre la boca y lo dejó con los ojos rojos y quejándose mientras se fue a poner los pantalones con tranquilidad.

Kick comprendió entonces por qué el televisor tenía que estar tan fuerte.

El sillón de lectura, anaranjado y manchado, olía a calcetines sucios. Kick se sentó sobre él y abrazó con fuerza sus piernas desnudas; tenía la mirada fija en Klugman, quien estaba encogido en el piso contra la cama, luchando por respirar a través de la sangre que le brotaba de la nariz.

En la televisión, Chuck Norris hacía que la rutina en el Total Gym pareciera fácil.

–Se está sofocando —dijo Kick.

–¿Te acuerdas cuando dije que romperle la nariz había sido una mala idea? —dijo Bishop, abotonándose los pantalones—. A esto era a lo que me refería.

De la bolsa de lona sacó un rollo de plástico y lo desplegó sobre la alfombra frente a Klugman. Luego lo asió por detrás del cuello y lo jaló hacia delante, encima de la cubierta de plástico.

–Tenemos que hablar de James —dijo Bishop.

Klugman giró la cabeza para ver a Kick, con los ojos casi saliéndose de sus órbitas. Kick olía el sudor y la sangre del hombre, el olor a químico del plástico.

–No la mires a ella —dijo Bishop, sosteniendo con firmeza la barbilla de Klugman—. Mírame a mí. ¿Recuerdas a James?

Klugman estaba asustado con razón. Bishop daba miedo. Tenía cicatrices y rasguños y puntadas. Sus facciones angulosas lo hacían ver duro. Era como la noche en que había ido al departamento de Kick, como si pudiera convertirse en una persona diferente cuando quisiera.

–¿Entonces? —dijo Bishop.

Klugman titubeó y luego hizo un ruidito debajo de la cinta que tenía en la boca.

–¿No? —dijo Bishop. Frunció el ceño y soltó la barbilla de Klugman—. El pequeño niño que tuviste encerrado detrás de la pared de tu sótano con todos los carteles de viajes y el escusado descompuesto —sacó la fotografía de sus jeans y la sostuvo frente al rostro de Klugman—. ¿Te trae algún recuerdo?

Kick estaba asqueada. Klugman no la había reconocido al principio. ¿Pero James? Lo había vendido como si fuera un mueble usado.

Ella quería que Bishop lo hiciera pagar.

–Dime el nombre del hombre que lo compró —dijo Bishop.

La sangre salía como espuma de la nariz deformada de Klugman. Borboteaba cuando trataba de respirar. Los tendones de su cuello estaban completamente tensos y su rostro se estaba poniendo cada vez más morado.

En la televisión, Chuck Norris hablaba con alguien que había perdido 15 kilos tan sólo haciendo diez minutos de ejercicio al día con el Total Gym.

–¿Hay algo que quieras decir? —preguntó Bishop y le arrancó la cinta.

Klugman jaló una enorme bocanada de aire.

–No puedo respirar —resopló.

Bishop meneó el trozo de cinta frente a la cara de Klugman.

–¿Cómo esperas que te ayude con tus problemas si tú no me ayudas con los míos? —preguntó Bishop.

–Nunca lo conocí —dijo Klugman, jadeando. La sangre le salía de la nariz como si fueran mocos, y su camisa blanca estaba manchada—. Arreglamos todo por internet.

–¿Cómo hiciste la entrega? —preguntó Bishop.

Klugman no respondió.

–Se llevó a James a alguna parte —dijo Kick—. Se fue de la casa con James y regresó con un auto nuevo.

Bishop se estiró para recoger la bolsa de lona. Los músculos de su torso hacían sombra cuando se movía. Las pequeñas puntadas de hilo negro sobresalían en su espalda como púas de puercoespín.

–¿Te consideras una persona con suerte? —le preguntó a Klugman.

Los ojos de Klugman estaban enormes.

–Mira esto —dijo Bishop y le enseñó su cuello—. ¿Ves esta cicatriz? Mi hermano fue raptado y asesinado cuando éramos niños por un hombre como tú.

Sacó de la bolsa un par de guantes de látex y se los puso, estirándolos y acomodándolos bien como un cirujano.

–Él nos pudo haber llevado a los dos —dijo—. Pero me cortó la garganta y me abandonó ahí, pensando que estaba muerto.

La habitación estaba fría, pero el aire acondicionado no se apagaba. Kick tenía los brazos erizados pero no se movió, no se atrevía ni a respirar.

–No sé por qué se llevó a mi hermano y a mí no —dijo Bishop.

Extrajo una navaja de peluquero de la bolsa y la colocó sobre la cubierta de plástico.

Klugman se veía aterrorizado, y le suplicaba a Kick con la mirada. Ella no ofreció nada en respuesta; mantuvo el rostro inexpresivo.

–¿Tú crees que eso me hace afortunado? —preguntó Bishop. Sujetó a Klugman por la barbilla otra vez, forzándolo a mirarlo. Por su rostro caían lágrimas—. Sí —dijo Bishop despacio—. Yo también lo he reconsiderado una y otra vez —bajó la mano y se sentó—. Me enojó por algún tiempo. Admito que me llevó a algunas opciones de vida poco saludables —volvió a meter la mano a la bolsa y Kick vio que Klugman comenzó a lloriquear antes de ver el taladro anaranjado Black & Decker—. Pero luego tuve oportunidad de pasar tiempo con aquel hombre de nuevo. Y yo… —Bishop miró a Kick y luego se inclinó para acercarse a Klugman—. Digamos que pude liberar un poco de mi enojo.

Klugman se retorció y sacudió las muñecas esposadas.

–Y sabes qué —dijo Bishop, y se sentó de nuevo, sonriendo con nostalgia—, desde entonces me siento mucho mejor.

Klugman ahora estaba temblando.

—Estás loco —carraspeó.

Bishop agarró la navaja. *Sí* se veía como un loco.

—Pero me divierto.

En el momento en que Bishop comenzó a acercar la navaja hacia él, Klugman se quebró.

—Dejó el dinero en una parada de camión —dijo Klugman, tartamudeando y llorando—. Y le dejé ahí al niño.

—¿A qué te refieres con que le dejaste ahí al niño? —preguntó Bishop.

—Le dije que su mamá lo quería de vuelta —dijo Klugman, arrastrándose contra el costado de la cama—. Le dije que la esperara ahí en la banca.

La imagen de James sentado en esa banca, emocionado y a la expectativa, provocó que a Kick le ardiera la garganta.

—Hijo de puta —le dijo.

—Es lo único que sé —gimió Klugman.

—Necesito que vuelvas a tu habitación, Kick —dijo Bishop.

Todavía tenía la navaja en la mano.

Kick lo dudó por un momento. Escudriñó a Bishop para ver si había una pista, alguna indicación de lo que se suponía que tenía que hacer. Pero él no le dio ninguna. Respiró hondo.

—Quiero ver —dijo.

Bishop la miró, pero su rostro era inexpresivo.

—Esto no es una simulación —dijo con cuidado—. Voy a empezar a lastimarlo. Así que si no estás cómoda con eso, deberías irte ahora.

Klugman estaba llorando, le temblaban los hombros, le borboteaba sangre de la nariz. Si estaba escondiendo algo, ellos lo sabrían. Si lo iban a convencer de eso, Kick sabía que tenía que seguir el juego.

—No estoy incómoda con eso —dijo.

Bishop se movió tan rápido que no estaba segura de qué sucedió después. Puso a Klugman contra el piso sosteniéndole la cabeza, sobre la cubierta de plástico, y luego ella vio la navaja en el aire, y Klugman lanzó un alarido. Con la mano Bishop le tapó la boca hasta que sus alaridos se convirtieron en un llanto silencioso.

Luego lo soltó y se sentó sobre sus talones, jadeando un poco, con el pecho salpicado de sangre.

Kick sintió que el vómito le quemaba la garganta. Klugman estaba en posición fetal, tenía sangre donde antes estaba su oreja.

–Puta madre —dijo Kick, con las manos sobre la boca.

Bishop dejó caer un pequeño trozo de carne sobre la cubierta de plástico.

–Te dije que no era una simulación —dijo mientras limpiaba la sangre de la navaja en el muslo de Klugman, sobre sus pantalones blancos.

Un olor abrumador de orina inundó la habitación.

Kick reprimió una arcada.

–Conozco su apodo virtual —chilló Klugman en medio del llanto.

–Te escucho —dijo Bishop.

–Es Iron Jacket —dijo Klugman—. No sé nada más, lo juro.

Bishop exhaló.

–Okey —dijo. Cerró la navaja y la echó a la bolsa de lona—. ¿Ese nombre significa algo para ti? —preguntó.

El primer infomercial había terminado, y ahora docenas de personas estaban haciendo zumba en la pantalla del televisor, mientras un instructor gritaba animándolas.

–El nombre, Kick, ¿significa algo? —dijo Bishop.

Respiró entrecortado y se quitó las manos de la boca.

–No —dijo.

Bishop se sacó un guante de látex.

–Por qué no vas a tu habitación a vestirte —le dijo. Miró alrededor—. Me tomará unos minutos empacar y limpiar esto.

Kick asintió, se levantó y caminó hacia la puerta sin palabras. La botella de jugo de naranja todavía estaba en la alfombra.

–Iron Jacket trató de comprarte —le dijo Klugman a Kick—. Le ofreció diez mil dólares a Mel, pero él dijo que no te vendería por menos de 15 mil.

–Eso es mentira —dijo Kick. Miro hacia el frente, sin voltear atrás—. Mel no era como tú.

Kick ya había empacado su bolsa de plástico de Target y estaba sentada sobre el cubrecama de estampado tropical psicodélico, esperando, cuando Bishop tocó. Abrió la puerta de la habitación y lo encontró totalmente vestido, con la maleta en una mano y la bolsa de lona colgando de un hombro. Estaba de un humor alegre.

–¿Estás lista? —preguntó—. Ya informé de nuestra salida —le ofreció una galleta que se veía rancia sobre un plato de cartón—. Danesa. Del lobby.

Miró la galleta danesa. Luego a Bishop.

–¿Lo mataste? —preguntó.

Veía su propio reflejo en los lentes de sol de Bishop, pero no podía ver los ojos de él. Él se acercó, sin cambiar su expresión.

–No —dijo en voz baja—. Llamé a la policía. Vendrán a recogerlo. Dejé el televisor encendido para que aprenda zumba. ¿Nos podemos ir ya? —acomodó el asa de la bolsa de lona sobre su hombro—. ¿O voy a ir tras Iron Jacket yo solo?

Kick recogió su bolsa y la bolsa de Target y lo siguió hacia fuera con la galleta. El cielo estaba anaranjado y el motel comenzaba a volver a la vida. Un par de niños jugaban en la alberca mientras su papá tomaba café y veía su celular en una silla. Una recamarera con vestido rosa empujaba un carrito lleno de toallas blancas dobladas a lo largo de la veranda. Kick miró a través del patio hacia la habitación de Bishop; del picaporte colgaba un letrero de NO MOLESTAR. Ella tenía el pelo mojado que colgaba en mechones pesados a ambos lados de su cara. Olía a champú de hotel, un aroma que reconocía pero que no podía identificar del todo. Estaban cruzando el pasillo de concreto junto a la alberca cuando de pronto Kick se detuvo. Observó el piso alrededor de sus pies.

–Bishop —lo llamó con voz áspera.

Él se dio la vuelta, suspiró y caminó hacia ella cargando las maletas.

–Aquí fue —susurró. Lo había golpeado muy fuerte. Había sangrado. Ella lo había visto sangrar. Se le atoró la voz en la garganta—. La sangre ya no está.

–Yo la limpié —dijo Bishop.

Kick volteó a ver el patio. La aspiradora de la alberca, la red, todo había desaparecido.

Ahora se sentía mal por haberse dado un baño mientras él había trabajado tanto.

–Mi pelo es muy largo —trató de explicar. Necesitaba mucho mantenimiento. La gente no lo entendía.

–No me di cuenta —dijo Bishop, comenzando a caminar de nuevo.

Kick vio el techo del Impala sobre la pared de concreto que separaba el patio del estacionamiento.

–Tenemos que hablar —dijo Kick.

Bishop se detuvo.

–¿Podemos hacerlo en el auto? —le preguntó por encima del hombro.

–No.

Bishop exhaló.

–Okey —soltó las maletas en el piso y caminó hacia ella. Se rascó la nuca—. ¿De qué quieres que hablemos? —levantó las cejas—. ¿Del sexo?

–Ah —dijo Kick, alarmada—. No. Estoy bien con respecto al sexo.

Bishop se relajó visiblemente.

–Qué alivio —dijo—. Okey, ¿entonces de qué?

–Le cortaste la oreja —murmuró Kick. Respiró y se puso la mano sobre la boca. Miró alrededor. Los niños estaban jugando y salpicándose con el agua. El papá estaba dormido.

–Parte de la oreja —la corrigió Bishop, bajando la voz—. Estará bien. Si tiene que preocuparse de algo, es de su nariz —se acomodó los lentes—, con lo que yo no tuve nada que ver.

Kick titubeó.

–¿Así que todo fue una actuación? —preguntó—. ¿No ibas a torturarlo en realidad?

–Por supuesto que no —dijo Bishop.

Kick rio aliviada. Bishop estaba tratando de asustar a Klugman. Había funcionado y ahora tenían una pista. Así de cerca estaban del hombre que le había hecho daño a Monstruo y a James. Todo esto era excelente, verdaderamente excelente. Tomó un pedazo de galleta y se lo comió, y miró la puerta de la habitación de Bishop.

Bishop se dirigió hacia el auto.

Kick sintió comezón en la nuca.

–¿Por supuesto que no, no era una actuación? —le preguntó, corriendo para alcanzarlo—. ¿O por supuesto que no, no ibas a torturarlo de verdad?

37

Kick miraba fijo hacia el frente a través del parabrisas y trataba de no pensar en el hecho de que iba a toda velocidad a través del desierto en un Impala sucio, con la cajuela llena de instrumentos de tortura y acompañada por un hombre que llevaba una cubierta de plástico y cinta de aislar en su maleta.

Bishop estaba comiendo semillas de girasol que había comprado en la gasolinera unos kilómetros atrás. Habían visto el rostro de Adam Rice en un póster de niños desaparecidos en la puerta principal de la caseta de la gasolinera; Kick lo vio cuando fue a pedir la llave para el baño. Si es que Bishop lo había visto, no dijo nada. Cada tanto escupía unas cinco o seis cáscaras de semillas en un vaso de café de unicel. El sonido que hacía crispaba los nervios de Kick.

–¿El nombre ayuda? —preguntó ella.

Bishop había estado texteando en el celular desde que dejaron el motel. Volteó a verla.

–Iron Jacket —dijo—. Es un apodo pegajoso, ¿verdad?

El camino frente a ellos se reflejaba en sus lentes de aviador, a ambos lados se veía el desierto vacío.

–Eso es un no, ¿verdad?

–Nos acerca.

Kick recargó la cabeza en el respaldo del asiento. El parabrisas del Impala estaba plagado de bichos muertos. Pasaron un espectacular con un anuncio de un casino tribal.

–Hay mucha información que examinar —dijo Bishop—. Los grandes usuarios son monitoreados activamente. No es uno de ellos, al menos no con ese apodo. Tomará algo de tiempo —escupió más cáscaras de semilla de girasol en el vaso de café.

Kick jugueteaba con su cinturón de seguridad. Luego ajustó el visor para sol. Luego volvió a reajustarlo.

Revisó el expediente médico de James. Su presión arterial había bajado y le habían empezado a administrar antibióticos de amplio espectro.

Kick miró a la deriva por su ventana. Frente a ellos, las laderas tenían diferentes tonos de violeta. A excepción de los espectaculares ocasionales, por lo que se veía el paisaje lucía vacío. La ventana estaba caliente por el sol.

Otro espectacular del mismo casino apareció en el horizonte. Un jefe indio con un penacho extendía una pipa en aparente celebración por el hecho de que Dionne Warwick se presentaría ahí. Pero el ilustrador le había puesto al jefe de la tribu una pipa Tomahawk. Podía ser usada como pipa o como hacha en combate cuerpo a cuerpo. Un extremo de la pipa era paz, y el otro era un hacha de guerra.

–¿Puedo ver la foto? —le preguntó a Bishop.

Buscó en su bolsillo y le dio la foto de James de niño con Klugman. La sostuvo con delicadeza en la mano. Las esquinas estaban suaves y estaba tibia por el calor corporal de Bishop. Olía a moho.

–Mel dijo que Iron Jacket subía fotos —dijo Kick—. Y Klugman dijo que se comunicaba con él en línea. Si Iron Jacket es un pedófilo y está en internet, entonces está en los sitios de pornografía. Para que te den acceso a esos sitios primero tienes que subir nuevas imágenes. Así que se ha estado comunicando con gente. Hay un rastro virtual.

–Si vende imágenes está siendo cuidadoso —dijo Bishop—. Tal vez esté intercambiando archivos directo con sus conocidos.

–Alguien sabe quién es —dijo Kick—. Es una comunidad, y él la está poniendo en peligro. Los hace quedar mal.

–¿Él hace que los pedófilos se vean mal?

–Es un sádico —dijo Kick—. Un asesino. Sí, yo diría que hace que los pedófilos se vean mal. Pero están muy temerosos de denunciarlo porque lo conocen y él a ellos.

–¿En qué nos ayuda eso?

–Ponme en una sala de chat —dijo Kick. No sabía por qué no lo había pensado antes—. Crecí con esa gente. Sé cómo hablarles. Alguien sabe quién es ese tipo. Haremos un video para que puedan verme. Podemos subirlo a algunos de los sitios más conocidos. Soy una leyenda, Bishop. Alguien querrá impresionarme.

La atención de Bishop oscilaba entre Kick y la carretera. No captaba muy bien la idea.

–Tú me llevaste a ver a Mel —lo presionó Kick.

–Sí —dijo Bishop—. Un pedófilo muriéndose y atado a una cama. Y, extraoficialmente, yo no estaba de acuerdo con eso. Estás hablando de aparecerte frente a un millón de pedófilos, muchos de los cuales quizá se han masturbado viendo tus fotos.

–Lo sé —dijo Kick. Estaba jugueteando con el anillo de alambre. Había hecho todo tipo de cosas que la asustaban. Había saltado de un avión con un paracaídas a su espalda; había testificado en la corte; se había ido con Bishop a pesar de que sabía que no podía confiar en él. Podía hacer esto también, por James.

Bishop miraba el camino. El calor provocaba que el pavimento pareciera flotar frente a ellos.

–Okey —dijo—. Lo arreglaré. Conozco a algunas personas en Portland que son buenos con las computadoras.

–Bien —dijo Kick, un poco sorprendida de que Bishop no hubiera sido más insistente para convencerla de no hacerlo.

Las sombras del paisaje ahora eran color café.

Pasaron la salida del casino, una torre de vidrio alta y dorada brillante, adjunta a lo que parecía un centro comercial. El estacionamiento estaba lleno de autos. ¿De dónde venía toda esa gente?

–No estás casado realmente, ¿verdad? —preguntó Kick.

–Y *ahora* lo preguntas —dijo Bishop sonriendo.

–Esas semillas de girasol son asquerosas —dijo Kick.

Bishop se metió más semillas a la boca.

–Fue lo más saludable que encontré —dijo.

38

Bishop salió de la recámara del avión relajado y descansado. Por otra parte, Kick había dormitado en su asiento, tenía un hueco en el estómago y un dolor sordo detrás de los ojos. Su cabello todavía olía a champú barato de hotel. Lo olió en el avión y lo olía ahora en el Porsche Panamera de Bishop. Para cuando se estacionaron en una zona prohibida en el edificio de oficinas del Crowne Plaza, en la esquina de SW Bill Naito y Clay, ya se había acomodado el pelo en una trenza larga y apretada.

–Aquí están las oficinas del FBI —dijo Kick.

–Sip —dijo Bishop. Colocó en el tablero un pase de estacionamiento y se bajó del coche.

Kick agarró su bolsa y lo siguió.

–¿Ésta es la "gente que conoces en Portland"? —preguntó—. ¿El FBI?

–Los conozco; están en Portland —dijo Bishop.

Kick suspiró y miró hacia arriba el Crowne Plaza. Ocupaba la manzana completa, once pisos de vidrio y concreto estilo setentero. El FBI estaba en el cuarto piso. Había estado ahí muchas veces en los meses posteriores a su rescate, mirando al vacío mientras hombres trajeados la interrogaban.

Corrió hasta las amplias escaleras de la entrada para alcanzar a Bishop y lo siguió por la puerta giratoria.

El lobby del Plaza era como cualquier lobby de un edificio de oficinas: había un café y un directorio, un edificio de seguridad y personas en atuendos de negocios tomando café y sentados en las bancas. Kick y Bishop caminaron a través del lobby hasta un conjunto de elevadores, entraron en uno y apretaron el botón para el cuarto piso. El elevador comenzó a subir. Tenía paredes de acero cepillado y la iluminación era de buen gusto, pero de todas formas estaban atrapados en una caja de metal.

–¿Frank sabe de esto? —preguntó Kick.

–Claro —dijo Bishop.

Por supuesto que Frank sabía. Kick no entendía por qué, pero pensarlo le provocaba un poco de náuseas.

Sonó un timbre y el elevador se detuvo en el cuarto piso. Cuando las puertas se abrieron, Frank estaba ahí, esperándolos. Pero en vez de que ellos salieran del elevador, Frank entró con ellos.

–Hola, Frank —dijo Bishop—. Justo estábamos hablando de ti —apretó el botón para el sótano y el elevador comenzó a descender.

Frank los fulminó con la mirada.

–No me gusta esto —dijo.

–Fue su idea —dijo Bishop, señalando a Kick con el pulgar.

–Es una víctima —susurró Frank.

Kick esperaba que alguno de los dos tomara en cuenta que estaba ahí parada. Ninguno lo hizo.

–Es obvio que ella nunca te ha pateado los huevos —dijo Bishop—. Créeme: puede cuidarse sola.

Frank suspiró y le entregó a Kick una credencial de visitante con un cordón negro.

–Saludos para ti también —dijo Kick y se colgó la credencial al cuello.

Los tres se quedaron en silencio.

–Te acostaste con él, ¿verdad? —dijo Frank. Levantó la mano para detenerla antes de que Kick pudiera contestar—. Espera. No quiero saber.

Las puertas del elevador se abrieron.

–No eres mi papá, Frank —dijo ella, y salió hacia el sótano.

–Si lo fuera, le patearía el trasero a Bishop —escuchó que Frank murmuraba para sí mismo.

Los dos hombres salieron del elevador y Kick los siguió por un corredor de concreto, pasando el cuarto de correo y hacia una puerta de emergencia.

–¿Estás armada? —le preguntó Frank.

Kick se acomodó la correa de su bolsa.

–Más o menos —dijo.

Vio que Bishop sonreía.

Frank agarró su identificación, que tenía puesta en el cinturón, y la pasó frente a un lector junto a la puerta de emergencia. La puerta se abrió. Del otro lado había un escritorio, un guardia de seguridad, una bandera estadunidense y un detector de metales. Pasando eso, el corredor continuaba.

–¿Estás segura de que quieres hacer esto? —le preguntó Frank a Kick—. ¿Has pensado en lo que significará para ti?

Kick lo miró a los ojos.

–Estuve ahí —dijo, modulando la voz. Empuñó la mano y sintió el talismán enterrándose en su palma—. Vi lo que le hizo a James. Si esto ayuda a atraparlo, valdrá la pena.

Frank aflojó las mejillas, bajó las cejas.

–Okey —dijo Frank—. Aquí es donde me salgo de esto.

–¿No vas a quedarte? —preguntó Kick. No había querido que él estuviera ahí, pero ahora que estaba ahí no quería que se fuera.

–No puedo —dijo Frank. Desvió la mirada y se rascó la nuca.

–No quiere ver —explicó Bishop.

Kick asintió y respiró entrecortado. Era justo. Ella tampoco quería ver. Frank abrió la puerta para dejarla pasar. No podía dudar, no podía permitir que vieran que dudaba. Apretó el talismán y atravesó el umbral. Bishop la siguió. Y la puerta se cerró detrás de ellos.

39

La guardia de seguridad que los recibió del otro lado de la puerta tenía rímel azul y llevaba en su funda lo que parecía ser una Glock 21. Tomó la bolsa de Kick y a cambio le dio una ficha con un número para recogerla a la salida, luego la hizo pasar por el detector de metales cuatro veces. Bishop no tuvo que atravesar el detector de metales, pero Kick advirtió que la guardia se tomó su tiempo para cachearlo.

Cuando la guardia rubia decidió que había cacheado lo suficientemente bien a Bishop, pudieron continuar por el pasillo. Las paredes de concreto estaban pintadas de blanco. En el techo las lámparas fluorescentes zumbaban. En las paredes, a ambos lados del pasillo, había tableros de corcho tapizados de boletines, memos internos, carteles y volantes de personas desaparecidas mezclados con carteles para eventos locales. Una producción de preparatoria de *Joseph y su sorprendente manto de sueños en tecnicolor* estaba en la puerta, así como una venta de garaje.

Kick se detuvo en seco. Junto al anuncio de la venta de garaje había un nuevo volante de niños desaparecidos con la foto de Adam Rice. Aparecía abrazando contra su pecho un chango de peluche desgastado, y tenía la boca abierta, riéndose.

–Tómalo —dijo Bishop. Estaba a una docena de pasos delante de ella.

Kick tomó el volante. En otros seis meses emitirían una nueva, y luego una cada año después de eso, mostrando fotos progresivas de su crecimiento generadas por computadora. El avatar de Adam continuaría creciendo, aunque él no.

–Aquí es —la llamó Bishop desde una puerta sin distintivos un poco más adelante.

Kick metió el volante a su bolsa y se apuró para alcanzarlo.

–Bienvenida al centro de crimen cibernético —dijo Bishop.

Presionó un timbre montado en la pared y saludó con alegría a la cámara sobre la puerta. La cerradura de la puerta se liberó y Bishop sujetó la perilla.

–Todos le dicen el búnker —dijo—. Ya verás por qué.

Entraron a una habitación oscura, sin ventanas, alumbrada por el brillo de docenas de monitores de computadoras. Cada estación tenía tres o cuatro pantallas planas de varios tamaños. Al frente de la habitación, en la pared, había un monitor más grande donde giraba un logo del FBI como protector de pantalla. Había media docena de personas sentadas e inclinadas sobre los teclados, con los rostros iluminados por la luz de los monitores. Kick no pudo evitar pensar lo mucho que a James le gustaría eso.

Uno de los técnicos empujó hacia atrás su silla y se levantó para saludarlos.

–Él es Joe —le dijo Bishop a Kick. Él sonrió mientras Joe se acercaba a ellos—. Joe, ella es Kick Lannigan.

Joe le dio a Kick un fuerte apretón de manos. Él tenía el físico blando y pálido de alguien que pasaba la mayor parte de su tiempo inmóvil en una silla en una habitación oscura.

–Encantado de conocerla, señorita Lannigan —dijo—. Usted es la razón por la que todos estamos aquí.

–¿Disculpe? —preguntó Kick.

–Su caso —dijo Joe—. Si hubiéramos tenido esto montado y funcionando cuando usted fue secuestrada, la habríamos encontrado mucho antes. Gracias a usted obtuvimos financiamiento.

Kick miró todas las pantallas detrás de él, cada una con una imagen diferente, un sitio web o sala de chat o series de direcciones diferentes.

–¿Ustedes monitorean todo?

–Todo lo que podemos —dijo Joe—. También trabajamos para eliminar depredadores. Es una lucha cuesta arriba. Hay cientos de miles de sitios web. Hemos registrado diez millones de direcciones de IP públicas que ofrecen pornografía infantil o intercambio personal de archivos tan sólo en Estados Unidos.

Kick comenzaba a comprender el significado de lo que él decía.

–Entonces ustedes me han visto —dijo Kick.

Joe titubeó.

–Debemos ver las imágenes para identificar a las víctimas y a los delincuentes, los lugares —dijo. Se limpió el labio—. Nadie aquí lo disfruta.

Kick sonrió débilmente.

–¿Todavía soy famosa?

–Las Películas de Beth aún es la pornografía infantil que más se descarga de internet —dijo Joe. Un destello de arrepentimiento atravesó su rostro—. Tal vez no querías saber eso —dijo.

Kick trató de no hacer caso del comentario. No era una novedad. Tenía un clóset lleno de cartas de notificaciones de víctimas, un homenaje en vida a su presencia actual en internet.

Volteó a ver a Bishop.

–Te dije que era famosa.

Bishop estaba viendo su celular a propósito. Levantó la vista fingiendo estar distraído.

–¿Dónde quieres hacerlo? —le preguntó a Joe.

–De acuerdo —dijo Joe, y lanzó una mirada apesadumbrada a Kick—. Síganme.

Los escoltó hacia la esquina trasera del cuarto y atravesaron una puerta que daba a una pequeña sala de juntas con una estación de computadora contra la pared. Kick jaló la liga de su trenza y comenzó a deshacerla.

–Siéntate aquí —le dijo a Kick, indicando la mesa.

Miró nerviosa a Bishop y luego se sentó a la mesa. Joe se sentó frente a la computadora y prendió los cuatro monitores. Luego encendió un interruptor y una luz se dirigió directo a la cabeza de Kick. Ser el centro de atención la hizo sentir avergonzada. Pasó los dedos por su pelo para deshacer los nudos, y en el proceso se le atoró el anillo de talismán. Joe colocó una cámara web frente a Kick en la mesa. Al verla a Kick le dolió el estómago.

–Estoy viendo una transmisión en vivo ahora —dijo Joe. Uno de los monitores mostraba una imagen de un mapa satelital. Dio un golpecito a la cámara—. Vas a mirar a la cámara justo aquí. Sé breve y exprésate tranquila. Comienza diciendo quién eres. Podemos hacer tantas tomas como quieras, así que no te presiones.

–Espera —dijo Bishop. Tenía las manos juntas, como si estuviera rezando, con los dedos índice contra sus labios—. ¿Quieres tomarte un minuto? —le peguntó a Kick.

Kick oprimió sus muslos con las manos debajo de la mesa.

–No me veas —respondió—. Observa la pantalla. No me gusta que me vean —sacudió el pelo y rápido lo trenzó de nuevo a un lado, frente a su hombro izquierdo: si esto iba a funcionar, su pelo tenía que estar del lado izquierdo. Luego inhaló y levantó la cabeza y miró directo hacia la cámara. Todo lo que necesitaba era creer en dos hechos. Que Adam Rice todavía estaba vivo. Que estaba ahí afuera, en alguna parte, y Iron Jacket era el responsable.

Dibujó una imagen del rostro de Adam Rice en su mente.

–Yo sé que saben quién soy —dijo a la cámara—. Y sé que pueden ayudar.

Era como si pudiera sentir a los hombres al otro lado, a través del lente, las miradas lascivas recorriendo su cuerpo; le erizaba la piel. Pero no podía pensar en eso. Se forzó para continuar.

–Estoy buscando a un asesino, un hombre que creemos que estuvo en Portland, Oregon, apenas ayer. Ha estado activo por al menos catorce años y se hace llamar Iron Jacket.

La foto de Adam cambiaba en su mente, y ahora sólo podía ver a James, el niño que era cuando lo conoció por primera vez. El dolor se coló en el rostro de Kick antes de que ella pudiera detenerlo. Notaba que estaba perdiendo el control. Se le cerró la garganta.

–Tiene un interés especial en niños caucásicos de pelo oscuro —dijo. Tuvo que carraspear antes de emitir las palabras. Su imagen mental de James cambió de nuevo, y ahora lo vio inconsciente, conectado al respirador artificial.

–Tal vez ustedes engañen a la gente en su vida cotidiana. Tal vez algunos de ustedes tengan familias —cogió su trenza y la enredó entre sus dedos, con los ojos fijos en la cámara. Debajo de la mesa, cerró el puño de su mano libre—. Pero yo sé quiénes son —miró con firmeza al lente—. Los veo. Y ustedes están en deuda conmigo.

–Okey —dijo Joe con suavidad—. Creo que eso es todo.

Kick levantó la mirada hacia Bishop. Estaba mareada, sin aliento. Le sudaba la nuca.

–¿Quieren hacer otra toma? —preguntó—. Puedo hacer otra toma.

–No —dijo Bishop—. Es perfecta.

Joe estaba tecleando, abría sitios web en sus monitores.

–Okey —dijo—. Estoy subiéndolo a varios sitios populares, e incluyo un mail de contacto.

Kick observó los monitores. Puntos rojos salpicaban el mapa del mundo, parpadeando a lo largo de casi todos los continentes.

–¿Qué es todo eso? —preguntó, apoyada sobre los codos.

–Son todos los servidores que actualmente tienen Películas de Beth —dijo Joe por encima del hombro—. Queremos asegurarnos de publicar esto donde eres más conocida.

–Claro —dijo Kick.

–Estamos recibiendo algunas respuestas —dijo Joe, concentrado en su monitor central.

Kick miró con alegría a Bishop. Pero él se mostraba precavido. Caminó hasta la silla de Joe y se colocó entre Kick y la pantalla. Ella se paró y se asomó por un lado de la mesa. Podía ver parte del monitor, los mensajes que aparecían uno tras otro.

–¿Algo? —preguntó.

–No los leas —dijo Bishop.

–Si estás tratando de protegerme de las fantasías de pedófilos, es demasiado tarde —dijo Kick y lo hizo a un lado.

Bishop le cedió espacio.

Kick se puso el pelo detrás del hombro y se inclinó para ver la pantalla.

Los mensajes estaban entrando tan rápido que Kick apenas tenía tiempo de leerlos. Mensaje tras mensaje sobre lo que los hombres querían hacerle, lo que fantaseaban que ella les haría, lo maravillosa que la harían sentir.

–Ya lo están compartiendo a otros sitios —dijo Joe mirando otro monitor.

–Está bien —dijo Kick con monotonía. A veces se sentía tan vacía que la asustaba—. No soy yo. No me importa.

Era de Beth de quien estaban hablando, no de ella. Y Beth era un fantasma.

Kick era real; ella era la que tenía el poder ahora. Ella les estaba poniendo la trampa. Y pensar eso la hizo pararse un poco más erguida.

–Ya terminé aquí —anunció. Metió la mano en su bolsa y sacó el volante de Adam Rice que había tomado del tablero de boletines. Iba a encontrarlo, de una u otra manera. Se hizo esa promesa.

No tenía mucho tiempo.

40

—*Y*a es hora, Beth —dijo su padre. Ella percibía la frustración en su voz, pero siguió nadando.

El cielo estaba oscuro y lleno de estrellas. Tenía los dedos arrugados. Empujó las piernas contra la orilla y se impulsó boca arriba sobre la superficie de la alberca.

–No quiero.

–Está cansada —le dijo su padre al hombre de piernas pálidas. No es siempre así.

–Déjame intentar —dijo el hombre. Se metió al agua y nadó hacia ella. Beth pateó más fuerte, empujando el agua, pero él tenía brazos largos y la alcanzó con unas cuantas brazadas.

–Te estoy viendo —dijo él. Ahora tenía la cabeza bajo el agua, los pies plantados en el piso del extremo hondo. Las flechas tatuadas en su pecho, con puntas afiladas y plumas, se distorsionaban bajo el agua y parecían rotas—. ¿Estás pasando unas lindas vacaciones? —le preguntó.

Ella asintió, nadando de perrito, con el agua chapoteando en sus orejas.

–Tu papá trabajó muy duro para traerte aquí. Espera que seas una buena niña —la voz del hombre sonaba amortiguada a través de la alberca, distante, pero había algo en su tono que hizo que a Beth le doliera el estómago—. ¿No crees que le debes eso?

Ella sentía que el hombre se acercaba, y lo volteó a ver de reojo. Su cabello oscuro y mojado estaba peinado hacia atrás, como una *capa de pintura. El agua le llegaba al labio inferior, así que su cara parecía dividida en dos formas diferentes. Uno de los tatuajes de flecha se estiraba por su cuello, con la punta dirigida a su quijada.*

—Sé quién eres —murmuró—. Conozco tu verdadero nombre.

Beth tragó agua, y sus piernas se hundieron mientras manoteaba como loca para mantenerse a flote. Todavía estaba escupiendo cloro cuando sintió que el hombre la sujetó fuerte del brazo y la lanzó hacia los azulejos blancos y negros en la orilla de la alberca.

41

Bishop se dirigía al este, sobre el puente Hawthorne. Debajo de ellos, el río Willamette se veía tranquilo, pero incluso en el verano podía matarte: si las corrientes no te atrapaban, la hipotermia lo haría.

–¿Estás bien? —preguntó Bishop.

–Sí —mintió Kick. Miró hacia abajo; tenía la foto de Adam en la mano.

–Ellos no saben dónde vives —dijo Bishop.

Notó que Bishop trataba de hacerla sentir mejor; el problema era que él no entendía lo en realidad le sucedía.

–Son sólo palabras —continuó—. No sabrían qué hacer contigo si te tuvieran enfrente —se dio cuenta de lo que acababa de decir—. Estuvo mal que dijera eso, ¿verdad?

Kick sentía el cañón de la Glock a través de la piel de la bolsa que tenía sobre su regazo.

–Yo sabía lo que hacía, John.

Bishop la miró de reojo.

–¿John? —dijo—. ¿Ahora soy John?

Kick encogió los hombros.

–Sólo estaba tratando de ver cómo se escuchaba —había sonado muy mal al salir de su boca. Tal vez ni siquiera era su nombre real—. No me gusta —añadió.

–A mí tampoco me gusta —dijo Bishop.

Kick puso la foto dentro de su bolsa y sacó la Glock.

–¿Quieres que te deje en el hospital? —preguntó Bishop, mirando la pistola.

Kick expulsó el cargador, contó las balas y lo insertó de nuevo. Necesitaba limpieza.

–¿Puedo entrar a mi departamento?

–El departamento de James todavía está sellado, pero no hay motivo por el cual no puedas entrar al tuyo. Pero vas a estar sola: todos los vecinos estarán fuera hasta mañana.

–Quiero irme a casa —dijo Kick—. Puedo manejar yo misma hasta el hospital —tragó saliva—. ¿Vas a pasar más tarde?

Sonaba como una propuesta. Tal vez lo era. Ella no lo sabía aún.

Bishop titubeó.

–Voy a regresar a ayudar a Joe.

Claro. Él tenía que ir a rastrear los mails de sus fans pervertidos en busca de pistas. Eso no era humillante en absoluto.

–Necesitas vaciarla antes de limpiarla —dijo Bishop, señalando la Glock.

–Lo sé —dijo Kick. Se asomó a ver el horizonte hacia donde se suponía que estaba el Mount Hood y no estaba, pero era como si nunca hubiera estado ahí en primer lugar. Quería preguntarle a Bishop a dónde pasaría la noche, pero no era de su incumbencia, en realidad. No sabía qué significaba ella para él.

–Es lo correcto —dijo Bishop.

Por un momento Kick pensó que él se había dado cuenta de su plan.

Pero cuando volteó a verlo, parecía completamente despreocupado, mirando a través del parabrisas, con una mano en el volante.

–Te sentirás mejor durmiendo en tu propia cama —dijo.

Kick no podía descifrarlo.

–Te voy a ver otra vez, ¿verdad? —preguntó Kick.

–Nos volveremos a ver—dijo Bishop.

Lo dijo con una autoridad tan absoluta que Kick casi creyó que lo decía en serio.

–Bien —dijo ella.

—Yo sé quién es —le susurró Kick a James.

Los párpados de James se movieron. Kick estaba recostada junto a él en la cama en el lado donde había menos tubos, acurrucada entre su cuerpo y el barandal.

La piel de James estaba sudorosa y fría.

—Respira —le recordó Kick. Los músculos de su cuello se tensaron. Su frente brillaba por el sudor. Sus signos vitales se dispararon, y se aceleró el pulso en las alertas de los monitores, las luces parpadeaban. Los médicos limitaban el respirador artificial, forzándolo a respirar por sí mismo. James tenía que decidir, con cada aliento, si quería vivir o morir. A Kick le daba náuseas verlo luchar. Cerró los ojos y puso su frente sobre la mejilla de James. Ya casi no podía olerlo. La máquina inhaló mecánicamente y Kick notó que James se relajaba. Los pulsos electrónicos volvieron a su ritmo normal.

—Lo vi —susurró Kick.

Todos esos años Mel le había enseñado a escaparse, a tener miedo. No le preocupaba el FBI. Él le había pedido dinero prestado a un hombre peligroso, un solucionador para la Familia, un hombre con antecedentes militares y con el fetiche de someter y lastimar a niños. Un hombre como él no invertiría ciegamente en un proyecto: querría saber en qué se estaba metiendo, querría inspeccionar la mercancía. Ella lo había conocido, cuando era niña, en el Motel Rosa del Desierto. La obligó a salirse de la alberca esa noche. *Le debes eso*, dijo el hombre. Pero la descripción de una niña y una memoria vaga de un tatuaje no ayudarían a Bishop a encontrarlo.

–Él vendrá esta noche —dijo Kick.

Sabía que Iron Jacket la estaba observando. El Taurus gris los estuvo siguiendo todo el camino hacia la penitenciaría estatal, pero no iba tras ellos cuando iba hacia su casa porque dio la vuelta, y regresó en cuanto Iron Jacket supo hacia dónde se dirigían. Su visita a Mel había sido el detonante.

James estaba luchando por respirar de nuevo. Kick le acarició la mejilla. Si lograban salir de ésta, le contaría todo. Lo único que tenía que hacer era respirar.

Pobre, dulce James.

–Pienso que tal vez todo esto es mi culpa —dijo.

Asumieron que habían atacado a James por su historia con Iron Jacket. Pero ¿por qué ahora, después de todos estos años? No, había sido por Mel. James y Monstruo habían sido heridos para mandarle un mensaje a Mel. Había sido una amenaza. *Dame lo que quiero o mataré a tu hija. Mataré a Beth*. James y Kick vivían en departamentos idénticos. Si podía atrapar a James, la atraparía a ella también. Recordaba cómo se le erizó la piel cuando Iron Jacket salió de la alberca y se paró junto a ella. *Puedo verte*.

Tomó la mano de James, con el talismán de alambre entre las manos de ambos. Se preguntó si él podría sentirlo también. Si tan siquiera sabía que ella estaba ahí.

El reloj redondo en la pared decía que eran casi las seis de la tarde. Tenía que irse. Una especie de extraña calma la invadió.

Mel supo que este día llegaría. Le había enseñado sobre los comanches, sobre sus ataques en equipo, cómo asesinaban a los adultos y se llevaban a los niños como prisioneros. La mayoría de los niños eran masacrados, pero a algunos, a los que cooperaban, a los dóciles, les asignaban nombres indios y les daban la bienvenida a la tribu. Uno de los jefes comanches más grandiosos y arrogantes vestía un chaleco de una armadura española, y muchos creían que le otorgaba poderes sobrenaturales porque el chaleco repelía las balas con facilidad. Lo llamaban Iron Jacket.

Esta noche ella estaría lista para él. Y lo obligaría a decirle dónde estaba Adam, y le haría pagar por lo que le hizo a James, y se vengaría por la muerte de su perro.

43

Kick se tomó el tiempo necesario en los preparativos. Desarmó la Glock en la mesa de la cocina, la limpió, la armó de nuevo y la cargó. La dejó fuera mientras caminaba por todo el departamento. Sentía el lugar ajeno a ella. El plato de comida de Monstruo estaba medio lleno en el piso de la cocina. Sus juguetes estaban regados en la habitación de Kick. A todas partes hacia donde mirara, veía una imagen fantasma del departamento de James impresa sobre el suyo. Su sangre en el piso de ella. Monstruo, muerto, en su habitación. Buscó un lugar en el librero para esconder el cuchillo, y su mirada se posó sobre una fotografía enmarcada de ella y Marnie. Las fotos de su infancia estaban limitadas a momentos de antes y después. No había fotos suyas de los cinco años que había pasado con Mel y Linda, sólo fotos de Beth. Sonrió al ver la foto enmarcada: dos niñas pequeñas sonriendo con alegría a la cámara. Se veían felices. No tenía recuerdos de su hermana de antes, pero le gustaba pensar que alguna vez se habían llevado bien. Era un buen lugar para esconder el cuchillo. Era de grado militar. De acero templado, con una empuñadura de piel oscurecida por la pátina de sudor y grasa de su mano. Le gustaba tanto que había comprado dos.

Las estrellas ninja eran planas y fáciles de guardar. Las metió entre las páginas de libros que había colocado en zonas estratégicas alrededor de la sala. Abrió el cajón de la mesa esquinera y deslizó una estrella sobre el montón de tarjetas de Navidad de Frank, y el bulldog con sombrero de Santa Claus impreso en la tarjeta de hasta arriba la miró con actitud de apoyo. Dijo el nombre de cada sitio en voz alta para recordarlo. "En el libro sobre la mesa de centro." "En el cajón de la mesita esquinera."

"Debajo del cojín del sillón." Puso la pistola de electrochoques en el cajón de la cocina junto a los tenedores. Dobló el nuevo volante de Adam Rice sobre la repisa de la cocina y metió una estrella ninja debajo de él por si acaso.

Llevó el gas pimienta y los demás cuchillos a su habitación, cuidando de no mirar hacia abajo para no ver la cobija de Monstruo, sus pelotas y juguetes de trapo. Colocó en la mesita de noche el cuchillo de 25 centímetros con navaja de acero al carbón. Su centro de gravedad estaba en el punto medio. Era pesado y pegaba fuerte al ser lanzado. Repartió las navajas de diez centímetros a lo largo de la habitación, y repitió en voz alta cada sitio: "En el tazón con monedas en el vestidor". "En el cajón de los calcetines." "Debajo de la almohada." Sentía que Adam la observaba desde los carteles de niños desaparecidos en la pared. Abrió el clóset. Las cuatro cajas blancas de archivo con las cartas de notificaciones de víctimas estaban rotuladas con marcador negro. Una palabra estaba escrita en cada caja: *Idiotas*.

Guardó el gas pimienta en la caja de hasta arriba.

Satisfecha porque su departamento estaba bien armado, se estiró y aflojó las piernas con algunas sentadillas y desplantes. Luego hizo cincuenta lagartijas para calentarse.

Una vez que comenzó a sudar y sus músculos estaban cálidos y alertas, calentó un frasco de salsa de espagueti con albóndigas y se lo comió sola en la mesa de la cocina con la Glock en su regazo.

Estaba enjuagando su plato en el fregadero cuando al fin lo escuchó llegar. Ni siquiera se había molestado en activar la alarma. Quería ponérselo fácil. Cerró la llave del agua y escuchó. Casi no se oía cuando la puerta de su departamento se abría, como alguien murmurando en la habitación contigua. Si no hubiera estado atenta, no lo habría escuchado. Pero había esperado que él entrara por esa puerta. Así fue como entró al departamento de James; si no, ¿para qué se hubiera molestado en desconectar la cámara de seguridad del pasillo?

Puso el plato en el fregadero, envolvió la Glock en un trapo de secar, y esperó. Era extraño que Monstruo no estuviera ahí, con la cabeza atenta, mirándola. Eso la hacía sentir sola. Escuchó el débil sonido de los pasos al moverse por el pasillo hacia la sala. Colocó los pies paralelos, acomodó los hombros y empuñó las manos a la altura de su ombligo.

Su silueta surgió de las sombras. Kick vio una figura oscurecer el extremo del pasillo donde se abría hacia la sala. Hubo un destello de movimiento y luego quietud. Despacio, la sombra se inclinó y estiró; Iron Jacket entró a la luz de la sala. Estaba vestido de negro de la cabeza a los pies: gorra negra tejida, guantes negros, mochila negra. Era tan alto como lo recordaba. Un hombre enorme y robusto. Pero su rostro redondo y elástico era suave, como si perteneciera a otro cuerpo. Se dirigió hacia ella, hacia la cocina. La punta del tatuaje de flecha se veía en el cuello de su camiseta. Los músculos de sus brazos y pecho parecían vibrar cada vez que respiraba. Por lo que se podía ver debajo de la gorra, tenía el cabello con corte militar.

Kick movió la mano hacia el borde de la toalla de secar y lo dejó acercarse. Al igual que lo hizo aquella noche en la alberca del Motel Rosa del Desierto. Cuando entró en la cocina, Kick se movió a 45 grados de él. Con las puntas de los dedos encontró la empuñadura de la Glock.

–¿Dónde está Adam Rice? —preguntó.

–¿Tienes algo para mí? —preguntó él. El cuchillo apareció de la nada; seguro lo tenía presionado contra el muslo. De pronto ahí estaba, en su mano, un cuchillo de 25 centímetros.

Los ojos de Kick alternaban entre el rostro del hombre y el cuchillo, alerta a cualquier cambio en sus movimientos que podrían dar señales de que la atacaría.

–¿Qué quieres? —preguntó Kick al deslizar la mano debajo de la toalla de secar.

–La contraseña para la cuenta en el extranjero —dijo. Su voz era suave y agradable, a Kick le provocaba escalofríos en los brazos.

Ella había creído que la buscaba por otra cosa.

–Dinero —dijo ella.

–Se suponía que yo tendría una parte. Mel y yo teníamos un trato.

Él había permanecido en una posición neutral y ágil, pero ahora se agachó un poco en una sentadilla.

–Tal vez podamos ayudarnos mutuamente —dijo Kick—. Si me dices dónde está Adam te diré la contraseña.

El filo de la navaja estaba hacia arriba. Vio que él movía el dedo en la parte superior del canto del cuchillo. Era para clavarlo más fuerte, para que pudiera penetrar más músculo, cortar más profundo.

–¿Qué tienes debajo de la toalla, Beth? —preguntó.

Kick apretó la empuñadura de la Glock y la levantó frente a ella, apuntando, con una mano alrededor de la otra, los codos estirados. La toalla de secar se cayó. Su pulgar abrazó la empuñadura, estiró el dedo índice a lo largo del cañón, los otros tres dedos asegurados alrededor de la empuñadura, como le habían enseñado. Los dedos de su mano izquierda envolvían los dedos de la derecha, su pulgar izquierdo formaba una x sobre el derecho. Tenía los pies plantados a la altura de los hombros y se inclinó un poco hacia delante para que las caderas recibieran el impacto del disparo. Luego ajustó las miras a la altura de los ojos y alineó los tres puntos blancos, centrando el de en medio en el esternón de Iron Jacket y posó su dedo sobre el gatillo con suavidad. Tenía la mano relajada, su respiración era uniforme. Lo había practicado mil veces. Sabía cómo apretar el gatillo, esperar hasta el final de una exhalación y luego apretar el dedo despacio hasta disparar.

–¿Dónde está Adam Rice? —preguntó de nuevo.

Iron Jacket sonrió. Kick trató de mantenerse concentrada en las miras sobre su esternón, pero podía ver su sonrisa de reojo. Él se quitó la mochila del hombro y la dejó caer en el piso de la cocina. Hizo mucho ruido al tocar el piso, como si estuviera llena de herramientas.

Kick niveló las miras de la Glock al centro de su rostro.

–Alto —le dijo, pero él continuó caminando hacia ella.

–Mátame —dijo él—, y nunca encontrarás al niño.

Ella titubeó y cambió de objetivo, buscando un punto seguro al cual dispararle. En la cabeza y el torso había demasiados huesos, órganos vitales, manojos de nervios; podía lastimar algo esencial por la onda expansiva del disparo y los fragmentos de la bala; no podía arriesgarse. Pero si le disparaba a un brazo o una pierna podría darle a las arterias femorales o braquiales. Se desangraría en unos minutos.

Inclinó el cañón hacia abajo y apuntó las miras hacia sus pies. La bala destrozaría los huesos, lo dejaría cojo y le provocaría dolor. Pero antes de que pudiera disparar, Iron Jacket se abalanzó sobre ella y Kick tuvo que levantar el arma para mantenerlo alejado. Él sostenía el cuchillo en la mano derecha y extendió la mano izquierda hacia ella. Kick había estudiado combate con cuchillos. La mano izquierda era la que dirigía, la que llevaría a cabo el ataque. Él estaba en una postura de movimiento, con el peso sobre las puntas de los pies y las rodillas ligeramente dobladas.

Kick vio que él observaba sus brazos. Así es como se desarma a un oponente: cortas las articulaciones sobre las muñecas y los codos, o las venas en la parte interior de los brazos. Cortas los tendones, dejas que la persona se desangre, tomas su arma. Entonces es fácil tomar al oponente por la cabeza y clavar la navaja en el hueco debajo de la quijada.

Iron Jacket estaba en la posición perfecta para ser sometido. Kick sólo tenía un segundo para reaccionar.

Él llevó la mano principal hacia el hombro de ella y Kick disparó por reflejo, dando un tirón al gatillo en vez de apretarlo.

Iron Jacket gruñó cuando la bala le pegó. Lanzó una exhalación de sorpresa y luego suspiró. Kick dio unos pasos hacia atrás, estupefacta, perdiendo la oportunidad de subyugarlo. El olor a pólvora inundaba la habitación. Iron Jacket todavía estaba parado, con el cuchillo en el puño, erguido, alerta, al parecer ileso. Kick buscó la entrada de la bala en su cuerpo, con la esperanza de haberlo herido, algo doloroso pero no mortal.

Entonces Iron Jacket dio un paso hacia un lado y giró, revelando una figura detrás de él. Kick sintió un vuelco en el estómago. Bishop estaba ahí parado, con una mano presionando su hombro y sangre entre sus dedos.

–Por eso… no… me gustan… las pistolas —dijo Bishop.

Iron Jacket se paró junto a él y lo golpeó fuerte en el cráneo con el codo, haciéndolo caer.

44

A terrorizada, Kick observaba a Iron Jacket desempacar su mochila sobre la mesa de la cocina. Él había empujado la mesa junto a la pared, así que desde su posición en el suelo no podía ver con exactitud lo que estaba sacando, pero cada objeto que colocaba sobre la mesa hacía un ruido sordo repugnante. Trató de zafar la mano de la esposa que Iron Jacket había usado para esposar su muñeca a la de Bishop, pero era inútil. Sus manos estaban amarradas a la manija de acero del refrigerador. Estaba sentada en el piso con la espalda contra el aparato y con la muñeca aprisionada por encima su cabeza, y así ni siquiera podía ver la cerradura de las esposas.

Le dio un empujón a Bishop con el pie, tratando de despertarlo, pero era como un bulto muerto, su brazo esposado pendía como un trozo de carne, su cuerpo desplomado a un lado, con la cabeza colgando sobre su pecho. Su sangre manchaba la puerta del refrigerador en medio de los dos. La bala había atravesado su hombro y había salido por la espalda, dejando un agujero del tamaño de unos cinco centímetros en su camiseta y exponiendo la piel al rojo vivo.

Él había ido a ayudarla. Se *había* dado cuenta de lo que ella planeaba. Seguro notó el cabello, que se lo había peinado del lado izquierdo. Beth había hecho eso sólo una vez, sólo en la primera película, antes de que Mel le dijera que se veía más bonita peinándose del lado derecho.

Dobló la rodilla, levantó la pierna y empujó el muslo de Bishop con la punta del pie.

Él respiró con fuerza y abrió los ojos, luego hizo una mueca de dolor y se impulsó con los pies para sentarse.

Estaba despierto. Kick respiró aliviada. Miró a Iron Jacket. Examinaba el filo de un cuchillo que acababa de desempacar.

Bishop parpadeó atontado y observó su hombro.

–Me disparaste —dijo.

–Lo siento —dijo Kick. No tenían tiempo para eso. Iron Jacket volteó a verlos—. Tienes que sacarnos de aquí —le susurró a Bishop.

–¿Dónde está la pistola? —preguntó él.

–Sobre la mesa —dijo Kick. ¿Qué se suponía que debía haber hecho?—. Me obligó a dársela. Me amenazó con cortarte el cuello.

Bishop miró sus manos esposadas.

–De todas formas me va a cortar el cuello —dijo.

–No lo hará —dijo Kick—. Porque tú nos vas a sacar de aquí.

Bishop dio un tirón a las esposas.

–¿Puedes abrirlas?

–Sólo sé hacerlo con un clip —dijo Kick. No tenía un clip. ¿No podía él darse cuenta de eso?

Bishop veía detrás de ella. Kick notó que su mirada se ensombreció y volteó a ver a Iron Jacket: columpiaba una cadena gruesa y observaba el travesaño expuesto a lo largo del techo de la cocina. Colocó una de las sillas de la mesa de la cocina, aventó un extremo de la cadena por encima del travesaño y la enganchó a una especie de cabestrante.

–¿Qué está haciendo? —susurró Kick.

Bishop respiró despacio.

–¿Él cree que tú tienes alguna especie de contraseña?

Kick asintió.

–¿Y la tienes, de pura casualidad?

–No —dijo Kick. Iron Jacket amarró el cordón de nailon del cabestrante a las trabillas de sus pantalones y levantó algo de la mesa antes de dirigirse hacia ellos. Kick se apretó contra el refrigerador y se pegó a Bishop. Una correa negra colgaba de la mano de Iron Jacket. El cabestrante hizo un sonido de *clic-clic-clic* cuando la cuerda se desenrolló. Kick cerró los ojos con fuerza.

–No viene por ti —dijo Bishop.

Kick abrió los ojos. Bishop le lanzó una leve sonrisa. Ella no comprendía. *Clic-clic-clic*.

Iron Jacket se puso en cuclillas frente a Bishop y observó la herida de su hombro.

–No me gusta que la gente meta sus narices en mis asuntos —dijo Iron Jacket.

Bishop no desvió la mirada.

–No importa lo que suceda, puedo lidiar con ello —le dijo a Kick. Iron Jacket le dio una bofetada y la cabeza de Bishop golpeó contra la puerta del refrigerador. Ella gritó y llevó las rodillas hacia su pecho. Iron Jacket tomó la mano libre de Bishop y envolvió su muñeca con varias vueltas de la correa negra.

–Está bien —le dijo Bishop a Kick. Su mejilla y su quijada estaban enrojecidas. Tenía los ojos llorosos y sangre en la comisura de la boca—. Puedo manejarlo.

Iron Jacket levantó las muñecas de Bishop sobre su cabeza, jalando y torciendo su hombro. Bishop gimió y Kick vio que se resistía al dolor cuando Iron Jacket ató sus muñecas juntas con la correa.

Así no se suponía que debía suceder.

Bishop la rescataría. Por eso estaba ahí.

Iron Jacket desenganchó el cordón de sus pantalones y lo prendió a las muñecas de Bishop, luego le quitó las esposas que compartía con Kick y la aseguró a ella directo al refrigerador.

–Lo siento —le dijo Bishop balbuceando.

El cabestrante comenzó a jalar, y los brazos de Bishop se levantaban conforme el cordón de nailon se estiraba y se tensaba. La manivela sonaba *clic-clic-clic*. Kick miró con horror que el cordón levantaba las muñecas de Bishop.

–No tengo la contraseña —le dijo a Iron Jacket, llena de pánico—. Lo juro. No sé nada al respecto.

Pero Iron Jacket apenas la miró mientras caminaba de regreso hacia el cabestrante y luego se detuvo ahí, esperando.

Bishop fue jalado hacia delante y ya estaba de rodillas. Se mantuvo ahí por unos segundos.

–Voy a tratar de mantenerme consciente lo más posible para darte tiempo —le dijo a Kick.

Ella no entendía qué quería decir. ¿Darle tiempo para qué?

Bishop envolvió la correa con las manos, levantó un pie frente a él y se las arregló para pararse temblando. Se tropezó hacia delante, alejándose de Kick, siguiendo el cordón hacia Iron Jacket. Se detuvo debajo del cabestrante, junto a Iron Jacket y miró hacia arriba cuando el cable retráctil levantó sus muñecas por encima de su cabeza. *Clic-clic-clic-clic*. Bishop respiró con dificultad, arqueó la espalda y fue levantado del suelo.

Colgó así por un largo momento, de espaldas a Kick, se veían todas las venas de sus brazos, tenía los dedos separados.

Y luego Iron Jacket lo giró para que quedara frente a ella. La cara de Bishop estaba roja y con una mueca de dolor, los músculos de su cuello tensos, hilos de saliva colgaban de su barba, y ella escuchaba que respiraba con dificultad, con los brazos juntos arriba de su cabeza y sus pies a unos centímetros del suelo.

—La suspensión de las muñecas presiona la capa de músculos alrededor del torso y comprime los pulmones —dijo Iron Jacket. Entrelazó sus manos con guantes frente a él y la miró a los ojos. La expresión de su rostro era suave, sin angustia, un hombre sin ninguna preocupación en el mundo—. Se va a sofocar si lo dejamos ahí mucho tiempo —con un ademán de la barba señaló las muñecas atadas de Bishop—. Además está la correa. Presiona los nervios y corta la circulación hacia las manos —frunció el ceño compasivamente y Kick notó que las manos de Bishop se estaban oscureciendo mientras lo observaba, yendo del rosa oscuro al carmesí—. Mira ahí, cómo se retuerce su dedo —dijo Iron Jacket.

Kick le hubiera dicho todo lo que quisiera saber. Él debía saberlo. Él debía saber que ella cooperaría si pudiera.

—Lo juro —le suplicó—. No sé ninguna contraseña. No me importa esa vieja cuenta bancaria. Te la regalo.

—Te crees muy lista —dijo Iron Jacket—. Tienes a Mel comiendo de tu mano. Pero a mí no me engañas. ¿Crees que a él solo se le ocurrió la idea de guardar todos los ingresos para ti?

¿Todos los ingresos?

—Todavía ganas mucho dinero —añadió—. Veo los estados de cuenta todos los meses. Ésa es la forma en que Mel me lo restriega en la cara.

Bishop tenía la cabeza colgada atrás y miraba hacia arriba a sus muñecas, jalando el cordón con los dedos inútilmente. Su camiseta estaba manchada de sangre y sudor y Kick no distinguía qué mancha era de qué.

—¿Qué clase de contraseña es? —preguntó ella para ganar tiempo—. ¿Una palabra? ¿Un número? ¿Necesita tener un símbolo especial? Puedo resolverlo. Dame un minuto.

Iron Jacket soltó las manos y la miró directo mientras cambiaba de postura. Ella sabía lo que sucedería un instante antes de que él colocara el puño sobre la palma de su mano y le diera un fuerte codazo al vientre de Bishop, antes de escuchar su gemido agudo de dolor. Iron Jacket se alejó y Bishop se columpió de adelante hacia atrás.

Kick buscó cualquier cosa en su mente.

–¿El Motel Rosa del Desierto? O el diez de noviembre, que era el día de cumpleaños que me dio Mel. O Kwikset, que fue la primera cerradura que aprendí a abrir.

Funcionó. Iron Jacket dejó a Bishop, fue a la mesa donde había desempacado su mochila, agarró un BlackBerry y tecleó con los pulgares.

Kick esperaba que alguna de las contraseñas funcionara. Bishop colgaba del cabestrante, pálido y débil. Su cuerpo parecía más largo, más cóncavo, como si se estuviera desinflando poco a poco.

Iron Jacket aventó el BlackBerry sobre la mesa, molesto.

–Nunca me gustaste —le dijo a Kick—. Siempre pensé que eras una pequeña perra consentida —metió la mano a la mochila y Kick pensó que sacaría un arma para matarla ahí mismo, pero sacó una botella de agua y se la bebió toda. Luego puso la botella vacía de vuelta en la mochila y sonrió para sí mismo—. Así está mejor —dijo, limpiándose la boca. Se dio la vuelta, fue hacia Bishop y lo sostuvo por la cintura de sus pantalones. Le brillaron los ojos mientras recorrían el cuerpo debilitado de Bishop con la mirada—. ¿Cómo te sientes? —le preguntó.

Bishop levantó la cabeza y Kick lo vio reunir toda su fuerza.

–Nunca… me sentí mejor —dijo.

Iron Jacket le dio un pequeño empujón de manera que Bishop se balanceó de un lado a otro; luego, Iron Jacket niveló los hombros y puso los puños enfrente de su propia cara. Bailó alrededor de Bishop, como un boxeador dando vueltas a un saco de boxeo, con una expresión alegre, lanzando fintas de pequeños golpes mientras Bishop colgaba, demasiado débil como para esquivarlos.

–¿El cumpleaños de Mel? —intentó Kick con desesperación—. ¿El apellido de soltera de Linda?

–Esfuérzate más —dijo Iron Jacket. Se impulsó con el pie trasero, dio un pequeño paso hacia enfrente y soltó un verdadero golpe, encajando su puño en las costillas de Bishop. Los labios de éste se contrajeron y gimió horrible. Los tendones de su cuello estaban estirados como cuerdas. Iron Jacket regresó su brazo a la posición de inicio, con el puño izquierdo a la altura de su oreja. La cabeza de Bishop se sacudió hacia delante.

Iron Jacket puso el peso sobre el pie trasero de nuevo.

–Tenías una esposa —dijo Kick con rapidez—. Allá en el Motel Rosa del Desierto —estaba desesperada por distraerlo, por mantenerlo hablando.

–¿Y?

–Está muerta, ¿verdad?

Era un disparo en la oscuridad, una suposición al azar. Kick apenas la recordaba del motel, tan sólo una vaga presencia, pero tendría la edad adecuada y concordaba con la descripción general del cadáver que habían encontrado en la casa de Seattle. Iron Jacket se lanzó hacia enfrente, un poco desbalanceado y tuvo que ajustar su postura. Entonces Kick supo que estaba en lo correcto.

–Ella rentó la casa usando el nombre de Josie Reed —dijo Kick.

Iron Jacket se limpió la saliva de la boca otra vez con el dorso de su guante.

–Por veinticinco años tuvimos un acuerdo. Ella no tuvo problemas hasta que llevé a casa a una niña —se inclinó hacia delante, se dejó ir y golpeó a Bishop en el plexo solar. Kick lanzó un grito. El cuerpo de Bishop se dobló, su rostro se retorció, sus dedos se estiraron y luego colgó como bulto. Iron Jacket lo columpió de un lado a otro.

Bishop tosió, así Kick supo que seguía vivo. Cuando levantó su cabeza tenía los ojos hinchados, y sangre y saliva en la barba.

–¿Alguna vez has pensado usar herramientas eléctricas? —preguntó. Incluso medio muerto, se las arregló para sonreír—. Me parece… que añade… algo de elegancia.

Los ojos de Iron Jacket echaron chispas y Kick vio que de nuevo tomaba impulso con el codo.

–¿*La colina de Watership*? —dijo—. Era mi libro favorito. Mel me lo leía.

Iron Jacket titubeó y luego abrió el puño, giró despacio alejándose de Bishop y levantó su BlackBerry de nuevo.

El resoplido de la respiración de Bishop apenas se escuchaba. Cada tanto abría la boca, estiraba las costillas y jalaba una pequeña bocanada de aire. No faltaba mucho tiempo. La sangre de Kick circulaba más despacio en sus venas y un escalofrío invadió su piel. Y luego Iron Jacket la mataría.

Iron Jacket puso el BlackBerry sobre la mesa. Y cuando volvió junto a Bishop esta vez había algo de impaciencia en su postura, su hombro estaba torcido y tenía la boca apretada.

–Ella no… sabe… la maldita contraseña —murmuró Bishop entre jadeos agonizantes.

Iron Jacket lanzó un gruñido, se inclinó hacia atrás y lanzó un puñetazo a un lado de la cara de Bishop.

Kick empuñó las manos como reflejo. No sabía por qué se le ocurrió la idea hasta ahora y no con los demás golpes que le había dado a Bishop: tal vez este golpe en particular había sido tan brutal que todo su cuerpo vibró de dolor. Esta vez empuñó las manos como le habían enseñado, con el pulgar de fuera, envolviendo sus dedos. Y fue entonces que sintió el anillo.

El talismán de James, su hombre de alambre, aún alrededor de su dedo.

El alambre funcionaría como un clip.

El corazón de Kick brincaba mientras intentaba sujetar el extremo del alambre suelto.

Iron Jacket estaba enfocado en Bishop, de espaldas a ella.

Por el rostro y el cuello de Bishop escurría sangre, en la parte donde había dado el puñetazo Iron Jacket. Se veía aturdido. La cabeza le colgaba sin fuerza.

–Eso es —le murmuró Bishop a Iron Jacket, aunque Kick tuvo la súbita certeza de que las palabras iban dirigidas a ella.

Sus dedos se movían con torpeza por estar elevados en las esposas, pero logró estirar el alambre hasta quedar de lo largo de un dedo. Trató de mantenerlo escondido en sus manos pero era muy difícil de manipular. Si Iron Jacket la veía, de seguro notaría lo que estaba haciendo. Pero tenía que arriesgarse. Bishop apenas estaba consciente. Kick sintió el orificio por donde tenía que entrar y luego lo dobló.

–Voy a desangrarte por tu aorta abdominal —anunció Iron Jacket y Kick casi suelta el alambre.

Miró alternadamente a Bishop y a Iron Jacket.

Los ojos vidriosos de Bishop parecían ciegos, mirando fijo hacia enfrente.

–Suena a que será un tiradero —murmuró Bishop.

Las manos de Kick temblaron. No podía manipular el alambre. Sus dedos estaban fríos y torpes, como si le pertenecieran a alguien más. Observó que Iron Jacket extrajo un estuche rectangular de piel de su mochila y lo abrió sobre la mesa. Kick trató de bloquear que reconocía ese estuche, que sabía que era para cuchillos de caza. Sólo necesitaba un minuto o dos.

–Por favor —suplicó—. Iron Jacket, por favor.

Volteó a verla.

–Mi nombre es Dennis —dijo sonriendo, entretenido.

Dennis. Él la miraba directo ahora. Ella guardó el alambre en la palma de su mano, temerosa de moverse.

–¿Cómo vas a hacerlo? —preguntó Bishop, llamando la atención de Iron Jacket hacia él.

Kick dobló por segunda vez el alambre.

–Con una navaja de acero al carbón de 20 centímetros —dijo Iron Jacket. Inclinó la cabeza hacia la mesa—. Es filosa. A veces tengo que cavar un poco para encontrar la aorta.

Bishop tosió y más sangre borboteó y escurrió por su barba. Tenía los dientes ensangrentados.

–¿Cuánto te tomará… tres, cuatro minutos? —preguntó.

Kick se dio cuenta de que estaba haciendo todo lo posible por mantenerse consciente. Apenas podía levantar la cabeza. Le estaba costando mucho trabajo mover la boca para hablar.

Kick tanteó en busca del primer orificio para la llave y logró insertar el extremo del alambre.

–Más bien tres —dijo Iron Jacket distraído.

Bishop miraba fijo a Kick.

–Será tiempo suficiente.

Kick sintió que el alambre cedía y se enganchaba dentro de la cerradura y torció las manos para girarlo. El brazalete de la esposa se abrió y Kick sintió que por sus mejillas corrían lágrimas de alivio. Mantuvo la mano en la esposa abierta y comenzó con el segundo orificio.

–¿Qué estás usando? —preguntó Bishop.

–Una navaja modificada con punta de lanza, más una combinación de sierra y navaja de gancho para destripar venados.

Las navajas de gancho eran utilizadas para abrir al venado sin perforar las entrañas, como lo que le había hecho a Monstruo. Pero Kick no podía pensar en eso, no en ese momento.

–¿Te gusta la empuñadura de polímero? —preguntó Bishop—. ¿O la de madera?

–De polímero.

–A mí me gusta… de madera —dijo Bishop, arrastrando las palabras—. Se siente… más cálido.

Kick ya casi lo lograba. Bishop estaba calmado, con la barbilla pegada al pecho. Pero ella no podía pensar en eso ahora, no podía fijarse en lo inmóvil que estaba su cuerpo, o en el hecho de que no estaba haciendo ningún sonido. Había estado callado antes. Estaba reuniendo fuerzas.

La segunda cerradura se abrió.

Despacio, Kick deslizó las muñecas de las esposas y comenzó a retroceder por el piso de la cocina mientras Iron Jacket volvía junto a Bishop con un cuchillo en la mano.

Kick se esforzó lo más que pudo por catalogar en la mente todas las armas que había escondido en la cocina, su ubicación y su función.

Sólo tenía una oportunidad.

Debía tomar la decisión correcta.

Iron Jacket levantó la camiseta de Bishop y tanteó sus costillas y su abdomen hundido, como si estuviera buscando el punto correcto para hacer la incisión.

Kick se puso de pie.

–Dennis —lo llamó.

Iron Jacket volteó, perplejo.

Kick agarró la estrella ninja que estaba debajo del volante con la foto de Adam Rice, la sostuvo de forma horizontal, apuntó y luego, con el codo pegado a su torso, extendió el brazo y con un giro de la muñeca lanzó la estrella. Por un segundo no estuvo segura si le había dado al blanco. Todo pasó muy despacio. La navaja se hundió en la pared y Iron Jacket giró hacia ella. Bishop pareció estar detenido, suspendido en el aire. Luego el cordón de nailon se rompió en dos donde Kick lo había cortado y Bishop cayó al piso.

Todo estaba quieto.

–¿Bishop? —dijo Kick. Estaba tumbado, no se movía.

Iron Jacket la apuntó con el cuchillo.

–Puedo verte —dijo con una voz de sonsonete, como esa noche en la alberca—. Maldita perra —se aproximó hacia ella, con el cuchillo entre ambos, acomodó su mano en la empuñadura, extendiendo el pulgar a lo largo de la navaja y así estar preparado para dar una tajada.

Kick se alejó de él. Cuando la embistiera no buscaría su torso: había demasiado músculo y huesos, y no se arriesgaría a que el cuchillo se atorara en las costillas. Buscaría los tendones y las arterias, o los ojos, o el cuello. Kick levantó los codos para escudarse un poco y proteger la parte interior de sus brazos.

–No puedes hacerme daño —le recordó—. Todavía necesitas la contraseña.

–Tengo un plan B —dijo Iron Jacket.

Se abalanzó y trató de clavarle el cuchillo; Kick se movió hacia el lado izquierdo del brazo de Iron Jacket, lo suficiente como para que él pasara de largo. Ella estaba al nivel de su hombro, casi detrás de él, lo que lo obligó a girarse para ir tras ella. Otra vez trató de acuchillarla y ahora Kick avanzó, le agarró el brazo derecho con la mano izquierda y se movió hacia su abdomen cerca de su pecho. Al usar su cuerpo para que él no pudiera ver el cuchillo, tal vez ganaría un segundo. Kick colocó el puño derecho a la altura de su seno, el pulgar apretado contra el dedo índice, el codo detrás de ella, lanzó el puño a la garganta de Iron Jacket y golpeó en el hueco debajo de la manzana de Adán. Él trató de esquivarla y Kick dio el golpe un poco a la izquierda, sus nudillos se hundieron con fuerza en la carne de su cuello. Iron Jacket lanzó un aullido de furia; Kick se alejó de él y fue hacia el sillón, sacó la estrella ninja que había escondido debajo del libro y se giró para enfrentarlo.

Los ojos de él estaban rojos de rabia. Su boca estaba torcida y lanzó un gruñido. Kick sostuvo la estrella ninja de forma vertical y la levantó por encima de su cabeza, lista para lanzarla.

–Por eso te llevaste a Mia Turner —dijo ella—. Para obligarla a hacer películas.

–Tenía el potencial para ser una estrella, Beth. Igual que tú. Mel siempre dijo que el secreto era encontrar a una buena chica.

Kick estiró el brazo y lanzó la estrella, cambiando el peso hacia el pie frontal. Iron Jacket gruñó cuando la estrella de cinco puntas se hundió en su pecho. Se puso rojo de furia. Se arrancó la estrella del músculo de su pecho y la aventó al suelo. Ahora tenía el cuchillo en la mano izquierda y fue tras Kick. El agujero ensangrentado en la tela de su camisa era la única pista de Kick tenía para saber que lo había herido. Pero no lo había entorpecido.

–Cuando te mate —dijo—, voy a filmarlo y subirlo a internet. La última Película de Beth. Todos tus fans podrán imaginarse a sí mismos cogiéndose a tu cadáver.

Kick trató de rodearlo otra vez, pero él le dio un golpe en la mejilla. Esta vez no lo vio venir: estaba demasiado cerca. Salió volando a un lado y apenas pudo soltarse para caer bien. Golpeó el piso, se derrapó, rodó y volvió a ponerse de pie.

Le salía sangre de la nariz. Escupió un poco de sangre de la boca. Le ardía la mejilla.

–Ya fue suficiente, Beth —dijo Iron Jacket.

–Deja de llamarme así —Kick lo miró a los ojos, caminó hacia él, cambió la postura, relajó los músculos del brazo y atestó un golpe en su plexo solar.

Él logró atrapar su muñeca a tiempo, la jaló y la envolvió con un abrazo de oso, con el cuchillo todavía en la mano, ahora a unos centímetros del rostro de Kick. Ella lo pateó y lo arañó, gruñéndole.

–Shhh, Beth —dijo, apretando más fuerte su pecho. Ella recordaba su olor. Su sudor. Recordaba la sensación de su mano sobre ella en la alberca—. Beth, no voy a soltarte hasta que te calmes —ella se retorció tratando de liberarse, pero sus pies no tocaban el piso y no podía impulsarse—. Shhh, Beth —dijo otra vez—. Tienes que relajarte, ¿okey? —por el rostro de Kick escurrieron lágrimas y asintió. Exhaló entrecortado y relajó el cuerpo—. Bien. Bien —dijo él.

–Basta —dijo Bishop.

Kick levantó la cabeza al escuchar su voz.

Estaba apoyado contra la pared, como si ésta fuera lo único que pudiera mantenerlo en pie. Su rostro estaba cubierto de sangre en un gesto de dolor. Pero tenía los ojos abiertos. Estaba consciente. Y tenía la Glock de Kick entre sus manos amarradas.

–Aléjate de ella —dijo Bishop.

Iron Jacket no la soltó. El cuchillo brillaba junto al ojo de Kick. Si Bishop disparaba y no lo mataba, Iron Jacket le cortaría la garganta. Bishop tendría que dispararle a la cabeza. Y entonces Iron Jacket estaría muerto.

Kick no permitiría que eso sucediera.

–Espera —dijo jadeando—. ¿Y qué pasará con Adam? —no quería ser la causante de perder a Adam. Necesitaba que Bishop lo comprendiera—. Querías castigarlo, ¿verdad? —le dijo Kick a Iron Jacket—. No sales de la habitación secreta hasta que conozcas las reglas, eso era lo que Mel decía. Mataste a tu esposa porque podía rescatar a Adam. Y lo pusiste de vuelta en la habitación secreta para enseñarle una lección —Kick no sabía qué tanto había escuchado Bishop sobre Josie Reed, sobre Mia, acerca de todo lo que habían dicho. No importaba. El efecto era el mismo. Adam Rice estaba en una habitación secreta. Habían pasado sólo dos días—. Todavía está vivo.

Pero Iron Jacket era el único que sabía dónde estaba la habitación secreta.

Kick podía ver a Bishop haciendo cuentas mentales. El sudor perlaba su rostro. No sabía cuánto tiempo más Bishop podría mantenerse de pie.

Cada respiración de Iron Jacket le comprimía los pulmones, dificultándole inhalar.

–Encerrado en la oscuridad —dijo—. Sin comida ni agua, sin saber si alguien va a volver por él. ¿Eso te recuerda algo, Beth? ¿Cuántos meses te mantuvo Mel en la habitación secreta?

A Beth no le gustaba estar sola. Ésa era la peor parte. Días y días y no veía a nadie.

–Me gusta cuando lloras, Beth —dijo Iron Jacket—. Me recuerda al Rosa del Desierto.

Kick sacudió la cabeza, tratando de bloquear el recuerdo.

–No, no, no, no.

–Enfócate… en Adam, Kick —dijo Bishop—. Nada de lo que él diga… importa.

–En cuanto te saqué de la alberca hiciste todo lo que te dijimos —dijo Iron Jacket. Kick sintió que algo dentro de ella se rompía, como vidrio quebrándose—. Un talento natural. Agradezco a Dios que tengamos todo filmado —Kick estaba llorando, le temblaban los hombros, las lágrimas corrían por sus mejillas—. Mel. Yo. Klugman. Tuvimos una fiesta. La domamos. Era un verdadero gato salvaje.

–Basta —dijo Bishop.

Beth se sintió entumecida. Ya no le importaba qué le sucediera. Tenían que proteger a Adam.

–¿Quieres ver lo buena que es para seguir instrucciones? —le preguntó Iron Jacket a Bishop. Abrió los brazos y Kick sintió que sus pies tocaban el piso.

–Siéntate, Beth.

Ella hizo lo que él dijo. Se sentó en el sillón, llevó las rodillas hacia su pecho, las abrazó y se hizo lo más pequeñita que pudo.

–Mel era un maestro, ¿no es así? —dijo Iron Jacket con reconocimiento.

Bishop estaba a unos metros del sillón. Por encima de sus rodillas, Kick lo vio deslizarse unos centímetros hacia abajo contra la pared. Apenas podía sostener la Glock en la mano.

–¿No vas a dispararme? —le preguntó Iron Jacket.

–Todavía no —dijo Bishop—. Necesito que Kick haga algo por mí primero —hizo contacto visual con ella—. Kick. Necesito que me digas dónde está Adam Rice.

Beth apretó más fuerte los brazos alrededor de sus rodillas.

Iron Jacket la miró por encima del hombro y se rio entre dientes mientras llevaba su mano enguantada a la garganta de Bishop. Los ojos de Iron Jacket brillaron cuando tomó a Bishop del cuello y luego se rio con un rugido de asombro. Miró hacia abajo a la Glock que Bishop apenas podía sostener.

–En serio vas a dejarme hacerlo, ¿verdad? No vas a defenderte —la voz de Iron Jacket temblaba con entusiasmo, sus dedos bailaban alrededor del cuello de Bishop. Dominar a un niño atado era una cosa, pero un adulto sometiéndose de manera voluntaria, era otro nivel de placer.

Kick no podía apartar la mirada. Bishop la estaba viendo fijo, suplicándole. Sentía que la veía a través de un agujero, un ojo gris en una pared negra.

–Está en una habitación secreta donde tú estuviste encerrada, Kick —le dijo Bishop. Las palabras zumbaron en sus oídos como moscas—. Es donde encontró la ficha de Scrabble. Tú sabes dónde es. Puedes lograrlo —dijo Bishop.

Los músculos del brazo de Iron Jacket se flexionaron, y levantó los talones y se inclinó hacia enfrente, de manera que su peso estaba detrás de la mano que presionaba la garganta de Bishop. El rostro de Iron Jacket se contrajo en una mueca de placer. Bishop lanzó un sonido gutural como de aire saliendo despacio de un globo.

Kick ya no veía la Glock. Estaba en algún lugar entre los dos.

–¿Sientes eso? —le preguntó Iron Jacket a Bishop en un susurro áspero—. Tu pulso latiendo. Dale un minuto. Y comenzará a bajar el ritmo.

* * *

Beth se meció en el sillón. Tenía que pensar. Pensar, pensar, pensar. *¿Dónde estás, Adam?* Tenía que estar cerca de la casa donde encontraron el cadáver de Josie Reed. Mia había sido movida tres veces en un periodo de tres horas. Bishop había dicho que el casero ausente de Josie Reed era dueño de varias propiedades en el vecindario. La casa de junto reunía todos los requisitos: estaba situada al fondo de la calle, con un jardín cercado y dos casas, una junto a la otra, que la protegían de vecinos ruidosos.

Cuando la policía había tocado a la puerta, los dueños del perro de tres patas no estaban en casa porque el perro había sido abandonado. Tal vez nunca volvieron. Kick pensó que el perro llevaba todo el día amarrado al árbol, pero ¿y si había estado así más tiempo?

Una vez Beth tuvo un perro.

* * *

Ahora Monstruo estaba muerto. Iron Jacket lo había matado.

Los ojos de Bishop estaban vidriosos y apenas abiertos. Su frente y sienes eran un entramado de venas hinchadas. Tenía la boca abierta y hacía minúsculos y silenciosos movimientos para tragar aire.

Iron Jacket puso los ojos en blanco enloquecido de placer.

–Mmmm —gimió—. Ahí —le sonrió a Bishop—. ¿Sientes eso? Ba dump. Ba… dump. Ba… dump.

* * *

–Escóndete —susurró Beth—. *Ve a un lugar seguro.*

Visualiza un jardín.

El columpio de neumático está caliente por el sol. El papá de Kick está arrodillado junto a ella en el pasto. En la palma de su mano hay dos cerezas, frutos gemelos conectados por un tallo corto. Es raro encontrar un árbol de cerezo grande, dice él, excepcional, al igual que ella. Él apunta hacia el cielo y ella echa la cabeza hacia atrás y deja que sus ojos viajen por la cuerda con la que el neumático está amarrado a una rama, hasta las hojas verdes y las cerezas rojas más arriba. Tienen el árbol de cerezo más grande de todos. Su papá se come una de las cerezas gemelas y ella estira la mano para agarrar la otra. Los dedos de él son largos, su palma es suave, su pulgar tiene una protuberancia en la punta.

Ella conoce esa mano. No es la mano de su papá. Es la de Mel.

* * *

Kick abrió los ojos de golpe.

–Sé dónde está Adam —dijo.

Bishop disparó.

45

El televisor en el cuarto de hospital de Kick estaba sintonizado en la cobertura del sensacional rescate de Adam Rice. La filmación era de hacía cinco horas, pero continuaban transmitiéndola una y otra vez, tomas del escuadrón antibombas entrando a la casa enfundados en sus extraños trajes, seguidos por la policía de Seattle y los paramédicos. Alumbrada por millones de luces de la prensa, la casa se veía sórdida y expuesta.

Las imágenes captaron por completo la atención de Kick, aunque ya sabía cómo había resultado todo. Sostuvo el aliento mientras la cámara estaba enfocada en la puerta principal, esperando noticias de los primeros que respondieron a la emergencia y que ya estaban dentro de la casa. Parecía que llevaban años ahí dentro, o quizá los corresponsales de la televisión lo hacían parecer así. Luego se abrió la puerta y los medios se acercaron más: un joven policía uniformado apareció en el porche. Titubeó. Luego levantó el pulgar con alegría. El vitoreo que siguió podría haberse escuchado al otro lado del mundo.

–Ésa es mi parte favorita —dijo Kick.

–¿Cuántas veces has visto esto? —preguntó Frank.

–Un billón —dijo Kick—. Shh.

En la televisión, el policía sostuvo la puerta abierta mientras los paramédicos sacaron en una camilla a alguien y lo metieron rápido a una ambulancia. Varios patrulleros formaban una pared y trotaban a los lados, usando sus cuerpos para bloquear las cámaras de noticias. Como los reporteros de televisión estaban colocados en el perímetro del patio para enviar sus reportajes, Kick pudo ver al collie de tres patas siendo retirado por la gente de control animal. Para Iron Jacket, ese perro había sido una capa extra de seguridad, para disuadir a visitantes no deseados. Pero Kick prefería pensar que el perro también había traicionado a Iron Jacket, y que ladró como loco esa noche como si dijera *Aquí, idiotas, busquen aquí.*

–¿Cómo supiste?

–El árbol de cerezo —dijo Kick—. Lo recordé. Y de pronto todo tuvo sentido.

Una enfermera entró empujando una camilla y la puso paralela a la cama de Kick. Su bata color verde menta tenía las palabras *Grupo Médico Tridente* bordadas en el pecho.

–Estamos listos, señorita Lannigan —dijo la enfermera.

Frank estaba parado con desgarbo.

–No va a tener contacto con él, ¿verdad? —preguntó.

–Estarán en salas de operación separadas —le aseguró la enfermera. Puso el freno de la camilla con el pie y pasó por encima de su hombro el brazo de Kick—. Está muy bien vigilado. Todo está arreglado.

Kick subió a la camilla y se recostó mientras la enfermera revisaba su canalización intravenosa. Frank desvió la mirada. Kick sabía que estaba flaqueando.

–Júrame que no le vas a llamar a Paula, Frank —dijo, levantando la cabeza—. Lo digo en serio. Soy un adulto.

–No voy a llamar a Paula —murmuró Frank.

Kick recostó la cabeza. El techo de la habitación era blanco. Había dos regaderas contra incendios que parecían dos ojos mirándola. Frank se acercó a un costado de la camilla.

–¿Hay noticias de Bishop? —preguntó.

–Mandaron un helicóptero por él —dijo Frank—. Tal vez está retacado de esteroides y analgésicos, y está jodiendo a todo mundo en la escena del crimen en este momento —añadió, echando un vistazo al televisor.

En las noticias ahora aparecía el ciclo feliz: la reunión alegre, las multitudes celebrando, el desfile de psiquiatras optimistas acerca de su reintegración. El siguiente ciclo revelaría todas las oportunidades que había tenido la policía para encontrarlo y que perdió; filtrarían detalles del abuso al que fue sujeto; presentarían el mismo desfile de psiquiatras, quienes ahora tendrían predicciones nuevas y más sombrías; y, al fin, exhibirían a los verdaderos expertos, las mamás de niños secuestrados, vestidas con ropa cara comprada con el dinero de la compensación de sus hijos, vendiendo libros y ofreciendo consejos sabios.

Iron Jacket estaba muerto, pero la investigación sobre el alcance de sus crímenes apenas comenzaba. Por ahora, Dennis era la única pista que tenían acerca de su verdadera identidad.

–Sé que tienes cosas que hacer —le dijo a Frank.

Frank puso una mano en el antebrazo de Kick.

–Apareceré cuando me necesites, pequeña. Ése es nuestro trato.

La camilla se sacudió de pronto cuando la enfermera quitó el freno, y Kick se sobresaltó.

–Aquí vamos —anunció la enfermera con alegría. Empujó la camilla y la sacó de la habitación. Frank estaba otra vez a su lado en cuanto despejaron la puerta.

–Ve a ver cómo está James esta noche, hazlo por mí, ¿okey? —dijo Kick.

–¿Estás segura de que quieres hacer esto? —preguntó Frank una última vez.

–Es un riñón —dijo Kick haciéndose la fuerte—. Tengo otro, ¿no?

46

Cuando Kick despertó no estaba en la habitación del hospital. El techo no era blanco. Tenía vigas de madera entrelazadas. Levantó la muñeca. Todavía tenía la aguja intravenosa; un tubo serpenteaba hasta llegar a una bolsa colgada en la percha portátil para la canalización. Trató de levantar la cabeza pero tuvo un repentino dolor que le causó náuseas.

–Despacio —dijo Bishop.

–¿Dónde estoy? —susurró Kick.

–En mi casa —dijo Bishop—. La cirugía salió bien. La tuya y la de Mel.

La mente de Kick estaba confusa por la morfina. Le dolía respirar.

–Bien —dijo.

Bishop la miró por encima de sus manos entrelazadas. Tenía puesta una camisa con cuello y corbata, y Kick se preguntó por qué estaba tan arreglado; después se dio cuenta de que quizás estaba tratando de ocultar los moretones de su cuello.

–¿Frank te llamó? —preguntó con debilidad.

Bishop titubeó.

–Conozco a gente en el hospital —dijo.

Kick trató de sonreír.

–Sólo quieres la contraseña —dijo—. Crees que la voy a balbucear mientras duermo.

Bishop la miró con detenimiento. Kick veía el bulto que formaban las vendas en su hombro debajo de su camisa. Las pequeñas heridas en su cara habían sido cosidas hábilmente con sutura transparente. Pero su mejilla estaba hinchada y con moretones, y tenía un vaso de sangre roto en el ojo derecho, cubriendo de rojo la parte blanca.

–Ya tengo la contraseña —dijo. No sonrió, no dio ningún signo de estar bromeando.

–Las letras de Scrabble que escondiste —dijo—. Dijiste que siempre eran las mismas letras. Mia tenía la *E*. Tú tenías la *A*. ¿Qué otras letras escondiste? ¿Recuerdas lo que estabas deletreando con ellas?

Kick todavía no comprendía.

–Tal vez nada.

–¿Qué palabras sabe deletrear un niño a esa edad? —Bishop tomó su mano y su corazón brincó—. Kit. Kick. Beth. Tantos nombres —dijo él, volteando la mano de Kick sobre la suya. Puso su pulgar en la palma de Kick—. Según la oficina de Seguridad Social, sólo tienes uno —su pulgar dibujó una línea por la parte interna de la muñeca de Kick y se enganchó debajo del brazalete de plástico del hospital—. Es tu nombre legal —dijo—. Kathleen.

De pronto estallaron destellos de recuerdos en la cabeza de Kick. *A*, *H*, *N*. Ella recordaba esas letras, sintiéndolas en la oscuridad, memorizándolas.

–Estaba deletreando mi nombre —musitó. No Kit, no su apodo, sino su nombre legal, el importante—. ¿Ésa es la contraseña?

–Ésa es la contraseña —dijo Bishop.

–¿Ya lo intentaste?

–Encontramos el número de cuenta bancario en el BlackBerry de Iron Jacket.

Kick titubeó.

–¿Cuánto dinero hay?

–Treinta millones de dólares y poco más.

Kick inhaló tan rápido que sintió que sus puntadas podrían botarse, y tuvo que esperar a que bajara el dolor antes de poder hablar otra vez.

–No quiero tocar ese dinero —dijo.

–Es tuyo, tú decides si lo tocas o no —dijo Bishop—. Sólo mantenlo en el extranjero o de lo contrario vas a meterte en problemas legales.

De alguna manera, Kick sentía el cuerpo flotando y al mismo tiempo como lleno de piedras. Tal vez eran los analgésicos. Tal vez así era como se sentiría de ahora en adelante.

Bishop se paró y se acomodó la corbata con la mano del brazo ileso.

–Cómo va tu garganta? —preguntó Kick.

–Bien —dijo Bishop. Pero ella notó el esfuerzo en su voz al hablar, como si sus cuerdas vocales todavía estuvieran inflamadas. Caminó hacia la puerta abierta—. Pero hazme un favor —dijo, llevando una silla de ruedas hacia el cuarto—. Trata de ser sólo un poquito más rápida la próxima.

Estacionó la silla de ruedas junto a la cama y le ofreció a Kick el codo como si esperara que lo tomara y se pusiera de pie de un salto. Kick lo miró como si estuviera loco.

–Me acaban de quitar un órgano —le recordó.

La expresión de Bishop no cambió. Su codo permanecía en el mismo lugar. La miró fijo, con la mitad del ojo roja por la sangre.

La silla de ruedas tenía un respaldo de acero y tapicería blanca de vinil. No se veía particularmente cómoda.

–El protocolo de recuperación requiere que te levantes y estés activa lo más pronto posible —dijo Bishop.

–No me puedo sentar —dijo Kick.

–Te ayudo —dijo Bishop. Puso la mano detrás de su espalda y la soportó mientras ella, apretando los dientes, se apoyó en los codos para sentarse. Kick gemía de dolor con cada contracción de los músculos del estómago, pero logró sentarse erguida. No tuvo tiempo para descansar. Bishop levantó uno de los brazos de ella y se agachó debajo de él para ponérselo alrededor del cuello y luego la sujetó de la cintura.

–Tal vez esto te duela —dijo. La giró para que las piernas desnudas se deslizaran de la cama y el único motivo por el cual ella no le gritó groserías fue porque le dolía demasiado al hablar. En el instante en el que sus calcetines tocaron el piso, Bishop la puso de pie. Las rodillas de Kick flaquearon y él apenas pudo evitar que se cayera. Para cuando logró sentarla en la silla, ambos estaban jadeando. Kick lo miró con el ceño fruncido, mientras estaba sentado en el borde de la cama revisándose el hombro lastimado.

–No vuelvas a hacer eso —dijo Kick.

Bishop jaló una cobija de la cama y la puso sobre el regazo de Kick, y luego comenzó a mover la percha de la canalización.

–¿Para qué es esto? —preguntó ella señalando la cobija.

–Quiero mostrarte algo —dijo él. Enganchó la percha al respaldo de la silla de ruedas.

–Necesito descansar —dijo Kick—. Estoy convaleciente.

Bishop se hincó frente a la silla, desdobló los dos reposapiés, y puso los pies de Kick sobre ellos.

–Siento que no me estás escuchando —dijo Kick.

–Piensa que es una oportunidad para tomar aire fresco —dijo Bishop.

No tenía caso discutir. A Kick ni siquiera le gustaba el aire fresco. Pero tampoco estaba ansiosa por ser devuelta a la cama, así que si Bishop quería pasearla por ahí, qué demonios. Acomodó la cobija en su regazo y se recargó en el respaldo mientras Bishop la llevaba fuera de la recámara de visitas y luego por el pasillo.

Una puerta de vidrio conducía a una amplia superficie de césped que se extendía hasta la orilla del bosque por un lado y hasta la playa del otro. Más allá de la línea rocosa de la costa, el agua helada del estrecho de Puget se veía como cristal. En la playa dos gaviotas se peleaban por las sobras de algún animal muerto. El aire sabía a sal. Kick levantó el rostro al sol y sintió los analgésicos haciendo efecto.

Fue traída de nuevo al presente por un sonido débil pero familiar: el zumbido distante de las aspas de un helicóptero. Kick observó el cielo pero no vio uno. Las gaviotas comenzaron a graznarse una a la otra con intensidad. Kick apenas las percibía, estaba concentrada en el helicóptero. Pero los graznidos continuaron. Casi sonaba como si estuvieran diciendo su nombre: Kick.

–Creo que alguien está tratando de llamar tu atención —dijo Bishop.

Señaló con el dedo hacia el otro extremo del césped donde había dos siluetas sentadas en una banca junto al bosque. Una de las siluetas era de una mujer, la otra parecía ser un joven delgado, vestido con algo como una bata sobre la pijama. Kick inhaló por la sorpresa y luego miró a Bishop con incertidumbre. Él asintió. Sonriendo, ella colocó las manos en las llantas de la silla de ruedas, las impulsó y avanzó unos metros.

James la saludó desde el otro extremo del jardín.

Kick emitió un sonido que estaba entre la risa y el llanto.

El pasto se arremolinaba entre ellos. El rumor de las aspas del helicóptero ahora se escuchaba con claridad. Kick miró el helipuerto vacío y luego al cielo donde un helicóptero se aproximaba por encima de los árboles.

–Volveré en unas semanas —dijo Bishop.

–No —dijo Kick.

–Tú y James disfruten la casa el tiempo que quieran —dijo—. Arreglé todo para que tengas cuidado médico de tiempo completo.

El batir del rotor del helicóptero hacía eco en las orejas de Kick. La corbata de Bishop se agitaba contra su pecho.

–Ésa es tu enfermera privada ahora —dijo Bishop mirando hacia el otro extremo del jardín.

La figura femenina sentada junto a James se levantó y comenzó a caminar hacia ellos. Tenía puesto un uniforme de enfermera color rosa. Su coleta rubia se balanceaba de un lado a otro con el viento del helicóptero.

Era la paramédico.

Él había contratado a la paramédico con la que se había acostado después de la contusión de Kick.

–Eres increíble —dijo ella. En verdad no podía estar más de veinticuatro horas sin tener sexo.

–Tiene un trato formidable con los pacientes —dijo Bishop.

Kick lo miró de reojo.

–Estaré en contacto —dijo y se agachó, la besó castamente en la mejilla, luego se dio la vuelta y se dirigió al helipuerto.

Lo siguiente que Kick supo fue que la paramédico se colocó detrás de la silla de ruedas y la condujo a través del césped hacia James, con el viento del helicóptero golpeando sus espaldas.

Bishop podía irse volando a donde quisiera, se dijo Kick. Tenía a James, y él era la única persona que en realidad necesitaba. James estaba ahí mismo frente a ella: pálido, su pelo revoloteando al viento, con unos lentes que le quedaban mal y una pijama que era demasiado grande para él. Kick estaba exhausta. Cuando la paramédico la llevó hasta su hermano y estacionó la silla de ruedas junto a la banca, Kick y James se sentaron sonriéndose el uno al otro por varios minutos. La paramédico promiscua se escabulló detrás de ellos. El helicóptero aterrizó.

James le ofreció la mano a Kick y ella la tomó.

–Te extrañé —dijo ella. Las palabras se perdían en el escándalo de las aspas del helicóptero, pero James pareció comprender de todos modos. Apretó la mano de Kick y dijo algo, y ella, también, comprendió una palabra: Monstruo.

Los ojos de James estaban llenos de lágrimas. Había querido a Monstruo casi tanto como Kick.

Kick miró con tristeza las manos entrelazadas de ambos. Todavía podía ver los ojos vacíos de Monstruo cuando yacía muerto en su regazo. James le dio un rápido apretón. Movía la boca pero ella no entendía lo que decía. Frunció el ceño y se mordió la punta de la lengua, como hacía cuando trataba de traducir un concepto complicado a la explicación más simple posible. Con una nueva determinación, hizo un ademán enfático con su barbilla hacia algo que estaba detrás de la banca. Kick hizo una mueca de dolor cuando volteó para ver. Una fila de abetos se elevaba a la orilla del bosque. Al terminar el césped bien cortado comenzaban a aparecer moras silvestres y árboles centenarios. Kick observó las copas profusas de los árboles, pero James apretó su mano de nuevo y redirigió su atención hacia algo más cercano. El viento erizaba los pequeños vellos de sus brazos, pero Kick se sintió bañada de calidez. El montículo de tierra estaba en la franja de pasto. No era grande, tan sólo un metro cuadrado, y tan compacto que se levantaba unos cuantos centímetros del césped en su punto más alto. Rodeado de piedras, parecía una pequeña cama de tierra esperando ser plantada. Anidada al centro había una pelota de tenis morada.

Kick respiró temblorosa.

Bishop había enterrado a su perro.

El ruido del helicóptero aumentó y Kick volteó justo cuando despegó del helipuerto. Estaba a metro y medio del piso, y el frenético batir de las aspas aplastaba su pelo contra el cráneo, y luego despacio voló por encima de ellos, blanco brillante, con un logo negro en la puerta: una *W* con un círculo alrededor.

Kick había visto ese logo antes, bordado en los asientos del avión privado de Bishop. Se giró para verlo de nuevo, ignorando el dolor en su herida y cuando el helicóptero se niveló a la altura del estrecho de Puget, lo vio otra vez. Esta vez se dio cuenta de lo que en realidad era el logo. No una *W*. Un tridente. El tridente de Poseidón, con sus tres puntas. ¿Qué mejor que una lanza para representar a una compañía que hacía su fortuna vendiendo armas? Bishop había dicho que su jefe se llamaba David Decker Devlin. Tres puntas, una por cada *D* en su nombre.

Bajó la mirada y vio el brazalete del hospital que tenía puesto en la muñeca.

Grupo Médico Tridente.

No había existido una organización de los derechos de los presos que encontrara un donador para Mel. Incluso organizaciones como ésas no ayudarían a nadie como él, un pedófilo agonizante, un secuestrador de niños, un pornógrafo infantil. Las donaciones de riñones requerían todo tipo de pruebas psicológicas y físicas, pero no fue así esta vez. Era como si hubieran estado esperando su llamada. Había entrado a cirugía en tan sólo unas horas. Ya había sido pagado todo. Habían sacado a Mel de la prisión. Ella sabía quién era la única persona con ese tipo de riqueza e influencia. Devlin. Él había arreglado todo. Querían vivo a Mel. Y ahora, pensó, con un espasmo de náusea, su riñón estaba dentro de él.

—¿Estás bien? —le preguntó James.

Kick se enderezó. Su incisión ya casi no le molestaba. *Cambia tus pensamientos y cambiarás el mundo.* Devlin y Bishop planeaban algo, y ella iba a descubrir qué era.

Kick levantó el brazo y saludó hacia el helicóptero que brillaba en el cielo.

—Sonríe y saluda —le dijo a James fingiendo una amplia sonrisa. James la miró nervioso, luego levantó la mano y saludó. Kick peinó el terreno con la mirada. La paramédico estaba deambulando por el camino hacia la playa. Kick no sabía si había alguien más en la propiedad. En realidad no importaba.

Era una huésped invitada y Bishop dijo que estaría fuera por varias semanas.

Eso le daba tiempo suficiente para registrar la casa.

Agradecimientos

Agradezco enormemente a mi editora, consejera telefónica y porrista Marysue Rucci, por arriesgarse conmigo y con mi serie de libros. Ella fue y sigue siendo una de las más grandes fans de Kick y es la razón por la que este libro existe en el mundo.

También quiero agradecer a Carolyn Reidy, Jon Karp, Cary Goldstein, Lace Fitzgerald, Andrea DeWerd, Loretta Denner, Lisa Erwin y Louise Burke. Jackie Seow y Marylin Dantes, diseñaron una hermosa portada para el libro. Un agradecimiento especial a Sarah Reidy y Grace Stearns. Sarah pasó su día libre mandándome textos cuando yo estuve varada en un aeropuerto durante once horas y ella es el único motivo por el que en la actualidad no estoy detenida en el aeropuerto J. F. Kennedy. Emily Graff, la antigua asistente de mi editora (ahora editora en Simon & Schuster), y su actual asistente Elizabeth Breeden, tienen paciencia y buena organización, ambas cualidades de las que yo carezco y por las cuales las envidio. Gracias, Joy Harris y Adam Reed de The Joy Harris Literary Agency, por ser tan geniales y por soportarme. Por lo general, las editoriales evitan decirnos los nombres de quienes corrigieron nuestros libros, como si fuéramos a contratar asesinos a sueldo para localizarlos y matarlos: pero ten cuidado, David Chesanow, sé quién eres. Y me gustaría agradecerte el fantástico trabajo que hiciste al encontrar las palabras que yo quise usar, en vez de las palabras que usé, porque eran un poco parecidas. Bien hecho, señor. No necesitas cambiar tus cerraduras.

Elizabeth Lannigan (o como es conocida en el salón de segundo año de mi hija, Sra. Lannigan) le dio a este personaje un gran regalo: su nombre. Zazh Greenvoss es el asesor técnico de James, y estoy casi segura de que instaló un *malware* RAT en mi laptop hace algunos años. Gracias, Kelly Sue DeConnick y Matt Fraction, por continuar inspirándome creativamente, por su amistad, y por "bthmmp bthmmp". Brian y Lisa Bendis suministraron un tercio de la ingesta calórica semanal de mi familia. Kelley Ragland, todavía influyes en mi trabajo de muchas maneras.

Como siempre, estoy en deuda con mi taller de escritura semanal: Chuck Palahniuk, Lidia Yuknavitch, Erin Leonard, Mary Wysong-Haeri, Diana Page Jordan, Suzy Vitello, Monica Drake y Cheryl Strayed. También tengo la suerte de tener muchos amigos escritores cuyo trabajo me deslumbra. Agradezco en especial a Eliza Mohan, Sophie Evans, Danielle Khoury, Nina Khoury, Piper Bloom, Daisy Ziatnik, Emily Powell, Sophie Jacqmotte-Parks y Stella Greenvoss (campus de Köbenhavn): ocho niñas de nueve años que me enseñaron mucho sobre la escritura.

Finalmente, a mi esposo Marc Mohan y mi hija Eliza Fantastic Mohan, que son mis personas favoritas en todo el mundo. Tengo mucha suerte por vivir con ellos.

Esta obra se imprimió y encuadernó
en el mes de enero de 2016,
en los talleres de Edamsa Impresiones, S.A. de C.V.,
Av. Hidalgo No. 111, Col. Fraccionamiento
San Nicolás Tolentino, Delegación Iztapalapa
México, D.F., C.P. 09850